हरिशंकर परसाई

22 अगस्त, 1924 को मध्य प्रदेश, होशंगाबाद के जमानी गाँव में जन्मे हरिशंकर परसाई का आरम्भिक जीवन कठिन संघर्ष का रहा। पारिवारिक जिम्मेदारियों के बीच उन्होंने नागपुर विश्वविद्यालय से हिन्दी में एम.ए. किया और फिर 'डिप्लोमा इन टीचिंग' का कोर्स भी।

उनकी प्रकाशित कृतियाँ हैं—'हँसते हैं रोते हैं', 'जैसे उनके दिन फिरे' (कहानी-संग्रह); 'रानी नागफनी की कहानी', 'तट की खोज' (उपन्यास); 'तब की बात और थी', 'भूत के पाँव पीछे', 'बेईमानी की परत', 'वैष्णव की फिसलन', 'पगडंडियों का जमाना', 'शिकायत मुझे भी है', 'सदाचार का तावीज', 'विकलांग श्रद्धा का दौर', 'तुलसीदास चन्दन घिसैं', 'हम इक उम्र से वाकिफ हैं', 'जाने-पहचाने लोग', 'कहत कबीर', 'ठिठुरता हुआ गणतंत्र' (व्यंग्य निबन्ध-संग्रह); 'पूछो परसाई से' (साक्षात्कार)। 'परसाई रचनावली' शीर्षक से छह खंडों में उनकी सभी रचनाएँ संकलित हैं। लगभग सभी भारतीय भाषाओं और अंग्रेजी में उनकी रचनाओं के अनुवाद हुए हैं।

उन्हें 'साहित्य अकादेमी पुरस्कार', मध्य प्रदेश के 'शिखर सम्मान' समेत कई पुरस्कारों से सम्मानित किया गया।

10 अगस्त, 1995 को उनका निधन हुआ।

आवारा भीड़ के खतरे

हरिशंकर परसाई

राजकमल पेपरबैक्स

पहला पुस्तकालय संस्करण
राजकमल प्रकाशन प्राइवेट लिमिटेड द्वारा
1998 में प्रकाशित

राजकमल पेपरबैक्स में
पहला संस्करण : 2004
सोलहवाँ संस्करण : 2026

राजकमल पेपरबैक्स : उत्कृष्ट साहित्य के जनसुलभ संस्करण

राजकमल प्रकाशन प्रा.लि.
1-बी, नेताजी सुभाष मार्ग, दरियागंज
नई दिल्ली-110 002
द्वारा प्रकाशित

शाखाएँ : अशोक राजपथ, साइंस कॉलेज के सामने, पटना-800 006
पहली मंजिल, दरबारी बिल्डिंग, महात्मा गांधी मार्ग, प्रयागराज-211 001
1, अनमोल सोराबजी संतुक लेन, धोबी तलाव, मरीन लाइंस, मुम्बई-400 002
वेबसाइट : www.rajkamalprakashan.com
ई-मेल : info@rajkamalprakashan.com

विकास कंप्यूटर एंड प्रिंटर्स
ट्रॉनिका सिटी-201 102
द्वारा मुद्रित

रेखांकन : चंचल

मूल्य : ₹250

AAWARA BHEED DE KHATRE
Novel by Harishankar Parsai

ISBN : 978-81-267-0863-5

संग्रह के बारे में

हरिशंकर परसाई देश के जागरूक प्रहरी रहे हैं—ऐसे प्रहरी, जो खाने और सोने वाले तृप्त आदमियों की जमात में हमेशा जागते और रोते रहे। उनकी रचनाओं में जो व्यंग्य हैं, उसका उत्प्रेरक तत्त्व यही रोना है। रोने वाले हमारे बीच बहुत हैं। कहते हैं कि रोने से जी हलका होता है। वे जी हलका करते हैं और फिर रोते हैं। झरना बन जाता है उनका मानस। उनकी शोकमग्नता आत्मघाती भी होती है।

जनभाषा में एक कवि कबीर है, जिसने राह के बटमारों की गतिविधियों को खूब पहचाना। उसने जासूसी की। कपट को पारदर्शी आँखों से चीरने का काम उसने जीवनपर्यन्त किया। ऐसा ही दूसरा लेखक उसकी बिरादरी में हुआ परसाई।

हिन्दी में अनेक तृप्त लेखक हैं जो उसके कृतित्व को लेखन की श्रेणी में नहीं मानते। पत्रकार कहते हैं। भाषा के खुरदरेपन से चिढ़ है। आन्तरिक लोक के कुहरे से वे कुछ अलौकिक रत्न लाते हैं। उनकी भाषा में विशेष प्रकार की दूरी होती है।

हरिशंकर परसाई का लेखन लेखकों की जमात में शामिल होने का नहीं है, उनकी जमात असंख्य जनता है। उन्होंने जनता के लिए केवल साहित्य की चर्चा नहीं की। उन्होंने जनता की गरीबी, सामाजिक विसंगतियाँ और विपदाएँ देखीं। सामाजिक चिन्तन की पृष्ठभूमि में अपनी संवेदना की दिशा तय की। अनियंत्रित और अनिर्दिष्ट संवेदना से दान-पुण्य के मूल्यों में भले वृद्धि हो, पर जनतंत्र के सामाजिक मूल्य उससे नहीं बनते। परसाई के लेखन की यही सारवस्तु है।

हरिशंकर की मनोरचना विचारक की है। वे इस दृष्टि से बहुज्ञ हैं। सहज भाषा में विचारों के भार को हलका कर वे निबन्ध लिखते रहे हैं। इस पुस्तक में इसी तरह के निबन्ध हैं। परसाई जी विचारों को व्यवहार की आँख से देखते हैं, इसीलिए उनका निरूपण विश्वसनीय है। सिद्धान्तों की व्यर्थता, समाजवाद और धर्म, महात्मा गांधी से कौन डरता है, स्वस्थ सामाजिक हलचल और अराजकता, भारतीय गणतंत्र—आशंकाएँ और आशाएँ, आचार्य नरेन्द्रदेव और समाजवादी आन्दोलन, धर्म, विज्ञान और सामाजिक परिवर्तन विचार-मंथन के लेख हैं।

मंथन की प्रक्रिया में परसाई उन लोगों पर गहरी निगाह रखते हैं जो उन सिद्धान्तों के प्रवक्ता हैं। उनके यहाँ अन्तर्विरोधों की पड़ताल निर्मम होती है। अपने समय की ज्वलन्त समस्याओं के प्रति शासन, स्वयंसेवी संस्थाओं, राजनीतिक दलों का जो नकली रवैया रहा आया है, उसकी फोटोग्राफी स्वतंत्र भारत में इतनी संजीदगी के साथ और कहाँ है? धर्म के नकली रूप ने साम्प्रदायिकता विकसित की, राजनीति के दुरुपयोग ने भ्रष्टाचार और विज्ञान के दुरुपयोग ने उपभोक्तावाद और यंत्रवाद बढ़ाया। इससे धर्म, राजनीति और विज्ञान बदनाम हुए।

हरिशंकर परसाई समाज की पटरी से उतरती गाड़ी को सीधे रास्ते में लाने का प्रयत्न करते हैं। भ्रम और शक्तिशाली माया-जाल पर तीखे प्रहार करने का साहस परसाई के लेखन में निरन्तर मौजूद है। अन्तर्राष्ट्रीय साहित्यिक, राजनीतिक और सामाजिक सन्दर्भों की पहचान के भरोसे परसाई के निबन्धों में लोकव्याप्ति का गुण पाया जाता है। खूबी यह है कि वस्तु और भाषा की सार्थक एकता के लिए परसाई बेमिसाल हैं।

निबन्धों का यह संग्रह परसाई जी की मृत्यु के बाद प्रकाशित हो रहा है। पुस्तकों की भूमिकाएँ उन्होंने हमेशा छोटी-छोटी लिखी हैं। आलोचकों या समृद्ध पुरुषों से उन्होंने भूमिकाएँ नहीं लिखवाईं। पहली पुस्तक 'हँसते रोते हैं' में भी यह नहीं किया। उनके पाठकों का दायरा इतना व्यापक है कि इसका आकलन करना सम्भव नहीं है। पाठकों की ही ताकत है, जिसके बल पर उनका लेखन स्थापित है।

मैं आशा रखता हूँ कि अन्य संग्रहों की भाँति यह भी पाठकों के बीच लोकप्रिय होगा।

—कमला प्रसाद

अनुक्रम

आवारा भीड़ के खतरे

एक अन्तरंग गोष्ठी–सी हो रही थी युवा असन्तोष पर। इलाहाबाद के लक्ष्मीकान्त वर्मा ने बताया—पिछली दीपावली पर एक साड़ी की दुकान पर काँच के केस में सुन्दर साड़ी से सजी एक सुन्दर मॉडल खड़ी थी। एक युवक ने एकाएक पत्थर उठाकर उस पर दे मारा। काँच टूट गया। आसपास के लोगों ने पूछा कि तुमने ऐसा क्यों किया? उसने तमतमाए चेहरे से जवाब दिया—हरामजादी बहुत खूबसूरत है।

हम 4–5 लेखक चर्चा करते रहे कि लड़के के इस कृत्य का क्या कारण है? क्या अर्थ है? यह कैसी मानसिकता है? यह मानसिकता क्यों बनी? बीसवीं सदी के उत्तरार्द्ध में ये सवाल दुनिया भर में युवाओं के बारे में उठ रहे हैं—पश्चिम के सम्पन्न देशों में भी और तीसरी दुनिया के गरीब देशों में भी। अमेरिका से आवारा हिप्पी और 'हरे राम हरे कृष्ण' गाते अपनी व्यवस्था से असन्तुष्ट युवा भारत आते हैं और भारत का युवा लालायित रहता है कि चाहे चपरासी का काम मिले,

अमेरिका में रहूँ। 'स्टेट्स' जाना यानी चौबीस घंटे गंगा नहाना है। ये अपवाद हैं। भीड़-की-भीड़ उन युवकों की है, जो हताश, बेकार और क्रुद्ध है। सम्पन्न पश्चिम के युवकों के व्यवहार और भारत के युवकों के व्यवहार के कारण भिन्न हैं।

सवाल है—उस युवक ने सुन्दर मॉडल पर पत्थर क्यों फेंका? हरामजादी बहुत खूबसूरत है—यह उस गुस्से का कारण क्यों? वाह, कितनी सुन्दर है!—ऐसा इस तरह के युवक क्यों नहीं कहते?

युवक साधारण कुरता-पाजामा पहने था। चेहरा बुझा हुआ था जिसकी राख में चिंगारी निकली थी पत्थर फेंकते वक्त। शिक्षित था। बेकार था। नौकरी के लिए भटकता रहा था। धन्धा कोई नहीं। घर की हालत खराब। घर में अपमान, बाहर अवहेलना। वह आत्मग्लानि से क्षुब्ध। घुटन और गुस्सा। एक नकारात्मक भावना। सबसे शिकायत। ऐसी मानसिकता में सुन्दरता देखकर चिढ़ होती है। खिले फूल बुरे लगते हैं। किसी के अच्छे घर से घृणा होती है। सुन्दर कार पर थूकने का मन होता है। मीठा गाना सुनकर तकलीफ होती है। अच्छे कप पहने खुशहाल साथियों से विरक्ति होती है। जिस भी चीज से खुशी, सुन्दरता, सफलता, सम्पन्नता, प्रतिष्ठा का बोध होता है, उस पर गुस्सा आता है।

बूढ़े-सयाने लोगों को लड़का जब मिडिल स्कूल में होता है तभी से शिकायत होने लगती है। वे कहते हैं—ये लड़के कैसे हो गए? हमारे जमाने में ऐसा नहीं था। हम पिता, गुरु, समाज के आदरणीयों की बात सिर झुकाकर मानते थे। अब ये लड़के बहस करते हैं। किसी की नहीं मानते। मैं याद करता हूँ कि जब मैं छात्र था, तब मुझे पिता की बात गलत तो लगती थी, पर मैं प्रतिवाद नहीं करता था। गुरु का भी प्रतिवाद नहीं करता था। समाज के नेताओं का भी नहीं। मगर तब हम छात्रों को जो किशोरावस्था में थे, जानकारी ही क्या थी? हमारे कस्बे में कुल दस-बारह अखबार आते थे। रेडियो नहीं। स्वतंत्रता संग्राम का जमाना था। सब नेता हमारे हीरो थे—स्थानीय भी और जवाहरलाल नेहरू भी। हम पिता, गुरु, समाज के नेता आदि की कमजोरियाँ नहीं जानते थे। मुझे बाद में समझ में आया कि मेरे पिता कोयले के भट्ठों पर काम करने वाले गोंडों का शोषण करते थे।

पर अब मेरा ग्यारह साल का नाती पाँचवीं कक्षा का छात्र है। वह सवेरे अखबार पढ़ता है, टेलीविजन देखता है, रेडियो सुनता है। वह तमाम नेताओं की पोलें जानता है। देवीलाल और ओमप्रकाश चौटाला की आलोचना करता है। घर में उससे कुछ ऐसा करने को कहो तो वह प्रतिरोध करता है—मेरी बात भी तो सुनो। दिन भर पढ़कर आया हूँ। अब फिर कहते हो कि पढ़ने बैठ जाऊँ। थोड़ी देर नहीं खेलूँगा तो पढ़ाई भी नहीं होगी। हमारी पुस्तक में लिखा है। वह जानता है, घर में बड़े कब-कब झूठ बोलते हैं।

ऊँची पढ़ाई वाले विश्वविद्यालय के छात्र सवेरे अखबार पढ़ते हैं, तो तमाम राजनीति और समाज के नेताओं के भ्रष्टाचार, पतनशीलता के किस्से पढ़ते हैं। अखबार

देश को चलाने वालों और समाज के नियामकों के छल, कपट, प्रपंच, दुराचार की खबरों से भरे रहते हैं। धर्माचार्यों की चरित्रहीनता उजागर होती है। यही नेता अपने हर भाषण पर उपदेश में छात्रों से कहते हैं—युवको, तुम्हें देश का निर्माण करना है (क्योंकि हमने नाश कर दिया है) तुम्हें चरित्रवान बनना है (क्योंकि हम तो चरित्रहीन हैं)। शिक्षा का उद्‌देश्य पैसा कमाना नहीं है, नैतिक चरित्र का ग्रहण करना है (हमने शिक्षा और अशिक्षा से पैसा कमाना और अनैतिक होना सीखा)—इन नेताओं पर छात्रों-युवकों की आस्था कैसे जमे? छात्र अपने प्रोफेसरों के बारे में सब जानते हैं। उनका ऊँचा वेतन लेना और पढ़ाना नहीं। उनकी गुटबन्दी, एक दूसरे की टाँग खींचना, नीच कृत्य, द्वेषवश छात्रों को फेल करना, पक्षपात, छात्रों का गुटबन्दी में उपयोग। छात्रों से कुछ नहीं छिपा रहता अब। वे घरेलू मामले भी जानते हैं। ऐसे गुरुओं पर छात्र कैसे आस्था जमाएँ? ये गुरु कहते हैं—छात्रों को क्रान्ति करना है। वे क्रान्ति करने लगे, तो पहले अपने गुरुओं को साफ करेंगे। अधिकतर छात्र अपने गुरुओं से नफरत करते हैं।

बड़े लड़के अपने पिता को भी जानते हैं। वे देखते हैं कि पिता का वेतन तो तीन हजार है, पर घर का ठाठ आठ हजार रुपयों का है। मेरा बाप घूस खाता है। मुझे ईमानदारी के उपदेश देता है। हमारे समय के लड़के-लड़कियों के लिए सूचना और जानकारी के इतने माध्यम खुले हैं कि वे सब क्षेत्रों में अपने बड़ों के बारे में सब कुछ जानते हैं। इसलिए युवाओं से ही नहीं, बच्चों तक से पहले की तरह अन्ध भक्ति और अन्ध आज्ञाकारिता की आशा नहीं की जा सकती। हमारे यहाँ ज्ञानी ने बहुत पहले कहा था :

प्राप्तेषु षोडसे वर्षे पुत्र मित्र समाचरेत।

उनसे बात की जा सकती है, उन्हें समझाया जा सकता है। कल-परसों मेरा बारह साल का नाती बाहर खेल रहा था। उसकी परीक्षा हो चुकी है और एक लम्बी छुट्टी है। उससे घर आने के लिए उसके चाचा ने दो-तीन बार कहा। डाँटा। वह आ गया और रोते हुए चिल्लाया—हम क्या करें? ऐसी-तैसी सरकार की जिसने छुट्टी कर दी। छुट्टी काटना उसकी समस्या है। वह कुछ तो करेगा ही। दबाओगे तो विद्रोह कर देगा। जब बच्चे का यह हाल है तो किशोरों और तरुणों की प्रतिक्रियाएँ क्या होंगी?

युवक-युवतियों के सामने आस्था का संकट है। सब बड़े उनके सामने नंगे हैं। आदर्शों, सिद्धान्तों, नैतिकताओं की धज्जियाँ उड़ते वे देखते हैं। वे धूर्तता, अनैतिकता, बेईमानी, नीचता को अपने सामने सफल और सार्थक होते देखते हैं। मूल्यों का संकट भी उनके सामने है। सब तरफ मूल्यहीनता उन्हें दिखती है। बाजार से लेकर धर्मस्थल तक। वे किस पर आस्था जमाएँ और उसके पदचिह्नों पर चलें? किन मूल्यों को मानें?

यूरोप में दूसरे महायुद्ध के दौरान जो पीढ़ी पैदा हुई, उसे 'लॉस्ट जनरेशन' (खोई हुई पीढ़ी) का कहा जाता है। युद्ध के दौरान अभाव, भुखमरी, शिक्षा, चिकित्सा की ठीक व्यवस्था नहीं। युद्ध में सब बड़े लगे हैं, तो बच्चों की परवाह करने वाले नहीं। बच्चों के बाप और बड़े भाई युद्ध में मारे गए। घर का, सम्पत्ति का, रोजगार

का नाश हुआ। जीवन–मूल्यों का नाश हुआ। ऐसे में बिना उचित शिक्षा, संस्कार, भोजन, कपड़े के विनाश और मूल्यहीनता के बीच जो पीढ़ी बढ़कर जवान हुई, तो खोई हुई पीढ़ी। इसके पास निराशा, अन्धकार, असुरक्षा, अभाव, मूल्यहीनता के सिवा कुछ नहीं था। विश्वास टूट गए थे। यह पीढ़ी निराश, विध्वंसवादी, अराजक, उपद्रवी, नकारवादी हुई। अंग्रेज लेखक जॉर्ज ओसबर्न ने इस क्रुद्ध पीढ़ी पर नाटक लिखा था तो बहुत पढ़ा गया और उस पर फिल्म भी बनी। नाटक का नाम—'लुक बैक इन एंगर'। मगर यह सिलसिला यूरोप के फिर से व्यवस्थित और सम्पन्न होने पर भी चलता रहा। कुछ युवक समाज के 'ड्राप आउट' हुए। 'बीट जनरेशन' हुई। औद्योगीकरण के बाद यूरोप में काफी प्रतिशत बेकारी है। ब्रिटेन में अठारह प्रतिशत बेकारी है। अमेरिका ने युद्ध नहीं भोगा। मगर व्यवस्था से असन्तोष वहाँ भी पैदा हुआ। अमेरिका में भी लगभग बीस प्रतिशत बेकारी है। वहाँ एक ओर बेकारी से पीड़ित युवक है, तो दूसरी ओर अतिशत सम्पन्नता से पीड़ित युवक भी। जैसे यूरोप में वैसे ही अमेरिकी युवकों, युवतियों का असन्तोष, विद्रोह, नशेबाजी, यौन स्वच्छन्दता और विध्वंसवादिता में प्रगट हुआ। जहाँ तक नशीली वस्तुओं के सेवन का सवाल है, यह पश्चिम में तो है ही, भारत में भी खूब है। दिल्ली विश्वविद्यालय के पर्यवेक्षण के अनुसार दो साल पहले सत्तावन फीसदी छात्र और पैंतीस फीसदी छात्राएँ नशे के आदी पाए गए। दिल्ली तो महानगर है। छोटे शहरों में, कस्बों में नशे आ गए हैं। किसी–किसी पान की दुकान में नशा हर कहीं मिल जाता है। 'स्मैक' और 'पॉट' टॉफी की तरह उपलब्ध हैं।

छात्रों–युवकों को क्रान्ति की, सामाजिक परिवर्तन की शक्ति मानते हैं। सही मानते हैं। अगर छात्रों, युवकों में विचार हो, दिशा हो, संगठन हो और सकारात्मक उत्साह हो; वे अपने से ऊपर की पीढ़ी की बुराइयों को समझें तो उन्हीं बुराइयों के उत्तराधिकरी न बनें, उनमें अपनी ओर से दूसरी बुराइयाँ मिलाकर पतन की परम्परा को आगे नहीं बढ़ाएँ। सिर्फ आक्रोश तो आत्म क्षय करता है। एक हर्बर्ट मार्क्यूस चिन्तक हो गए हैं, जो सदी के छठवें दशक में बहुत लोकप्रिय हो गए थे। वे 'स्टूडेंट पॉवर' में विश्वास करते थे। मानते थे कि छात्र क्रान्ति कर सकते हैं। वैसे सही बात यह है कि अकेले छात्र क्रान्ति नहीं कर सकते। उन्हें समाज के दूसरे वर्गों को शिक्षित करके चेतनाशील बनाकर संघर्ष में साथ लेना होगा। लक्ष्य निर्धारित करना होगा। आखिर क्या बदलना है, यह तो तय हो। अमेरिका में हर्बर्ट मार्क्यूस से प्रेरणा पाकर छात्रों ने नाटक ही किए। हो भी मिन्ह और चे गुएवारा के बड़े–बड़े चित्र लेकर जुलूस निकालना और भद्दी, भोंडी, अश्लील हरकतें करना। अमेरिकी विश्वविद्यालयों की पत्रिकाओं में बेहद फूहड़ अश्लील चित्र और लेख, कहानी। फ्रांस के छात्र अधिक गम्भीर शिक्षित थे। राष्ट्रपति द गाल के समय छात्रों ने सोरोबोन विश्वविद्यालय में आन्दोलन किया। लेखक ज्यां पाल सार्त्र ने उनका समर्थन किया। उनका नेता कोहने बेंडी प्रबुद्ध और गम्भीर युवक था। उनके लिए राजनीतिक क्रान्ति करना तो सम्भव नहीं था।

फ्रांस के श्रमिक संगठनों ने उनका साथ नहीं दिया। पर उनकी माँगें ठोस थीं, जैसे—शिक्षा पद्धति में आमूल परिवर्तन। अपने यहाँ जैसी नकल करने की छूट की क्रान्तिकारी माँग उनकी नहीं थी। पाकिस्तान में भी एक छात्र नेता तारिक अली ने क्रान्ति की धूम मचाई। फिर वह लन्दन चला गया।

युवकों का यह तर्क सही नहीं कि जब सभी पतित हैं, तो हम क्यों नहीं हों? सब दलदल में फँसे हैं, तो जो नए लोग हैं, उन्हें उन लोगों को वहाँ से निकालना चाहिए। यह नहीं कि वे भी उसी दलदल में फँस जाएँ। दुनिया में जो क्रान्तियाँ हुई हैं, सामाजिक परिवर्तन हुए हैं, उनमें युवकों की बड़ी भूमिका रही है। मगर जो पीढ़ी ऊपर की पीढ़ी की पतनशीलता अपना ले क्योंकि वह सुविधा की है और उसमें सुख है तो वह पीढ़ी कोई परिवर्तन नहीं कर सकती। ऐसे युवक हैं, जो क्रान्तिकारिता का नाटक बहुत करते हैं, पर दहेज भरपूर ले लेते हैं। कारण बताते हैं—मैं तो दहेज को ठोकर मारता हूँ। पर पिताजी के सामने झुकना पड़ा। यदि युवकों के पास दिशा हो, विचारधारा हो, संकल्पशीलता हो, संगठित संघर्ष हो तो वे परिवर्तन ला सकते हैं।

पर मैं देख रहा हूँ, एक नई पीढ़ी अपने से ऊपर की पीढ़ी से अधिक जड़ और दकियानूसी हो गई है। यह शायद हताशा से उत्पन्न भाग्यवाद के कारण हुआ है। अपने पिता से अधिक तत्त्ववादी, बुनियाद-परस्त (फंडामेंटलिस्ट) लड़का है।

दिशाहीन, बेकार, हताश, नकारवादी, विध्वंसवादी बेकार युवकों की यह भीड़ खतरनाक होती है। इसका उपयोग महत्त्वाकांक्षी खतरनाक विचारधारा वाले व्यक्ति और समूह कर सकते हैं। इस भीड़ का उपयोग नेपोलियन, हिटलर और मुसोलिनी ने किया था। यह भीड़ धार्मिक उन्मादियों के पीछे चलने लगती है। यह भीड़ किसी भी ऐसे संगठन के साथ हो सकती है जो उनमें उन्माद और तनाव पैदा कर दे। फिर इस भीड़ से विध्वंसक काम कराए जा सकते हैं। यह भीड़ फासिस्टों का हथियार बन सकती है। हमारे देश में यह भीड़ बढ़ रही है। इसका उपयोग भी हो रहा है। आगे इस भीड़ का उपयोग सारे राष्ट्रीय और मानव मूल्यों के विनाश के लिए, लोकतंत्र के नाश के लिए करवाया जा सकता है।

[जून, 1991]

सिद्धान्तों की व्यर्थता

अब वे धमकी देने लगे हैं कि हम सिद्धान्त और कार्यक्रम की राजनीति करेंगे। वे सभी जिनसे कहा जाता है कि सिद्धान्त और कार्यक्रम बताओ। ज्योति बसु पूछते थे, नंबूदरीपाद पूछते थे। मगर वे बताते नहीं थे। हम लोगों को सिद्धान्त के बारे में पिछले चालीस सालों से सुनते-सुनते इतनी एलर्जी हो गई कि हमें उसमें दाल में काला नजर आता है। जब कोई नया मुख्यमंत्री कहता है कि मैं स्वच्छ प्रशासन दूँगा, तब हमें घबराहट होती है। भगवान, अब क्या होगा? ये तो स्वच्छ प्रशासन देने पर तुले हैं! स्वच्छ प्रशासन के मारे हम लोगों की किस्मत में कब तक स्वच्छ प्रशासन लिखा रहेगा?

हमारे देश में सबसे आसान काम आदर्शवाद बघारना है और फिर घटिया से घटिया उपयोगितावादी की तरह व्यवहार करना है। कई सदियों से हमारे देश के आदमी की प्रवृत्ति बनाई गई है अपने को आदर्शवादी घोषित करने, त्यागी घोषित

करने की। पैसा जोड़ना त्याग की घोषणा के साथ ही शुरू होता है। स्वाधीनता संग्राम के सालों में गांधीजी के प्रभाव से आदर्शवादिता और त्याग राजनीतिकर्ता को शोभा देने लगे थे। वे वर्ष आदर्श और त्याग के थे भी। मगर सत्ता की राजनीति एक ठोस व्यावहारिक चीज है। विश्वनाथ प्रतापसिंह के साथ निकले लोगों और पहले से बाहर लोगों ने 'जनमोर्चा' बनाया था। ये लोग आदर्शवाद के मूड के थे। विश्वनाथ प्रताप को आदर्शवाद का नशा आ गया था। मोर्चे के नेता की हैसियत से उन्होंने घोषणा की कि मोर्चे का कोई सदस्य पाँच साल तक कोई पद नहीं लेगा। सब त्यागी हो गए। हमें तब लगा कि आगे चुनाव के बाद अगर ये जीत गए तो पद लेने के लिए इन्हें मनाना पड़ेगा। हाथ जोड़ना पड़ेगा कि आप मुख्यमंत्री बन जाइए और वह कहेगा—हटो, मैं पदलोलुप नहीं हूँ। मैं नहीं बनूँगा मुख्यमंत्री। तब मंत्रिमंडल कैसे बनेंगे ? कोई मंत्री बनने को तैयार नहीं होगा। देश शासकविहीन होने की स्थिति में आ जाएगा। तब हमें इन नेताओं के दरवाजों पर सत्याग्रह करना पड़ेगा, आमरण अनशन करना पड़ेगा कि आप मंत्री नहीं होंगे, तो हम प्राण दे देंगे। तब कहीं ये पद-ग्रहण को तैयार होंगे।

मगर अभी जो आपसी कशमकश चल रही है, वह पदों के लिए ही है। समाजवादी दल बनना तय है तो उसमें त्यागी लोग अपनी सीट पक्की कर लेना चाहते हैं। सबसे बड़ी लड़ाई सबसे ऊँचे पद प्रधानमंत्री के लिए है। देवीलाल ने घोषणा कर दी और एन.टी. रामाराव ने समर्थन कर दिया कि विश्वनाथ प्रताप सिंह प्रधानमंत्री होंगे। इस पर चन्द्रशेखर और बहुगुणा को एतराज है। दोनों विश्वनाथ को अपना नेता नहीं मानते। एन.टी. रामाराव का कोई सिद्धान्त नहीं है। रूपक सजाना कोई सिद्धान्त नहीं। चावल सस्ता तीन रुपए किलो कर देंगे, अगर वोट हमें दिये—यह कोई सिद्धान्त नहीं है। इस चावल सिद्धान्त, वेश, चैतन्य रथ और नाटकबाजी से बने मुख्यमंत्री एन.टी. रामाराव कोई सिद्धान्त मान भी नहीं सकते। देवीलाल का भी कोई सिद्धान्त नहीं है। चन्द्रशेखर कभी कांग्रेस के युवा तुर्क थे। वे समाजवादी थे। अब क्या हैं ? बहुगुणा की छवि वामपंथी की रही है। पिछले सालों से वे न जाने क्या हो गए हैं ? पदलिप्सा को त्यागने की घोषणा करने वालों का हाल यह है कि पदों के लिए पार्टियाँ टूट रही हैं। मगर बहुगुणा और चन्द्रशेखर विश्वनाथ को नेता नहीं मानते, तो विश्वनाथ ने भी इनसे कुछ जवाब माँगे और समाजवादी दल में शामिल होने के लिए शर्तें रखीं। अब सिद्धान्त की जरूरत ही क्या ? मगर घोषणाएँ हो रही हैं कि गड़बड़ की तो हम सिद्धान्त की राजनीति करने लगेंगे।

मेरे मत से सिद्धान्त खोजने की जरूरत नहीं है। कोई सिद्धान्त मानने की भी जरूरत नहीं है। इस देश में दो सिद्धान्त पहले से ही हैं—गांधीवाद और समाजवाद। गांधीवाद गांधीयुग से चला आ रहा है। समाजवाद नेहरू युग से। समाजवाद वह टोपी है जो हर सिर पर फिट बैठती है। गांधीवाद का कोई मतलब नहीं रहा इस देश में। गांधीवाद और समाजवाद—दोनों इतने अर्थहीन, मगर जरूरी सिद्धान्त हो गए हैं

कि भारतीय जनता पार्टी ने भी दोनों स्वीकार कर लिए। कुछ चाहिए, दिखाने के लिए। भारतीय जनता पार्टी जिस संगठन का राजनीतिक मोर्चा है, वह गांधी और समाजवाद—दोनों का विरोधी है। मगर न गांधी कुछ बिगाड़ते, न समाजवाद, तो क्यों न उन्हें ले लिया जाए? चाहे जैसा इन्हें मोड़ सकते हैं। ये कुछ माँग नहीं करते। आप बूचड़खाना खोलकर भी गांधीवादी रह सकते हैं? और बँधुआ मजदूर रखकर भी अच्छे समाजवादी बने रह सकते हैं। गांधी इस देश से गए। बाहर हैं। गोर्बाच्योव गांधी का नाम लेते हैं और अहिंसा को अन्तर्राष्ट्रीय आचरण का आधार बताते हैं। भारत के गांधीवादी गांधी जयन्ती मनाते हैं और पुरानी पीढ़ी के कांग्रेसी चरखा कातने का शो करते हैं। गांधीवाद यहाँ इतना ही है कि चाहे जब सवर्ण हरिजनों को गोली से उड़ा देते हैं। रघुपति राघव राजाराम, सबको दुर्मति दे भगवान।

पंडित नेहरू के बाद यह पहचानना कठिन है कि समाजवाद कहाँ है, और किस तरह का है। पंडित नेहरू समाजवाद को लोकप्रिय तो कर गए लेकिन सारी ताकत के बावजूद कांग्रेस से सहकारी खेती मंजूर नहीं करवा पाए। उनके स्थापित किए सार्वजनिक उद्योग क्षेत्र का क्षय होता गया। मगर समाजवाद का नाम है। उसके नाम से पूँजीवाद और सामन्तवाद खूब बढ़ रहे हैं। इतने सुभीते का समाजवाद दुनिया के किसी देश में नहीं है। ऐसे समाजवाद के होते हुए नए सिद्धान्त खोजने की क्या जरूरत है?

कांग्रेस इसीलिए कभी सिद्धान्तों की बात नहीं करती। अधिवेशनों में जरूर समाजवाद धर्मनिरपेक्षता के प्रस्ताव पास कर लेती है। किसी कांग्रेसमैन को सिद्धान्त के बारे में चिन्तित नहीं देखा होगा। और कांग्रेसमैन इस मामले में हलका-फुलका रहता है। कांग्रेस के पास एक पेटी में गांधीवाद रखा है और एक पेटी में समाजवाद। गांधीवाद पहले का रखा है, समाजवाद नेहरू के समय से। कांग्रेस ने कभी पेटियाँ नहीं खोलीं कि देख तो लें गांधीवाद और समाजवाद में फफूँद तो नहीं आ गई? कहीं सड़ तो नहीं गए? उसे सिद्धान्तों की तलाश नहीं है। हम जानते हैं कि गांधीवाद और समाजवाद का क्या हश्र हो गया। इनका कोई अर्थ नहीं रह गया।

निश्चित ही देश में दो पार्टी-पद्धति होनी चाहिए। भारत जैसे गरीब विकासाकांक्षी देश में ब्रिटेन की लेबर और कंजरवेटिव पार्टियों की तरह की पार्टियाँ काम नहीं देंगी। ब्रिटेन की समस्या दूसरी है, भारत की दूसरी। भारत में एक दक्षिणपंथी और एक वामपंथी पार्टी होनी चाहिए। दोनों के सिद्धान्त और कार्यक्रम तय होना चाहिए। मगर एक तो कांग्रेस सबका प्रतिनिधित्व करने लगी—पूँजीपति भी, मजदूर भी, अमीर भी, गरीब भी, जमींदार भी, खेत मजदूर भी, हिन्दू साम्प्रदायिक भी और मुस्लिम साम्प्रदायिक भी। सब इसमें हैं। यह एक बिखरी हुई भीड़ है, पार्टी नहीं। चुनाव के मौके पर यह भीड़ इकट्ठा हो जाती है और पार्टी बन जाती है। दूसरे, वामपंथ का विकास देश में कम हुआ है। तीसरे क्षेत्रीय दल हैं। इन कारणों से दो पार्टी-पद्धति नहीं बन पा रही है।

कांग्रेस के विकल्प के अभाव में झटके के प्रयास होते हैं। 1967 में डॉ. लोहिया ने 'गैर-कांग्रेसवाद' का नारा दिया था और कुछ राज्यों में 'संविद' (संयुक्त विधायक दल) सरकारें बनी थीं। लोहिया उत्साह में थे कि कांग्रेस की मोनोपली लूटी। उन्होंने कहा—संविद सरकारें 6 महीने में कोई चमत्कारी काम करके दिखाएँ। मगर संविद मंत्री इतने उतावली में थे कि उन्होंने तीन महीने में ही चमत्कार करना शुरू कर दिया। नतीजा, ये सरकारें बदनाम हुईं और ढाई सालों में बैठ गईं।

यही संविद प्रयोग 1977 में फिर हुआ। यह जयप्रकाश नारायण की 'सम्पूर्ण क्रान्ति' (या भ्रान्ति) का नतीजा था। गैर-संवैधानिक तरीके से सरकार गिराने का प्रयास थी यह क्रान्ति। कोई क्रान्तिकारी आर्थिक कार्यक्रम नहीं था। अराजकता पैदा करने की कोशिश थी। बाद में जॉर्ज फर्नांडीस ने सार्वजनिक रूप से स्वीकार किया कि मैंने इतनी बार रेल पटरी से उतारी। इन्दिरा गांधी ने आपातकाल लगा दिया था। जयप्रकाश घोर साम्यवाद विरोधी और रूस विरोधी थे। वे अमेरिका समर्थक हो गए थे। वे अमेरिकापरस्त विदेश नीति चाहते थे। उनकी जेल की डायरी में सब साफ-साफ लिखा है। क्रान्ति के नाम पर 'जनेऊ तोड़ो' आन्दोलन।

जेल से छूटकर पाँच धड़ों को मिलाकर जनता पार्टी बनी। वह चुनाव जीती और जनता सरकार केन्द्र में तथा अधिकांश राज्यों में बनी। क्या हुआ? कोई क्रान्तिकारी कार्यक्रम लागू किया गया? नहीं। बेकारी की समस्या का हल? नहीं। ये दक्षिणपन्थी पार्टियाँ थीं, जिनके पास क्रान्तिकारी कार्यक्रम हो ही नहीं सकता। हाँ, इनकी सबसे बड़ी क्रान्तिकारिता आपस में लड़ने में दिखी। पद और स्वार्थ की लड़ाई। पौने तीन साल में यह क्रान्तिकारी सरकार गिर गई। 1980 में इन्दिरा गांधी फिर सत्तारूढ़। बनेगा तो वही बनेगा, 1977 का जोड़-तोड़। इसमें सिद्धान्तों की जरूरत भी नहीं है। सिद्धान्तों की धमकी से हम डरते भी नहीं हैं। कई सालों से सिद्धान्त भोग रहे हैं। जमाव-जमाओ सीट पक्की करो, और जीतने की हालत में मंत्रिमंडल में अपनी जगह पक्की।

[नवंबर, 1988]

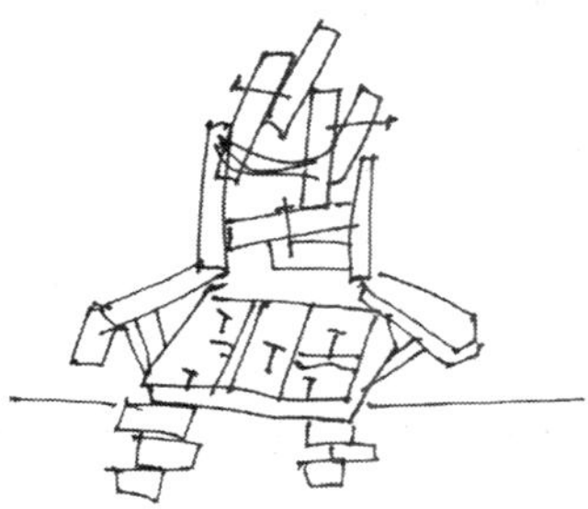

हरिजन, मन्दिर, अग्निवेश

समाज का कसमसाना प्रगति का लक्षण है, परिवर्तन का लक्षण है। जो समाज कसमसाता नहीं, वह जड़ रह जाता है। इस कसमसाहहट के कारण इक्का-दुक्का घटनाएँ होती हैं। ये प्रतीक हैं—व्यापक परिवर्तन और विकास की इच्छा की। ये घटनाएँ अच्छी भी होती हैं और दुखदायी भी।

एक व्यापक कसमसाहट हरिजनों के बराबरी के अधिकारों की है। संविधान में इनकी मदद के लिए प्रावधान है। समाज में ये ऊँचे वर्णों के साथ बराबरी चाहते हैं। छुआछूत कानून द्वारा वर्जित है मगर कानून द्वारा तो हत्या भी वर्जित है। समाज में, व्यवहार में कानून का प्रतिफल हो तो उसकी सार्थकता है।

दो घटनाएँ एक साथ घटीं। नाथद्वारा मन्दिर में हरिजनों का प्रवेश शान्ति से करा दिया गया। वे स्थानीय हरिजन थे इसलिए पहचाने हुए थे। स्थानीय हरिजन

हो तो पहचाना जा सकता है। मशहूर आदमी हो तो पहचाना जा सकता है। वरना पूरी के निरंजनदेव को क्या पता कि सारे देश में जो दर्शनार्थी मन्दिर में आते हैं, उनमें कौन हरिजन है। बम्बई, दिल्ली, इलाहाबाद के शहरी हरिजन मन्दिर में जाते होंगे, पर पुजारी उन्हें पहचानते नहीं हैं। व्यापक समाज में सब मेलजोल हो गया है। विभाजन है तो स्थानीय स्तर पर। और बड़ा सवाल है, इस मान्यता को खत्म करना जिसके अन्तर्गत हरिजनों का मन्दिर में प्रवेश वर्जित है। कभी किसी जमाने में जब वर्ण व्यवस्था मजबूत थी, सामन्तवाद था, ऊँची जातियों ने अपने मन्दिर अपने लिए सुरक्षित रखे थे। उनमें नीची जाति के लोग नहीं जा सकते थे। जाते भी नहीं थे। पुरी का मन्दिर नाथद्वारा और तिरुपति बड़े और मशहूर मन्दिर हैं। इनमें हरिजन प्रवेश कराना उस पुरानी मान्यता को ध्वस्त करना है, वरना गाँवों और कस्बों के मन्दिरों का क्या हाल है ? वहाँ कोई आन्दोलन नहीं। हरिजन मन्दिर प्रवेश की लड़ाई लड़ता ही नहीं, बल्कि धार्मिक उत्सव में सब वर्णों के लोग एक साथ शामिल होते हैं। पुरी के शंकराचार्य इंदिरा गांधी को जानते थे। यह जानते थे कि इनका पति फारसी था। उन्होंने फारसी को मन्दिर में नहीं जाने दिया। उसी पुरी मन्दिर में कितने हरिजन, जो पहचाने हुए नहीं है, जाते हैं।

नाथद्वारा में जो हुआ, अच्छा हुआ। हरिजन भीतर गए। उन्हें पुरोहितों ने वल्लभ सम्प्रदाय के पुष्टि मार्ग में दीक्षित किया और उन्होंने पूजा की। यों सवर्णों में भी कितने लोग पुष्टि मार्ग जानते हैं। मगर मन्दिर के प्रबन्धकों ने यह बताया कि एक विशेष धार्मिक शखा का यह मन्दिर है और उसमें विश्वास करने वाले ही मन्दिर में जा सकते हैं। स्वामी अग्निवेश के साथी कहते हैं कि यह सरकारी नाटक था। सरकार का सहयोग तो होगा ही। यहाँ टेलीविजन तैयार था। सब बातें तय हो चुकी थीं। राजेन्द्र कुमारी वाजपेयी ने संसद में घोषणा भी कर दी। यह शायद इसलिए किया गया कि स्वामी अग्निवेश के नेतृत्व में भीड़ आई तो गड़बड़ होगी। हरिजनों से 'अग्निवेश मुर्दाबाद' के नारे भी लगवाए।

अग्निवेश उस पुरानी भेद की मान्यता को मिटाने के लिए लड़ते हैं। जरूरी नहीं है कि रोज हरिजन जाएँ। बहुत करके वे जाएँगे भी नहीं। रोज-रोज की झंझट कौन मोल ले ? जहाँ तक खास मत के मन्दिरों का सवाल है, भरतवासी सभी जगह नमन कर लेता है। शिवजी के मन्दिर की घंटी बजा दी। कृष्ण और राम की भी आरती कर ली। हनुमान का सिन्दूर भी मस्तक पर लगा लिया। हिन्दू स्वामी का भी आशीर्वाद ले लिया और मुसलमान फकीर से भी दुआ माँग ली। जगन्नाथ का रथ भी रख लेंगे और मुहर्रम का ताजिया भी।

कभी होता था, ऐसा कि शैव और वैष्णव में सिर फुटौवल होती थी। यही नहीं, कृष्णभक्तों और रामभक्तों में भी लड़ाई होती थी। डॉ. रामशरण शर्मा ने लिखा है कि उड़ीसा में कृष्ण भक्त राम मन्दिर लूटते थे और राम भक्त कृष्ण

मन्दिर लूटते थे। मन्दिर बैंक थे। अब भी मन्दिर खजाने हैं। यह कहना गलत है कि सिर्फ मुसलमान नवाब मन्दिर लूटते थे और वह भी धार्मिक द्वेष के कारण। गैर–मुसलमान भी मन्दिर लुटवाते थे। खजाने में धन की कमी हुई तो हुक्म दिया कि अमुक मन्दिर लूट लाओ। सबसे ज्यादा मन्दिर लुटवाए सम्राट हर्ष ने, जो बौद्ध थे। मुसलमान नवाबों, शाहों का कोई मन्दिर लूटने का डिपार्टमेंट नहीं था। पर हर्ष के शासन में मन्दिर लूटने का एक विभाग था, जिसका संस्कृत नाम मैं भूल रहा हूँ।

स्वामी अग्निवेश का रास्ता वर्णभेद की उस पुरानी सख्त परम्परा को मन्दिर के मामले में तोड़ना है। इसे वह भीड़–भाड़ नाटकीयता से करते हैं। वे राजनीति में भी हैं इसलिए दर्शकों और अखबारों का खयाल रखते हैं। मेरा खयाल है, मन्दिर के प्रबन्धकों और पुजारियों को मानना–समझना चाहिए और उस परम्परा को सद्‌भाव से खत्म कर देना चाहिए। स्वामी स्वरूपानन्द ने अभी कहा है—जिस द्वार से मन्दिर में हरिजन आवें, उसी द्वार से दूसरे हिन्दू तथा शंकराचार्य भी आवें। चतुराई का वाक्य है। इससे वह मान्यता टूटेगी। व्यवहार में खास कुछ नहीं होगा। जब तक हरिजन की आर्थिक, सामाजिक प्रतिष्ठा नहीं होगी, वह खुद ही इन भव्य इमारतों में नहीं जाएगा। वह मान्यता जरूर टूट जानी चाहिए। फिर इस मन्दिर–प्रवेश आन्दोलन में राजनीति घुस आती है। मध्यप्रदेश के छत्तीसगढ़ में पंडातराई में मन्दिर–प्रवेश आन्दोलन हिंसक हो गया था। इसमें राजनीति आ गई थी। राम जन्म–भूमि और बाबरी मस्जिद का विवाद देशव्यापी इसीलिए हो गया और खतरनाक हो गया क्योंकि इसमें राजनीति है—हिन्दू और मुस्लिम बाँट। वरना सरकार में साहस हो तो दोनों को पुरातत्त्व विभाग को सौंप दे।

गुरुनानक के बारे में एक किंवदंती है। बगदाद में वे मस्जिद की तरफ पाँव करे सो रहे थे। किसी ने उन्हें उठाया और कहा कि तुम मस्जिद की तरफ पाँव करके सो रहे हो। यह गलत है। नानक दूसरी तरफ पाँव करके सो गए। उस आदमी ने देखा कि मस्जिद उनके पाँव की तरफ आ गई। किंवदंती है, मगर अर्थ गहरा है। पूजास्थल भव्य इमारतें हैं, धर्म नहीं हैं। सच्चा धर्म भावना और आचरण में होता है। जिसे सर्वव्यापी माना जाता है, वह मन्दिर या मस्जिद कैद नहीं है। गरीबों के झोंपड़ीनुमा मन्दिर में भी भगवान है और विशाल भव्य मन्दिर में भी। जितनी विशाल धर्म की जरूरत होगी, उतना बड़ा झगड़ा होगा।

इसी वक्त बिहार से खबर आई कि ग्यारह हरिजन मार डाले गए। मन्दिर–प्रवेश का अधिकार बाद में आता है। पहले जीने का अधिकार। संविधान में यह है पर बिहार में नहीं है। और जगह भी जहाँ माफिया गिरोह हैं, जीने का अधिकार नहीं है। ऐसी खबरों से न बिहार को कोई आघात लगता, न देश को। संवेदना कुंठित हो गई है। ये नीचे वर्ण के लोग नीचे वर्ग के भी हैं। खेत मजदर हैं, बंधुआ

मजदूर है। ये जमींदारों के, झगड़ों में शिकार होते हैं। किसानों के नाम से जो संगठन बने हैं, उनके संघर्ष के भी शिकार हैं। हर घटना के बाद औपचारिकताएँ होती हैं—मुख्यमंत्री वहाँ जाते हैं या किसी मंत्री को भेजते हैं। पुलिस सक्रिय। एक बार फिर सरकार सुरक्षा का आश्वासन देती है और कहती है, ऐसी घटना कभी नहीं होगी। हफ्ते भर बाद फिर घटना हो जाती है। विपक्ष इतना करता है कि सरकार से इस्तीफे की माँग करता है। कांग्रेस में विरोधी गुट भी यही चाहता है। आर्थिक कारण मिटाए नहीं जाते। भूमि सुधार लागू नहीं किए जाते। न्यूनतम मजदूरी दिलाई नहीं जाती। सामन्तवाद का खात्मा नहीं होता क्योंकि सामन्तवाद के दम पर ही लोकतंत्र चल रहा है।

स्वामी अग्निवेश बँधुआ मुक्ति आन्दोलन चलाते हैं, यह अच्छी बात है। मगर आर्यसमाजी हैं तो कुछ अर्थों में पुनरुत्थानवादी होंगे ही। फिर भी उनके आन्दोलनों से कुछ कुप्रथाओं और मनुष्य विरोधी मान्यताओं के खिलाफ जनमत बनता है। सती प्रथा पर वे पुरी के शंकराचार्य से शास्त्रार्थ करने वाले थे। अब शास्त्रार्थ अर्थहीन है। अगर निरंजनदेव जीत जाते तो क्या भारतीय संविधान में सती प्रथा को मान्यता मिल जाती ? या अग्निवेश कहते कि मैं हार गया ? निरंजनदेव सही कहते हैं। पुनरुत्थानवाद से पुनरुत्थानवाद के हथियार से नहीं लड़ा जा सकता। आज जो प्रश्न है, उस पर बहस आज के सन्दर्भ में ही हो सकती है। पुराने ग्रन्थों में उसका हल नहीं खोजना चाहिए। शास्त्रार्थ करने के लिए हमारे यहाँ संसद है, विधान सभाएँ हैं। निरंजनदेव और अग्निवेश दोनों ही प्राचीन में जाएँगे, तो उससे कोई लाभ नहीं होगा।

धर्म की भूमिका हमेशा प्रगतिशीलता विरोधी रही है। कहते हैं, ईरान में अयातुल्ला खोमेनी के नेतृत्व में शिया संघर्ष ने महत्त्वपूर्ण भूमिका निबाही। मगर फिर ईरानी शासन कैसा हो गया ? ईरानी समाज का क्या हाल हुआ ? और अरब जगत में शिया उन्मादी दस्ते कितना ऊधम मचाते हैं ! ईरानी समाज तो पिछड़ गया।

मगर रूस में जो हो रहा है, वह समझने की जरूरत है। वहाँ धर्म पर 'पेरेस्त्रोइका' और 'ग्लासनास्त' का क्या असर पड़ा है ? दूसरी आर्थोडाक्स चर्च की स्थापना की हजारवीं वर्षगाँठ बड़े धूमधाम से मनाई गई। सोवियत पत्र-पत्रिकाओं में धुआँधार प्रचार रूसी कार्डिनल कहते हैं—हम 'पेरेस्त्रोइका' का समर्थन करते हैं। पेरेस्त्रोइका से चर्च को बड़ा लाभ हुआ है। वहाँ 'हरे कृष्णा हरे राम' (इस्कान) वाले भी पहुँच गए हैं। पश्चिम बँगाल में कृष्ण नगर में इनका एक आश्रम है, जो उधर के निवासियों और सरकार के लिए सिरदर्द है। मगर वे रूस पहुँच गए हैं। इतना ही नहीं, भारत में 'इस्कान' के उत्सव में एक रूसी कूटनीतिज्ञ ने भाग लिया। मार्क्स ने कहा है—धर्म आत्महीन जगत में आत्मा की पुकार है।

धर्म सुख का भ्रम पैदा करता है जबकि मनुष्य वास्तविक सुख चाहता है, जो सामाजिक परिवर्तन से आता है। रूस में धर्म पर औपचारिक पाबन्दी कभी नहीं रही। चर्च हैं, मस्जिदें हैं, बौद्धमठ भी हैं। पर शिक्षा और दीक्षा के कारण धर्म मनुष्य के लिए जरूरी नहीं रहा। पर अब यह पुनरुत्थान हो रहा है। समाजवादी समाज में अग्रगामी शक्तियों के साथ मिलकर धर्म प्रगतिशील भूमिका कैसे निबाहेगा, यह आगे देखना है।

[अक्टूबर, 1988]

समाजवाद और धर्म

एक सज्जन ने एक पत्रिका का फोटो दिखाया। फोटो रूस के कृष्ण भक्तों का था। झाँझ-मजीरा-ढोलक के साथ कृष्ण के भजन गाते हुए रूसी लोग। उन्होंने कहा—यह क्या है ? यह बीमारी रूस ने अपने घर क्यों बुला ली ? यही क्या 'पेरेस्त्रोइका' और 'ग्लासनास्त' है ? जिन-जिन देशों में यह बीमारी पहुँच गई है, वे खुद परेशान हैं। भारत में जहाँ इनके अड्डे हैं, वहाँ के लोग और वहाँ की सरकार परेशान है।

मैंने कहा— रूस ने अपने-अपने लोगों के लिए दुनिया खोल दी है। सबको देख लो। सबको समझ लो। दुनिया में यह भी है। और फिर दुनिया में किसी-न-किसी देवता को पूजने वाले ही अधिक हैं, नास्तिक या निरपेक्ष बहुत कम हैं। अब रही बात उस देवता का स्मरण या उसकी प्रार्थना अपने-आप कर लेना—व्यक्तिगत रूप में; या उसकी पूजा-स्तुति सार्वजनिक रूप से तामझाम के साथ करना। कुछ लोग

घर में ही प्रभु-स्मरण कर लेते हैं। कुछ सार्वजनिक रूप से मन्दिर या मस्जिद या गिरिजाघर में करते हैं। कुछ दोनों तरह से करते हैं। सार्वजनिक पूजा, कीर्तन, समारोह में खासा पैसा लगता है। खासा पैसा कमाया भी जाता है। कर्मकांड बहुत लोग पसन्द नहीं करते पर आमतौर पर लोग कर्मकांड पसन्द करते हैं। शोर है या ध्वनिलालित्य है, वाद्ययंत्रों की ध्वनि—यह कुछ समय के लिए दूसरे जीवन में पहुँचाता तो है ही।

उन्होंने कहा—ईश्वर है या नहीं? है तो कैसा है? देव-देवी है या नहीं? इनकी पूजा कैसे की जाए। यह बात मैं नहीं कर रहा हूँ। ये 'हरे कृष्ण' वाले मामूली कृष्ण भक्त नहीं हैं। इनका एक संगठन है—'इंटरनेशनल कृष्ण कांशसनेस'। इसका आरम्भ भारत में नहीं, अमेरिका में हुआ है। इन लोगों के कारनामों पर बहुत लोगों को एतराज है। ये सन्देहास्पद लोग हैं। इनकी कृष्ण भक्ति झूठी है। आवारा हैं। मुफ्त का पैसा मिलता है। मौज करते हैं और कृष्ण के भजन गाते फिरते हैं। देव आनन्द ने इन पर एक फिल्म बनाई है। मैं पूछता हूँ कि रूस को जरूरत क्या पड़ गई?

मैंने कहा— रूस उस सबको लेकर परीक्षण कर रहा है कि जो क्रान्ति के बाद के सालों में छूट गया था या छुड़वा दिया गया था। भारत में वेदान्तियों को बुलाया जा रहा है। उनकी रूसी दर्शनशास्त्रियों तथा वैज्ञानिकों से चर्चा कराई जा रही है। रामकृष्ण मिशन और विवेकानन्द आश्रम के साधुओं को आमंत्रित किया जाता है, वे वहाँ रूसी विद्वानों और वैज्ञानिकों से बातें करते हैं। तत्त्वचिन्तन होता है। टोना-टोटका और झाड़-फूँक वाले ओझा भी बुलाते हैं, जिनसे उनकी विद्या समझते हैं।

कई सदियों तक घमंड से कूदने वाले, फिर कूप मंडूक हो जाने वाले और फिर पिछली सदियों में गोरी जाति के सामने हीनता अनुभव करने वाले भारतीय मन को गर्व से नाचना चाहिए—अहा, हमारे कृष्ण दुनिया के उस देश में बंसी बजा रहे हैं, जहाँ नास्तिक रहते हैं। हो गई समाजवाद और साम्यवाद पर विजय। भारत का अध्यात्म ही आखिर जीता।

ऐसा गर्व कर सकते हैं। मगर अपने देश में देखें। क्या हाल हैं कर्मकांड और पाखंड के। मन्दिर तक तो ठीक नहीं रखते। डॉ. राममनोहर लोहिया ने कहा था—मैं तो नास्तिक हूँ। फिर भी मन्दिरों की हालत देखकर दुखी हूँ। लोगों को मन्दिरों को स्वच्छ रखना चाहिए।

भारतीयों के मन पर विदेशियों द्वारा हमारे कृष्ण की भक्ति पर विभिन्न प्रतिक्रियाएँ होती हैं। *अतिप्राचीनकाल में कोई कुंठा नहीं रही, संघर्ष रहा, पर आनन्द भी रहा। योग और भोग साथ चले। इसके बाद धर्म में कर्मकांडों की भरमार पुरोहित वर्ग ने कर दी। खूब शोषण चल रहा है, तब से श्रद्धालुओं का।* फिर विभिन्न जातियाँ, विभिन्न धर्म लेकर आईं। समन्वय हुआ। फिर गिरावट आई। एक प्राफेट (पैगम्बर)

ईसा सरीखा और सर्वकालिक पवित्र ग्रन्थ 'दि होली बाइबल' सरीखा प्राचीन भारत में कोई नहीं रहा। सबसे अधिक अवतार पूजे जाते हैं—विष्णु के। शंकर के अवतार नहीं हैं, पर वे खूब पूजे जाते हैं। तैंतीस करोड़ देवता बताए गए हैं, किसी एक देवता पर कब्जा करके बैठ सकते हैं।

फिर हीनता के वर्षों में जब ब्रिटिश साम्राज्यवाद सारा गर्व चूर्ण कर रहा था, तब भारतीय मन यह कहकर सन्तोष करता था कि कुछ भी कहो, हमारे जैसा दर्शन, ज्ञान, संस्कृति, काव्य कहीं नहीं है। वेदों के अनुवाद आगे बढ़े हुए पश्चिम में हो रहे हैं। और देखो, मैक्समुलर ने क्या तारीफ की है! जर्मनी में शिवभक्त हैं, और फ्रांस की एक गुफा में राधाकृष्ण की मूर्ति मिली है। सम्पन्न जाति को, और जो शायद अठारहवीं सदी तक दुनिया में सबसे आगे थी, जब साम्राज्यवादियों ने लूटकर हीन बनाया, यूरोपीय जीवन पद्धति को सबसे उत्तम बताया, तब दबा हुआ भारतीय मन इस दावे से जीवित रहा कि क्या तुम्हारे यहाँ वेद हैं? उपनिषद् हैं? मनमोहन कृष्ण हैं? मर्यादा पुरुषोत्तम राम हैं? अरे देवता तो सब इस पवित्रभूमि पर 'अवतार' लेते हैं। इस गर्व ने एक ओर जहाँ मन को जीवित रखा, वहीं आत्मलुब्धता ने अकर्मण्य भी बनाया।

औसत भारतीय मन जो अभी भी पश्चिमी गोरों का रौब मानता है, प्रफुल्ल होकर कहता है—'पहुँच गए हमारे कृष्ण अमेरिका होते हुए समाजवादी रूस। पूँजीवादी पर तो हावी थे ही, समाजवादी देश पर भी हावी हो गए। किधर गए मार्क्स? कहाँ गई उनकी नास्तिकता?'

कृष्ण का पहुँचना समाजवाद का नाश नहीं, उसे प्रोत्साहन है। कृष्ण के चरित्र में समाजवाद के तत्त्व हैं। गोकुल में पूजा बन्द करवाते हैं—यानी एकाधिकार को नष्ट करते हैं। गोकुल का मक्खन, दही मथुरा नहीं जाने देते। यह कोई न्याय है कि मथुरा के बड़े लोग मक्खन खाएँ और गोकुल के गरीब ग्रामीण उससे वंचित रहें? हमेशा कृष्ण ने वंचितों का साथ दिया। हमेशा उनके पक्षधर रहे जिनका अधिकार छीन लिया गया है। अत्याचारी का नाश किया और करवाया। नन्ददास का 'सुदामा चरित' कितना मार्मिक है! मार्क्सवादी कृष्ण को अपने पक्ष में ले सकते हैं।

पर फिर वही धर्म की बात उठेगी। धर्म जड़ दृष्टि देता है, भाग्यवादी और अकर्मण्य बनाता है। धर्म मूल अच्छे तत्त्व छोड़कर कर्मकांड का रूप ले लेता है। जनता को शोषण के लिए तैयार करता है। शोषक के हाथ में धर्म हथियार है।

मगर साम्यवादी पार्टी के संस्थापकों में एक मौलाना हसरत मोहानी हज भी करते थे और साम्यवादी भी थे। निकारागुआ का कवि और मंत्री, जो दो बार भारत आ चुका है, पादरी भी है। वह कहता है, धर्म और समाजवाद में कोई टकराव नहीं है।

बहुत पहले ब्रिटेन के केंटरबरी चर्च के बिशप डॉ. जॉन्सन थे, जो साम्यवादी थे। वे 'रेड डीन' कहलाते थे। उनकी मुलाकात स्टालिन से भी हुई थी।

इन 'कृष्ण कांशसनेस' वालों पर देव आनन्द ने एक फिल्म बनाई थी। इसका एक गीत लोकप्रिय हुआ—'दम मारो दम, मिट जाए गम, बोलो सुबह शाम, हरे कृष्णा हरे राम।' फिल्म का निष्कर्ष यह था कि भारतीयों को विदेश से आए ये कृष्ण भक्त पसन्द नहीं हैं। उन्हें स्वीकार नहीं किया गया है। वे सी.आई.ए. एजेंट कहलाते हैं। वे भगोड़े, पलायनवादी, नशैलची, गैर-जिम्मेदार हैं, ऐसा माना जाता है। भारत में उनका एक अड्डा बम्बई में है और दूसरा, कृष्णनगर बंगाल में। वे ऐकान्तिक रहस्यमय जिन्दगी जीते हैं। कभी-कभी वाद्य यंत्र बजाते-गाते सड़कों पर निकलते हैं। तब वे कौतूहल के केन्द्र होते हैं। नशे की बात तो ऐसी है हमारे यहाँ कि शिवभक्त भी गाँजा, भाँग, धतूरे का सेवन करते हैं।

मूल सवाल यह है कि समाजवाद से धर्म की कैसी निभती है। रूस में जो हो रहा है, उससे लगता है, वहाँ धर्म कभी खत्म नहीं हुआ। धर्म दबा और दबाया गया। अब स्वतंत्रता मिली है तो चर्चों और मस्जिदों में भीड़ है। सामूहिक प्रार्थनाएँ और उत्सव हो रहे हैं। बहुत साल पहले जब मैं रूस गया तो वहाँ देखा कि चर्च और मस्जिदें स्मारक, स्थापत्यकला, चित्रकला के नमूने हैं। हमें ईसाबेला चर्च दिखाया गया। पूरी गोल छत पर सुन्दर चित्रकारी थी। ताशकंद में भव्य मस्जिद देखी। एक तरुण उजबेक से पूछा—क्या तुम मस्जिद जाते हो? उसने जवाब दिया—नहीं जाता। ये मस्जिदें बूढ़े आदमियों के क्लब हैं। वे जाते हैं, नमाज पढ़ते हैं, घंटों पुरानी यादें करते हैं, सुख-दुख की बातें करते हैं।

पर अब मस्जिदें और चर्च भरे हुए हैं।

किसी अलौकिक परम सत्ता के अस्तित्व और उसमें आस्था मनुष्य के मन में गहरे धँसी होती है। यह सही है। इस परम सत्ता को, मनुष्य अपनी आखिरी अदालत मानता है। इस परम सत्ता से मनुष्य दया और मंगल की अपेक्षा करता है। फिर इस सत्ता के रूप बनते हैं, प्रार्थनाएँ बनती हैं। आराधना-विधि बनती है। पुरोहित वर्ग प्रकट होता है। कर्मकांड बनते हैं। सम्प्रदाय बनते हैं। आपस में शत्रु भाव पैदा होता है, झगड़े होते हैं। दंगे होते हैं। मजे की बात यह है कि डाकू भी उसी भगवान का आशीर्वाद माँगकर डाका डालने जाते हैं जिसका आशीर्वाद लेकर आदमी परोपकार करने जाता है।

बहरहाल, रूस में पादरियों और समाजवाद के सिद्धान्तशास्त्रियों में चर्चा हुई और वे इस निष्कर्ष पर पहुँचे कि हमारे उद्देश्य एक हैं। सवाल अहम है कि सामाजिक परिवर्तन के काम में धर्म का उपयोग हो सकता है? अगर नहीं तो क्या धर्म यथास्थिति की ही रक्षा करेगा? बात बहुत विचारणीय है क्योंकि धर्म एक बड़ी शक्ति है और सामाजिक परिवर्तन की आकांक्षा भी बलवती है।

भारतीय गतिशील चिन्तकों को भी इस पर बहुत विचार करना चाहिए।

यह भी देखा गया है कि लोग नारे के लिए कार्ल मार्क्स का एक वाक्य ले उड़ते हैं— धर्म अवाम के लिए अफीम है। मगर इसके ऊपर मार्क्स ने लिखा है— धर्म आत्महीन दुनिया में आत्मा की पुकार है। धर्म भ्रमात्मक सुख देता है जबकि मनुष्य को वास्तविक सुख चाहिए जो सामाजिक परिवर्तन से आता है।

मैंने यह बात विचारार्थ इसलिए उठाई कि एक समाजवादी समाज में जो धर्महीन माना जाता है, यह धर्मोत्थान क्यों हो रहा है? और समाजवादी मनीषी इसका क्यों समर्थन कर रहे हैं?

जहाँ तक 'हरे राम हरे कृष्ण' वालों का सवाल है, एक नाटक है, जिसका कोई सामाजिक प्रभाव नहीं है। हाँ, 'कृष्ण चेतना' पर बहुत-सी सामग्री छपकर बँटती है।

[जून, 1990]

वनमानुष नहीं हँसता

दो महीने पहले मेरा एक लेख हास्य और व्यंग्य पर छपा था। उसे पढ़कर कुछ लोगों ने मुझसे रूबरू कहा और कुछ ने लिखा—ऐसा मालूम होता है कि आप हँसने के खिलाफ हैं। आपको कठोर व्यंग्य पसन्द है। आदमी के हास-परिहास से आपको क्यों एतराज है?

मुझे कैफियत यह देनी है कि मैं व्यंग इसीलिए लिखता रहा हूँ कि ऐसी स्वस्थ स्थितियाँ बनें कि हर आदमी हँसता हुआ दिखे। कोई मनहूस, चिन्तित या रोनी सूरत का नहीं हो। हँसना बहुत अच्छी बात है। प्राणियों में मनुष्य ही ऐसा है जिसे हँसने की क्षमता प्रकृति ने दी है।

पंडित हजारी प्रसाद द्विवेदी ने एक निबन्ध में लिखा है कि मैं चिड़ियाघर देखने गया। मैं बड़ी देर तक वनमानुष को देखता रहा। वह मनहूस चेहरा लिये था। वनमानुष हँसता नहीं है। द्विवेदी जी यह कहना चाहते हैं कि जो आदमी हँसता नहीं

है, वह वनमानुष होता है। यह निबन्ध दूसरे महायुद्ध के समय लिखा मालूम होता है। वे लिखते हैं कि अगर तानाशाह हिटलर और मुसोलिनी को हँसी के इंजेक्शन दे दिए जाएँ, तो वे हँसने लगेंगे। उनकी क्रूरता, कठोरता जाती रहेगी। वे मानवीय और लोकतांत्रिक हो जाएँगे। मैंने हिटलर, मुसोलिनी और स्टालिन के सैकड़ों चित्र तब देखे थे। किसी के चेहरे पर हँसी नहीं होती थी। बाद में स्तालिन का एक चित्र प्रचारित हुआ—एक बच्ची गुलदस्ता भेंट करने आती है और स्तालिन मुस्कुराते हुए उसे उठा लेते हैं। इस चित्र का प्रचार रूस में और विदेशों में बहुत किया गया। अब रूसी नेता ही कहते हैं कि वह चित्र एक योजना के तहत खिंचवाया गया था। यह दृश्य 'रूसी सर्कस' फिल्म के अन्त में भी मैंने देखा था।

हँसना मन की निर्मलता है। जोनाथन स्विफ्ट ने लिखा है—जितनी देर आदमी हँसता है उतनी देर उसके मन में मैल नहीं रहता। उतनी देर उसका कोई शत्रु नहीं होता। ईर्ष्या, द्वेष, घृणा के भाव नहीं रहते। पर मैंने ईर्ष्या और द्वेष की हँसी भी देखी है।

मैंने निर्मल हँसी की बात की है, दूसरी तरह की गर्हित हँसी भी होती है। वनमानुष मनहूस रहता है। हँसता नहीं है। लकड़बग्घा हँसता है। कवि चन्द्रकान्त देवताले के कविता संग्रह का नाम है—'लकड़बग्घा हँस रहा है'। लकड़बग्घे की हँसी की बात बाद में करूँगा। पहले मनुष्य की निर्मल हँसी की बात।

मैंने पंडित हजारी प्रसाद द्विवेदी की बात ऊपर की है। वे बैठते तो हँसी का फुहारा छूटता। न जाने किन-किन स्थितियों से वे हास्य निकाल लेते थे और बिखेर देते थे। देवताओं, ऋषियों-मुनियों में भी वे हँसने लायक प्रसंग निकाल लेते और अपनी टिप्पणी लगाकर अट्हास करते और सबको हँसाते।

बलराज साहनी शान्ति-निकेतन में अध्यापक रहे थे। उन्होंने यह कार्य छोड़ दिया। पर शान्ति-निकेतन उन्हें याद रहा। उन्होंने लिखा है—शान्ति-निकेतन से आने वाले पूछते हैं, वहाँ के क्या हाल हैं ? पंडितजी हँस रहे हैं न। उनके छात्र बताते हैं, शान्ति-निकेतन में वृक्षों की छाँह में कक्षाएँ लगती थीं। अध्यापक छात्रों के साथ छाया में बैठ जाते थे। द्विवेदीजी छात्रों को लेकर किसी वृक्ष के नीचे बैठते, तो पास के अध्यापक अपने छात्रों से कहते—''चलो, कहीं और बैठकर पढ़ेंगे। इधर वे हजारी प्रसाद आ गए। वे हँसेंगे।''

द्विवेदीजी मंडली में बैठते तो मामूली बात से विनोद निकालकर हँसते और हँसाते।

एक बार राजकमल प्रकाशन में हम लोग बैठे थे। कहने लगे—ये विदेशी लोग हमारे परिवारों को नहीं समझते। पोलैंड की एक शोध छात्रा मुझसे मिलने वाराणसी गई। मैं लखनऊ गया हुआ था। दिल्ली लौटकर उसने मुझे चिट्ठी लिखी—मैं आपके दर्शन हेतु वाराणसी पधारी थी। आपके दर्शन नहीं हो सके। परन्तु आपकी

'सुपत्नी' से भेंट हुई। द्विवेदी अट्टहास करके बोले—एक तो यह लड़की गई नहीं, पधारी। फिर वह मेरी पत्नी को 'सुपत्नी' समझती है। वह समझती है, हमारे यहाँ सुपुत्र होता है, तो सुपत्नी भी होती होगी। ये नहीं जानती कि भारत में कोई सुपत्नी नहीं होती। क्यों शीला जी ?

एक और गप्प गोष्ठी में द्विवेदी जी कहने लगे—एक विश्वविद्यालय में मैं मौखिक परीक्षा लेने गया। साथ में एक प्रोफेसर और थे। एक छात्रा घबड़ाती हुई आई। मेरे साथी ने उससे पूछा—मीरा की विरह-वेदना का वर्णन करो। लड़की ने दो वाक्य बोले और वह रोने लगी। हमने उससे जाने के लिए कह दिया। मेरे साथी ने कहा—इस लड़की को तो कुछ नहीं आता। वह रोने लगी। मैंने कहा—आता क्यों नहीं है ? आपने वेदना का वर्णन पूछा था और वह रोने लगी। वेदना का इससे अच्छा वर्णन और क्या हो सकता है ? इस पर ठहाके लगे।

निर्मल मन हो तो कहीं भी निर्मल विनोद मिल जाता है। मेरा दो साल का नाती 'छोटू' मेरी कुर्सी से लगे तख्त पर बैठता है। मैं अखबार पढ़ता हूँ। वह अपनी बुद्धिमानी से खेलता है—सुपारी-तमाखू की डिब्बियाँ खोलता है, कलम रगड़ता है, पत्रिका का पन्ना फाड़ता है। मैं उससे कहता हूँ—छोटू, उधम मत करो। वह सयाने आदमी की चालाकी और अदा से कहता है—तुम तो पढ़ो। तुम पेपर पढ़ो न। उसकी इस बात से परिवार को हँसी आ जाती है।

हँसना सबसे प्रभावी मानवीकरण करता है। सूरदास तक अमानवी, क्रूर घृणित, कठोरपंथ चलते थे जिनमें नरबलि, रक्तस्नान, शव-साधना, कापालिक कर्म, हठयोग आदि ने समाज का अमानवीकरण कर दिया था। सूरदास ने सबसे अधिक कृष्ण की बाल लीला से मानवीकरण किया। भक्ति आन्दोलन एक क्रान्तिकारी आन्दोलन था। इस आन्दोलन ने मानवीकरण किया, आस्था और आशा दी। अब इन वर्षों में दंगे दे रहा है, जिसमें सूरदास के बाल कृष्णों को काटा जा रहा है क्योंकि किसी बच्चे का बाप मन्दिर जाता है और किसी का मस्जिद।

मैं गम्भीर हो चला। बात निर्मल हास्य की कर रहा था, जो जीवन में बिखरा है—रुदन से वक्त निकालकर। हास्य की बात करता हूँ। कुछ लोग भले होते हैं। किसी का कुछ नहीं बिगाड़ते। दूसरों की मदद करते हैं। पर अपने व्यवहार से कभी मनोरंजन करते हैं, कभी खीझ पैदा करते हैं। बहुत साल पहले मेरे पास एक रिटायर्ड सज्जन आकर बैठते थे। रिटायर्ड लोग मुझे अपना पनाहगार मानते हैं। वे समझते हैं कि मैं भी रिटायर हो चुका जब कि मैं मानता हूँ कि मेरा अभी 'प्रोबेशन' ही खत्म हुआ। वे जब भी आते, किसी के मकान बनने की बात करते। मकानों के पीछे पागल थे। इस तरह की बातें करते—आदर्श कॉलोनी में डॉक्टर गुप्ता का मकान बन रहा है। पन्द्रह लाख का तो होगा। हनुमान कॉलोनी में जमीन की कीमत साठ रुपया वर्ग

फुट हो गई। तिवारीजी ने मदनमहल में मकान बनवा लिया है। आठेक लाख का होगा। रानडे अपना मकान बेचकर पूना चले गए। सस्ते में बेच दिया। वो जो शिखरचन्द है न, जो बेकार घूमता था, उसने गुप्तेश्वर कॉलोनी में दो मंजिला मकान बनवा लिया। नीचे के मंजिल में दुकान खोल ली। इसका मकान, उसका प्लॉट, यह कॉलोनी, वह कॉलोनी, इसकी कीमत, उसकी लागत—बस, यही बात। मुझे हँसी भी आती। खीज भी आती। मेरा समय नष्ट होता।

एक दिन उन्होंने शहर के सबसे बड़े उद्योगपति के महल की बात निकाली। पूछा—वह महल कितने का होगा? मैं जानता था कि वह करोड़ों का होगा। पर मैंने शैतानी से कहा—यही तीस-पैंतीस हजार का होगा। वे इस तरह चिल्लाए, जैसे मैंने उनके खुद के मकान को गिरा दिया हो—व्हाट डू यू मीन? वह महल तीन करोड़ का होगा और आप कहते हैं, तीस हजार का! मुझे मजा आ रहा था। मैंने गम्भीरता से कहा—तो पचास हजार का होगा। वे और बौखलाए—यू आर मैड। आपका दिमाग खराब हो गया। इतने कीमती महल को आप पचास हजार का कहते हैं? आप मेरा अपमान कर रहे हैं। मुझे और मजा आ गया। मैंने गम्भीरता से कहा—आप कहते हैं, तो पछत्तर हजार का होगा। इससे ऊपर नहीं। वे खड़े हो गए। गुस्से से काँप रहे थे। कहने लगे—मैं आपसे ऐसी बात की आशा नहीं करता था। आप सरासर मुझे तमाचा मार रहे हैं। आपका लिहाज करता हूँ। दूसरा कोई ऐसा कहता तो...। मैंने कहा—मैं मजाक कर रहा था। असल में उस मकान के पन्द्रह करोड़ लग चुके हैं और मकान मालिक नहीं बेच रहे हैं। वे फिर चिल्ला उठे—आप फिर ऊटपटाँग बात करते हैं। उस पुराने कमजोर मकान को पन्द्रह करोड़ में कोई पागल ही खरीदेगा। क्या रखा है उसमें गिरती दीवारों के सिवा। अब वे मेरी बात मान लेते कि वह तीस हजार का है। मैंने कहा—देखिए, यह मकान न आपका, न मेरा। न वह मेरा होगा, न आपका। मगर हम आधा घंटे से उस मकान की कीमत पर लड़ रहे हैं। वे थोड़ी देर चुप रहे, फिर हँसने लगे।

यह तो मैंने एक व्यक्ति की बात की जिसके दिमाग पर मकान छाया हुआ है। पर हास्य या विनोद की स्थितियाँ जीवन में हमेशा ही आती हैं।

मैं और मेरा एक मित्र एक सुसंस्कृत परिवार में नाश्ते के लिए बुलाए गए। टेबल पर बढ़िया पकवान, मिठाई और फल रखे थे। हमसे मेजबान दम्पती ने जो टेबल के दूसरे छोर पर बैठे थे, कहा—ग्रहण कीजिए। मैंने एक रसगुल्ला उठाया। मेजबान से कहा—आप भी तो खाइए। उन्होंने कहा—अरे साहब, आप खाइए। हम तो खाते ही रहते हैं। एक क्षण मैं स्तब्ध रह गया। सोचा, ये समझते हैं, हम भुखमरे हैं, जिन्हें आज मिठाई खाने को मिल गई। पर दूसरे क्षण ही मैं ठहाका मारकर हँस पड़ा। वे सरलता में बोल गए थे। उन्होंने हँसने का कारण पूछा तो मैंने बता दिया। तब वे भी हँसने लगे।

एक जगह कवि गोष्ठी थी। हॉल भरा था। कवि भवानी प्रसाद मिश्र भी थे। भवानी भाई कविता पढ़ते हुए अपनी आँखों का, हावभाव का, मुख-मुद्रा का प्रभावकारी उपयोग करते थे। उनकी आँखें आई थीं और वे काला चश्मा लगाए थे। उनसे कविता पढ़ने को कहा गया तो वे लाचारी से बोले—मैं क्या कविता पढ़ूँगा, मेरी तो आँखें आई हैं। मेरे मुँह से निकल गया—आप कविता कहिए, आँखें मैं मटका दूँगा। सब लोग हँस पड़े। भवानी भाई भी हँसे और मन से कविता पढ़ी।

किसी-किसी आदमी के तकियाकलाम हो जाते हैं। जैसे—क्या कहा, समझे कि नहीं, ठीक है न, आई टेल यू होन्स्टली। एक मालगुजार मुझसे बात कर रहे थे बेटे के बारे में—गाँव में लड़का मैट्रिक हो गया, तो हमने उठायके उसको जबलपुर भेज दिया। वह बुआ के पास रहता था। हमने उसको उठायके साइकिल भी खरीद दी और उठायके तीन जोड़ी सूट सिलवा दिये। कहने लगा कि हमें अब लूना चाहिए। कॉलेज दूर है। तो हमने उठायके लूना भी खरीद दी। फिर कहने लगा कि पढ़ाई कच्ची है। तो हमने उठायके ट्यूशन भी लगा दी। मैं बड़ी मुश्किल से 'उठायके' हँसी रोके था। जब लगा कि फट पड़ूँगा तो उठायके बहाना बनाकर खिसक लिया।

मेरे साथी अध्यापक को स्कूल में एक समारोह में स्वागत भाषण देना था। उन्होंने मुझसे कहा कि अच्छा भाषण तैयार करवा दो, तो मैंने करवा दिया। फिर मैंने कहा—तुम्हारी आदत बार-बार 'समझे कि नहीं' कहने की है। तुम सावधान रहना। मैं तुम्हारे पास बैठूँगा। तुम्हारे मुँह से 'समझे कि नहीं' निकला तो मैं तुम्हारा पाँव दबाऊँगा। सामने बहुत लोग शहर के बैठे थे। मेरे साथी ने भाषण शुरू किया—देवियो और सज्जनो, समझे कि नहीं? (मैंने पाँव दबाया) आज हमारा बड़ा सौभाग्य है कि आप हमारे विद्यालय में पधारे हैं। समझे कि नहीं? (पाँव दबाया) हमने इस वर्ष कई प्रतियोगिताएँ आयोजित कीं, समझे कि नहीं। (मैंने फिर पाँव दबाया) वे कहने लगे—अब पाँव दबाओ चाहे कुछ करो, समझे कि नहीं? हमने निबन्ध लेखन प्रतियोगिता, वाद-विवाद प्रतियोगिता की, समझे कि नहीं? मैं हार गया और वे 'समझे कि नहीं' की झड़ी लगाते रहे।

कवि शमशेर बहादुर सिंह ने मुझे अपनी कीमत पर हँसाया और खुद भी हँसते रहे। मैंने कहा—शमशेर जी, 'वसुधा' में 1957 में हमने आपकी एक कविता छापी थी, वह मुझे अभी भी याद है—

दुनिया में हैं एक से एक काबिल शमशेर
है काम ये शायर का नहीं दिल शमशेर
हँसते-हँसते उठाना इक उम्र का बोझ
कहना आसान करना मुश्किल शमशेर

शमशेर जी ने बड़ी संजीदगी से कहा—तुममें घटिया कविता याद रखने की विकट प्रतिभा है। एक क्षण मैं स्तब्ध रहा। और फिर हम दोनों खूब हँसते रहे।

इस तरह का हास निर्मल होता है। कोई खोट नहीं हो तो। फूहड़ता नहीं होती। किसी को चोट नहीं पहुँचती।

पर नीच, फूहड़ हास-परिहास भी होता है। किसी की मजबूरी पर हँसते लोग मैंने देखे हैं। विकलांगता, गरीबी, दुख पर हँसते लोग भी मैंने देखे हैं और उन पर थूक देने की तबीयत हुई है। किसी को जान-बूझकर चोट पहुँचाकर हँसना नीचता है। यह हँसने वाले को गिराती है। निन्दा गोष्ठियाँ बहुत होती हैं। चार-पाँच लोग बैठकर किसी की निन्दा करके मजा लेते हैं। हँसते हैं। अक्सर छोटे लोग अपने छोटेपन की कुंठा से मुक्ति पाने के लिए बड़ों की निन्दा करते हैं और हँसते हैं। जब उन साथ हँसने वालों में से कोई उठकर चला जाता है तो उसकी निन्दा करके बाकी लोग हँसते हैं। ये परस्पर मित्र कहलाते हैं, पर कोई किसी का मित्र नहीं होता। इनके परस्पर प्रेम का आधार दूसरों के प्रति घृणा होता है।

वनमानुष नहीं हँसता। पर लकड़बग्घा हँसता है। चन्द्रकान्ता देवताले के कविता संग्रह का नाम है—'लकड़बग्घा हँस रहा है'। मैंने लकड़बग्घा नहीं देखा। चिड़ियाघर में भी नहीं देखा। जिन्होंने देखा है, वे बता सकते हैं कि यह क्रूर जानवर हँसता है या नहीं। हँसता होगा तो उसकी हँसी मगर के आँसू जैसी होती होगी।

क्रूर कर्म करके हँसना, दूसरे को पीड़ा देकर हँसना—यह लकड़बग्घे की हँसी है। मैंने मनुष्य अवतार में कई लकड़बग्घे देखे हैं। सभी ने देखे होंगे। दंगों में आदमी लकड़बग्घा हो जाता है। लोगों का मारकर, घर में आग लगाकर जो अट्टहास करते हैं, वे लकड़बग्घे होते हैं। अन्धे की लाठी छीनकर उसकी घबड़ाहट पर हँसने वाले भी देखे हैं। कमजोर को पीटकर उसकी चीख-पुकार पर ताली बजाकर हँसते और कहते, मजा आ गया यार, मैंने देखे हैं। इनका मुँह तोड़ा जाना चाहिए।

एक परिवार में बैठा था। परिवार में एक लड़की मोटी थी। इस कारण उसकी शादी नहीं हो रही थी। वह दुखी और हीनता की भावना से पीड़ित थी। उस परिवार की मित्र दो शिक्षित महिलाएँ आईं और उस लड़की से कहा—अरे सुषमा, तू तो बहुत दुबली हो गई। और हँसने लगीं। लड़की की आँखों में आँसू आ गए और वह कमरे से बाहर चली गई। वे दोनों मूर्खा विदुषियाँ मुझे लकड़बग्घे की मादा लगीं।

एक और घटना मुझे याद आ रही है। दो आदमियों ने कहीं से शास्त्री पुल के लिए रिक्शा तय किया। मगर उसे बढ़ाते-बढ़ते कमानिया फाटक तक ले आए। दुकान पर उतर गए और उसे शास्त्री पुल तक के पैसे दे दिये। उसने कहा—

बाबूजी, आपने शास्त्री पुल का तय किया था और कमानिया ले आए। और पैसा दीजिए। वे दोनों सोने की चेन लटकाए आदमी हँसने लगे। बोले—अरे यही तो शास्त्री पुल है। यह जो फाटक है, यही पुल है। रिक्शा वाला कहने लगा—बाबूजी, क्यों गरीब आदमी का मजाक करते हो! यह कमानिया फाटक है? वे दोनों फिर हँसने लगे। जितना रिक्शे वाला दीनता से गिड़गिड़ाता, वे दोनों और जोर से अट्टहास करने लगते। आखिर लाचार रिक्शा वाला चला गया। वे दोनों अट्टहास करने लगे। कहने लगे—अच्छा बेवकूफ बनाया साले को! बड़ी अदा से गिड़गिड़ा रहा था! हा, हा, हा, हा! मजा आ गया। यह लकड़बग्घे की हँसी थी।

मनुष्य को हँसना चाहिए। पर निर्मल, स्वस्थ हँसी हँसना चाहिए। जो नहीं हँसता, वह वनमानुष है। पर मनुष्य लकड़बग्घे की हँसी हँसे, तो उसे गोली मार देना चाहिए।

[फरवरी, 1991]

तेरे वादे पे जिए हम, ये तू जान भूल जाना

मिर्ज़ा ग़ालिब का शेर है :

तेरे वादे पे जिए हम ये तू जान भूल जाना
कि खुशी से मर न जाते अगर एतबार होता।

मेरी जान, तू यह समझती हो कि तेरे वादे की आशा पर हम जीते रहे तो यह गलत है। अगर तेरे वादे पर हमें भरोसा होता तो खुशी से मर जाते।

आम भारतीय जो गरीबी में, गरीबी की रेखा पर, गरीबी की रेखा के नीचे हैं, वह इसलिए जी रहा है कि उसे विभिन्न रंगों की सरकारों के वादों पर भरोसा नहीं है। भरोसा हो जाए तो वह खुशी से मर जाए। यह आदमी अविश्वास, निराशा और साथ ही जिजीविषा खाकर जीता है। आधी सदी का अभ्यास हो गया है। इसलिए—'दर्द का हद से गुजर जाना है दवा हो जाना।' उसके भले की हर घोषणा पर, कार्यक्रम पर वह खिन्न होकर कहता है—ऐसा तो ये कहते ही

रहते हैं। होता-वोता कुछ नहीं। इतने सालों से देख रहे हैं। और फिर जीने लगता है।

एक मुख्यमंत्री ने बातचीत के दौरान कहा—लोगों में इतनी 'सिनिसिज्म' (आस्था), निराशा क्यों है? मैंने कहा—कई सालों से वादे रहे हैं, जो पूरे नहीं होते। आप उत्थान की योजना बनाते हैं, घोषणा करते हैं, पर वह कार्यान्वित नहीं होती। आप हरिजन को जमीन देते हैं, पर वह उसे जोत नहीं पाता। उसके खिलाफ बड़े भूमिपति, पटवारी, पुलिस, ऊँची जाति के ये लोग उसे हल नहीं चलाने देते। जिस दल की सरकार हो, उसके निर्णयों को पार्टी कार्यकर्ताओं को कार्यान्वित करना चाहिए। पर किसी भी पार्टी की सरकार हो, कार्यकर्ता बाधा ही बनते हैं। आप पाँच गाँवों में भूमिहीनों, हरिजनों को जमीन दीजिए और मुस्तैद शासकीय मशीनरी तथा कार्यकर्ताओं के द्वारा उन्हें दो फसलें कर लेने दीजिए। आप देखेंगे कि इलाके से 'सिनिसिज्म' खत्म हो जाएगा। लोग कहेंगे—भई, अब तो होने लगा। सरकार कहती है तो कराती भी है। मगर भ्रष्ट शासकीय मशीनरी, निहित स्वार्थी लोग और पार्टी नेता ऐसा होने नहीं देते।

अगर वादे पूरे होने लगे तो खतरा है कि लोग खुशी से मर जाएँगे। इसलिए मानवतावादी सरकारें, शासकीय कर्मी और नेता लोगों की जान बचाने के लिए यह क्रूरकर्म नहीं करते। मगर यह भारतीय भौंचक मनुष्य वादे सुनता है। घोषणाएँ सुनता है। नारे सुनता है। और उलटा होते देखता है, भोगता है।

दो सालों में दो चुनाव यह भारतीय जन देख चुका है। बेहिसाब धन का खर्च। कई मीटर लम्बे बैनर और पोस्टर। वह अपने घर का दरवाजा नहीं खोज पाता। अपराधी को जनमत बनाते देखता है। वीडियो कैसेट, चौबीस घंटे शोर, रोशनी आँखें फोड़नेवाली। यह क्या एक गरीब देश का चुनाव है? किस तरह की हिस्सेदारी? यही कि चुनकर किन्हीं सम्माननीयों को संसद और विधानसभाओं में भेज दें और फिर वे सदन को और सचिवालय को ही पूरा देश मान लें।

यह आदमी संसद भवन देखता है। विधानसभा भवन देखता है। आलीशान बँगले देखता है। बढ़िया कारें देखता है। इसमें उसकी इतनी ही हिस्सेदारी है कि उसने मत दे दिया। इसके बाद उसकी कोई हिस्सेदारी नहीं रही। वह सिर्फ देखता है। जब प्रिंस ऑफ वेल्स दिल्ली आए थे, तब दरबार भरा था। बढ़िया कपड़े पहने राजा, नवाब। हीरे-जवाहर से दमकते हुए। बड़े-बड़े अफसर। बड़े-बड़े सेनापति तमगे लगाए। राजभक्त लोग रायबहादुर, राय साहब, खान बहादुर। फानूस रोशनी बिखेरती। अकबर इलाहाबादी ने लम्बी नज्म में यह सब लिखा है। अन्त में लिखा है :

सागर उनका साकी उनका
आँखें अपनी बाकी उनका

यह अंग्रेज सरकार के जमाने की बात है। इस सदी के आरम्भ की। आजादी के चवालीस साल बाद भी भारतीय जन कहता है :

सागर उनका साकी उनका
आँखें अपनी बाकी उनका

संसदीय परम्परा का स्वस्थ विकास अद्‌भुत है। 1952 और 1957 की संसद जिन्होंने देखी है, वे आज की संसद को देखकर सिर ठोंकते हैं। पहले लोकसभा अध्यक्ष मावलंकर थे। उनके बाद सरदार हुकुमसिंह। मैंने देखा है, सदस्य बहुत शालीन व्यवहार करते थे। कोई सदस्य बहकता तो सरदार हुकुम सिंह उसे ऐसे डाँटते थे, जैसे प्राथमिक शाला का अध्यापक छात्र को डाँटता है। अब यह हाल है कि सदस्य इतनी हुल्लड़ करते हैं कि राज्यसभा के सभापति डॉ. शंकरदयाल शर्मा रो पड़ते हैं। तर्क का स्थान कंठ और भुजा ने ले लिया है। सत्तापक्ष और विपक्ष हमारी संसद में जड़ विवेकहीन और गैरजिम्मेदार हो गए हैं। सत्तापक्ष और विपक्ष इस भावना से सदन में बर्ताव करते हैं कि एक दूसरे को खत्म कर देंगे। और देशों में संसदीय परम्परा यह है कि जनहित और देशहित के लिए विवाद होता है। सत्तापक्ष की आलोचना विपक्ष मुद्‌दों पर करता है और सुझाव देता है। रचनात्मक विरोध और विवाद होता है। एक-दूसरे को धूल चटाने का काम नहीं होता।

भारतीय जन देखता है कि जिस पार्टी को बहुमत मिल गया, वह कहती है, जनता ने हमें शासन का 'मेंडेट' (जनादेश) दिया है। जो सत्ता में नहीं होते, वे कहते हैं—हमें विरोध का जनादेश दिया गया है। हम इसका पालन करेंगे। इस विवेकहीन अंधी हठवादिता का हाल यह है कि शासक दल कहे कि पाँच और पाँच दस होते हैं, तो विपक्ष के लोग कहेंगे—नहीं, सरकार गलत जानकारी दे रही है। पाँच और पाँच नौ होते हैं। हमें विरोध का जनादेश मिला है। अगर विपक्ष वाले सही सूचना दें कि अमुक इलाके में अकाल है, तो सरकार कहेगी कि यह झूठ है—वहाँ तो खूब फसल आई है। जनता को राहत पहुँचाने की कोई सही योजना का विपक्ष विरोध करेगा, और अगर विपक्ष सचमुच जनहित का कोई सुझाव दे तो सत्तापक्ष उसे फौरन जनविरोधी कहेगा। यह संसदीयता नहीं, संसदीयता का प्रहसन है। मगर यह सदस्यों के लिए कॉमिक और जनता के लिए ट्रेजिक है।

जनता को राहत देने की बात सबके घोषणा-पत्र में होती है। जनता को राहत में सबसे पहले आती है—महँगाई रोकना। मुनाफाखोरी, जमाखोरी, कालाबाजारी रोकना। आज हाल यह है कि किसी के पास आटा है, तो भी वह रोटी नहीं बना सकता। ईंधन इतना महँगा हो गया है। घोषणा हर सरकार करती है—हम व्यापारियों से सख्ती से निपटेंगे। कीमतें कम करेंगे। भारतीय जन सुनता है और देखता है,

कंट्रोल लागू हुआ। फिर कंट्रोल उठा। बाबू रामानुजलाल श्रीवास्तव ('ऊँट') ने कई साल पहले लिखा था :

तब भी थी गोल, अब भी है गोल
वाह री दुनिया, वाह रे भूगोल
तब भी थी पोल अब भी है पोल
वार रे कंट्रोल वाह रे डीकंट्रोल

मुद्रास्फीति साधारण जन नहीं समझता। पर नेता कहकर बरी हो जाते हैं— क्या करें? मुद्रास्फीति बढ़ गई है। आदमी न इंटरनेशनल मानेटरी फंड जानता, न वर्ल्ड बैंक, न एड इंडिया क्लब, न एड इंडिया कान्सोर्टियम, न बैलेंस ऑफ पेमेंट। ये सब जुमले उसके मुँह पर फेंकने से क्या होता है? मगर सवाल है—राजपद जरूरी है कि जनता को राहत? राजपद जरूरी है। अभी मैंने एक पत्रिका में विश्वनाथ प्रताप सरकार में एक मंत्री का कथन पढ़ा। उसने कहा है कि कीमतें घटाने के लिए व्यापारियों के खिलाफ कुछ कठोर कार्यवाही की योजना बनाकर मैंने प्रधानमंत्री को दिखाई। विश्वनाथ प्रताप ने कहा कि व्यापारियों पर सख्ती करने से भारतीय जनता पार्टी नाराज हो जाएगी। वह समर्थन वापस ले लेगी तो सरकार गिर जाएगी। ऐसा मत करो यानी लूटने वालों को लूटने दो। भूखों मरने वालों को मरने दो। प्रधानमंत्री और मंत्री बने रहो। हम तो भूखे नहीं हैं। भारतीय जन के द्वारा निर्वाचित सरकार के मंत्रियों का यह हाल है? वे समझते हैं कि इस देश के मनुष्य खाद हैं, और इस खाद से वे फूल की तरह बढ़ते और खिलते हैं।

मंडल आयोग की रिपोर्ट जैसी की तैसी लागू कर देना विश्वनाथ प्रताप सिंह का राजनीतिक अवसरवाद था। पिछड़ी जातियों को सुविधाएँ जरूर देना चाहिए, पर किनको? आर्थिक स्थिति भी आधार होना चाहिए। हो यह रहा है कि बिहार और उत्तर प्रदेश का बड़ा ताकतवर 'मंडलीय' छोटे 'मंडलीयों' को मार रहा है, उनकी झोंपड़ियाँ जला रहा है, उनसे बेगार करवा रहा है।

एक उन्माद है, अयोध्या का। राम-राज लाने वाले हैं। तुलसीदास ने लिखा है :

दैहिक, दैविक, भौतिक तापा
राम राज काहू नहीं व्यापा

होगा। परन्तु राज वैसा होगा।

राजा के और प्रजा के कर्म वैसे होंगे, तुलसीदास ने यह भी लिखा है :

कर्म प्रधान विश्व करि राखा
जो जस करहि सो तस फल चाखा

पर सिखाया यह जा रहा है—हुई है वहि जो राम रुचि राखा, को करि तरक बढ़ावहि साखा। यानी भाग्यवाद, निष्कर्म, रामभरोसेवाद। मगर यह सिखाने वाले

और आन्दोलन चलाने वाले दूसरों के अकर्म का फल चख रहे हैं। उनकी राज्य सरकारें हैं, मंत्री हैं, विधायक हैं, संसद सदस्य हैं।

भारतीय जन अर्थशास्त्री वित्तमंत्री मनमोहन सिंह के वक्तव्य पढ़ता है—सोना बेचने से देश बच गया, रुपए के अवमूल्यन से फायदा। पर मनुष्य का जो अवमूल्यन हो रहा है, उसकी तरफ किसी का ध्यान नहीं है। वित्त मंत्री कहते हैं—"गैरजरूरी वस्तुओं का हम आयात कम करेंगे, जिसे विदेशी मुद्रा बचेगी। क्या गैरजरूरी है? इतनी विलास की वस्तुओं का इस्तेमाल कौन करते हैं? किन लोगों को 'फॉरेन' का 'क्रेज' है? इस वर्ग को भारतीय हो जाना भी शर्म की बात लगती है। सबसे दुखदायी बात है कि महात्मा गांधी ने जिनसे चरखा चलवाया था, विदेशी कपड़ों का बायकाट कराया, खादी पहनवाई थी, वे और उनके वंश के नेताओं के शरीर पर वर्दी की तरह खादी का कुरता जरूरी है, पर घर में सब विदेशी। अधिकांश की घड़ियाँ विदेशी, घर में विदेशी इलेक्ट्रॉनिक्स। सौन्दर्य प्रसाधन विदेशी। आज महात्मा गांधी जैसा कोई 'स्वदेशी' की पुकार लगाने वाला है नहीं। देश पर संकट है—यही लोग कहते हैं। पर संकट लाद देते हैं, आम भारतीय जनों पर।

एयर कंडीशंड बँगलों और दफ्तरों में चैन से रहने वाले, बाजीगरी करने वाले, इन बड़े-बड़े भारत भाग्यविधाताओं की अलग छोटी-सी दुनिया है। तुलसीदास ने लिखा है :

सबते भले विमूढ़, जिनहिं न
व्यापै जगत गति

इन्हें 'जगत गति' नहीं व्यापती। पर बाहर जगत है।

करीब, पैंतीस साल पहले हमनें 'वसुधा' में मोहम्मद अली 'ताज' भोपाली की एक गजल प्रकाशित की थी, उसका एक शेर मुझे याद है :

तुम्हारी बज्म के बाहर भी एक दुनिया है
मेरे हुजूर बड़ा जुर्म है ये बेखबरी

अगर यह बेखबरी जुर्म है, तो सजा भी मिलेगी।

[सितम्बर, 1991]

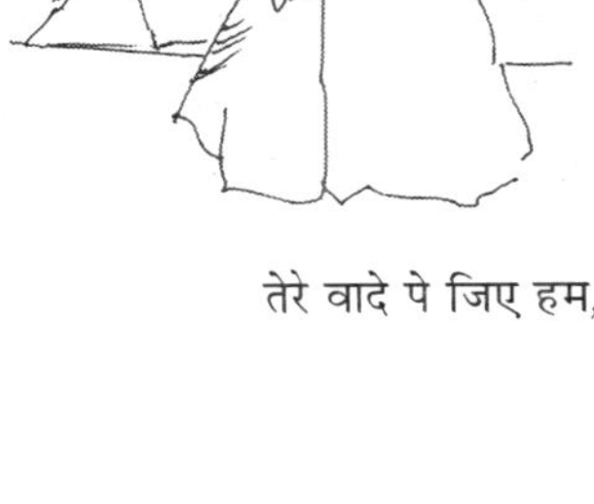

महात्मा गांधी से कौन डरता है?

गांधी से कोई नहीं डरता, और सब डरते हैं। नाथूराम गोडसे महात्मा गांधी से डरता था। उसने डर के कारण उनकी हत्या की। महात्मा गांधी किसी से नहीं डरते थे। उन्होंने गृहमंत्री सरदार पटेल से कहा था कि मेरी प्रार्थना सभा में सादी वर्दी में भी पुलिस नहीं होनी चाहिए। यह इसके बावजूद कहा कि कुछ दिन पहले प्रार्थना सभा में बम फोड़ा गया था।

लेकिन महात्मा गांधी से सब डरते हैं। हमारे देश की दो ही मजबूरियाँ हो गई थीं—महात्मा गांधी और नेहरू द्वारा प्रचारित समाजवाद। यह मजबूरी इतनी बड़ी हो गई थी कि दक्षिणपंथी पार्टी भारतीय जनता पार्टी ने 1980 में अपना कार्यक्रम 'गांधीवादी समाजवाद' अपना लिया था। कुछ लोग रूस और पूर्वी यूरोप की घटनाओं के बाद यह घोषित करने लगे हैं कि समाजवाद सन्दर्भहीन हो गया है। समाजवाद एक कपोल-कल्पना था। मगर सत्य यह है कि सामाजिक न्याय का

संघर्ष सृष्टि के आरम्भ से रहा है, और सामाजिक न्याय की आकांक्षा भी रही है। इसे कोई भी नाम दिया जाए। इस संघर्ष और आकांक्षा का एक नाम समाजवाद है। सामाजिक न्याय की आकांक्षा और संघर्ष आगे भी जारी रहेंगे, चाहे जो नाम से दे दिया जाए। उस वास्तविक अर्थ में समाजवाद मरा नहीं।

...मैं कह रहा था कि गांधीजी और समाजवाद इनके विरोधियों की भी मजबूरी है। गांधीजी की प्रशंसा भी मजबूरी है, और गांधीजी की निन्दा भी मजबूरी है। गांधीजी के सिद्धान्तों को अपनाना भी मजबूरी है, और उन सिद्धान्तों का विरोध करना भी मजबूरी है। जो लोग मानवीयता, प्रेम, अहिंसा, दया, मानवजाति की एकता और सबका मंगल ही चाहते हैं, वे गांधीजी के सिद्धान्तों को मानते हैं। गांधीजी की प्रेरणा से दुनिया के कई लोग स्वाधीनता, मानवीयता, मानव अधिकार के लिए उनके अहिंसा के तरीके से लड़े और लड़ रहे हैं। दक्षिण अफ्रीका के लोगों ने गांधीजी से प्रेरणा ली, और रंगभेद तथा श्वेत विदेशी साम्राज्यवाद के विरुद्ध अहिंसा और सत्याग्रह को संघर्ष का तरीका बनाया। अमेरिका में मार्टिन लूथर किंग ने अश्वेतों के बराबरी के मानव अधिकारों के लिए अहिंसक संघर्ष किया। उन्हें मार डाला गया। उनकी पत्नी कोरेटा ने उनके शव को गांधीजी के चित्र के सामने रखकर कहा—हे गुरु, आपका शिष्य आपकी राह पर चलकर शहीद हो गया।

मगर जैसा मैंने कहा, कुछ लोगों की मजबूरी है—गांधीजी का विरोध करना। ये कौन लोग हैं ? वे लोग, जो मनुष्य की बराबरी में विश्वास नहीं करते ? नस्ल, जाति, रंग, वर्ण, धर्म के कारण अपने को दूसरों से श्रेष्ठ मानते हैं। दूसरे समूहों से घृणा करते हैं। इनका जीवन-मूल्य प्रेम नहीं, घृणा होता है। ये हिंसा से अपने उद्‌देश्य की पूर्ति करना चाहते हैं। इन लोगों के लिए जरूरी है, गांधीजी को बार-बार मारना। मगर ये डरते हैं लोगों से, क्योंकि आम आदमी घृणा और हिंसा के विरोध होते हैं। शिवसेना के नेता बाल ठाकरे ने, जो अपने को 'डिक्टेटर' कहते हैं, पिछले चुनाव में एक सभा में गोडसे की तारीफ भी की थी, और गांधीजी की हत्या को देश के लिए अच्छा बताया था। यह भाषण भारतीय जनता पार्टी के मंच से दिया था। इसलिए फौरन अटल बिहारी ने लम्बी कैफियत दी। गांधी के प्रति श्रद्धा प्रकट की। उन्हें राष्ट्रपिता बताया और उनकी हत्या की निन्दा की। बाल डाकरे ने पहले हेकड़ी बताई कि भारतीय जनता पार्टी अगर उनके विचारों से सहमत नहीं है, तो चुनाव गठबन्धन से अलग हो जावे। मगर चारों तरफ से उन पर हमले हुए तो उन्होंने भी गांधी की हत्या की निन्दा की। गांधी से सब डरते हैं। सबसे अधिक वे डरते हैं, जो उनके विरोधी हैं।

गांधीजी ताल्सताय को 'गुरु' मानते थे। ताल्सताय के निवास में गांधीजी के पत्र सुरक्षित हैं। पत्र के अन्त में लिखा है : आपका अत्यन्त आज्ञाकारी शिष्य—मो.क. गांधी। ताल्सताय का विश्वास हृदय परिवर्तन में था। सत्याग्रह में था। उनकी

अपार सहानुभूति गरीब, शोषित किसानों के प्रति थी। अपने उपन्यास 'पुनर्जन्म' में उन्होंने अपना चिन्तन दर्शाया है। उपन्यास के नायक नेख्लूदोव का पाश्चात्ताप से हृदय परिवर्तन होता है। वह अपनी जमींदारी किसानों को बाँट देता है। सादा जीवन जीने लगता है। उसने नौकरानी लड़की से सम्भोग किया था, और उसे भूल गया था। वह लड़की वेश्या हो जाती है। उस पर एक व्यापारी को जहर देकर मारने का आरोप लगता है। जूरी में नेख्लूदोव भी है। वह लड़की को पहचान लेता है। जेल में वह उससे मिलता है। उसकी सहायता करता है। लड़की को सजा देकर साइबेरिया भेज दिया जाता है। नेख्लूदोव भी साइबेरिया जाता है, और वहाँ बसे कैदियों के जीवन में सुधार करने का प्रयत्न करता है, वह असफल होकर लौटता है। फिर वह जेल के कैदियों की हालत को सुधारने की कोशिश करता है। किसानों की हालत सुधारने की कोशिश करता है। असफल होता है।

ताल्सताय के नायक व्यक्तिगत प्रयास करते हैं इसलिए असफल होते हैं। महात्मा गांधी ने इसे जन-आन्दोलन का रूप दे दिया। स्वयं ताल्सताय ने अन्तिम वर्षों में महसूस किया था कि इतने साल मैं अगर आन्दोलन में लगाता, तो किसानों की हालत बेहतर होती। सत्याग्रह, सविनय अवज्ञा आन्दोलन को महात्मा गांधी ने चलाया। कुछ लोगों का कहना है, सविनय अवज्ञा गांधीजी ने अमेरिकी विद्रोही लेखक थोरों के निबन्ध 'सिविल डिसोबीडिएंस' से सीखा।

यह गलत है। स्वयं गांधीजी ने कहा कि दक्षिण अफ्रीका में मैंने जब सत्याग्रह किया, तब वह लेख मैंने नहीं पढ़ा था। बाद में पढ़ा था, और उससे मेरे विचारों की पुष्टि हुई।

सत्याग्रह शायद भारतीयों की प्रकृति में है। ध्रुव ने सत्याग्रह ही किया। ऐतिहासिक शोध से मालूम होता है कि अठारहवीं और उन्नीसवीं सदी में भी किसान हफ्ता भर कचहरी या तहसील घेरकर बैठे रहते थे। एक बार एक महीने का बनारस बन्द हुआ था। यह बन्द इतना पूर्ण था, कि मुर्दों को नदी में बहाना पड़ता था। गांधीजी ने इतिहास का सबसे बड़ा अहिंसक जनआन्दोलन ब्रिटिश साम्राज्यवाद के खिलाफ चलाया।

गांधी के विरोधी कहते हैं कि गांधीजी ने देश का विभाजन कराया। पाकिस्तान बनवाया। दस्तावेज है कि गांधीजी ने कहा था—देश का विभाजन मेरी लाश पर होगा। पर ऐतिहासिक परिस्थितियाँ, मुस्लिम लीग की हठधर्मिता और ब्रिटिश सरकार की कूटनीति के कारण विभाजन हुआ। गांधीजी धर्म के आधार पर राष्ट्र मानते ही नहीं थे। उन्होंने वाइसराय लॉर्ड माउंटबेटन से कहा था कि आप देश बाँटिए मत। जिन्ना को प्रधानमंत्री बना दीजिए, और आप अंग्रेज चले जाइए। इसका यह मतलब नहीं कि गांधी औरंगजेब का शासन ला रहे थे। गांधीजी जानते थे कि जिन्ना भी यह जिम्मेदारी लेने से इनकार कर देंगे। लन्दन में लॉर्ड माउंटबेटन ने कृष्ण मेनन से पूछा कि क्या ऐसी सरकार चल सकेगी? कृष्ण मेनन ने कहा—मैं सोचता हूँ कि ऐसी

सरकार नहीं चल सकती। पर वे महात्मा हैं। वे यह ठीक कहते हैं कि आपको भारत छोड़ देना चाहिए।

गांधीजी दंगाग्रस्त नोआखाली चले गए। इससे माउंटबेटन को राहत मिली। गांधीजी का दिल्ली में होना, वाइसराय को अड़चन में डालता। माउंटबेटन खुशी में वक्तव्य देने लगे—'दि महात्मा इज अवर वन मैन पीस फोर्स।'

देश का विभाजन गलत था, इतिहास विरोधी था। लॉर्ड माउंटबेटन ने एक साक्षात्कार में कहा—एक शाम मैं और सी. राजगोपालाचारी (प्रथम भारतीय गवर्नर जनरल) बातें कर रहे थे। हम इस निर्णय पर पहुँचे कि पाकिस्तान पचीस सालों में टूट जाएगा। और हमने देखा कि पाकिस्तान चौबीस साल कुछ महीनों में टूट गया। दो राष्ट्रों का विचार गलत था। गांधीजी निराश हुए। पर फिर भी उन्होंने दोनों देशों में सद्भावना बनाए रखने के प्रयत्नों की योजना बनाई। उनकी पाकिस्तान की सद्भावना यात्रा का कार्यक्रम लगभग तय था। पर उनकी हत्या हो गई।

गांधीजी की विडम्बना थी, ब्रिटिश सरकार कांग्रेस को हिन्दू कांग्रेस और गांधीजी को हिन्दू नेता कहती। और हिन्दू साम्प्रदायिक लोग उन्हें मुसलमानों का पक्षधर कहते थे। जहाँ तक जिन्ना का सवाल है, वह बीमार आदमी था। शरीर से और दिमाग से भी। कृष्ण मेनन ने लॉर्ड माउंटबेटन से कहा—आप खुद कहते हैं कि जिन्ना मानसिक रोगग्रस्त है। ऐसा है, तो उसकी जगह मानसिक अस्पताल है, राजनीतिक विचार-विमर्श की टेबल नहीं। माउंटबेटन ने कहा—पर वह मुसलमानों का नेता है। कृष्ण मेनन ने कहा—उसे मुसलमानों का नेता आपने बनाया।

एक बात और साफ हो। यह माना जाता रहा है कि पाकिस्तान का विचार शायद मुहम्मद इकबाल का था। यह गलत है। खान वली खान ने अभी अपनी किताब 'फैक्ट्स आर फैक्ट्स' में भी यह लिखा है। काफी साल पहले मैंने एक लेख पढ़ा था। बम्बई में एक सुशिक्षित, काव्य और कला रुचि रखनेवाली महिला बेगम अतैया थी। उसकी मित्रता रवीन्द्रनाथ ठाकुर से भी थी और इकबाल से भी।

इकबाल ने इस महिला को लन्दन से पत्र लिखा कि मेरे ऊपर यह झूठी तोहमत लग रही है कि पाकिस्तान का विचार मेरा है। यह पूरी तरह झूठ है। वास्तव में पाकिस्तान की योजना कैम्ब्रिज विश्वविद्यालय से एक हसन साहब ने बनाई थी, और टोरी पार्टी को दी थी।

इतिहास में एक तथ्य देखना चाहिए। जब महात्मा गांधी के नेतृत्व में स्वाधीनता संघर्ष लड़ा जा रहा था, तब सब तरह से साम्प्रदायिक संगठन क्या कर रहे थे? जो साम्प्रदायिक संगठन अभी हैं, वे या उनके पितृ संगठन तथा मातृ संगठन क्या इस संघर्ष में शामिल थे? वे नहीं थे। आग्रह करने पर भी वे स्वाधीनता संग्राम की मूलधारा में शामिल नहीं हुए। उन्हें अंग्रेज हुकूमत में रहते हुए, अपने लिए विशेष सुभीतों की पड़ी थी और वे एक दूसरे से लड़ रहे थे। ये गांधीजी से नाराज

भी थे। जिस ब्रिटिश सरकार से वे विशिष्ट लाभ उठाने की कोशिश कर रहे थे, गांधीजी उस सरकार को हटाने में लगे थे। ये लोग, गांधीजी से डरे थे, और अभी भी डरते हैं।

आर्यसमाज के लोगों ने जरूर स्वाधीनता संग्राम में भाग लिया। आर्यसमाज का सुधारवादी आन्दोलन था। वह आन्दोलन सीमित अर्थों में नवजागरणवादी था। आगे पुनरुत्थानवादी हो गया। लाला लाजपत राय आर्यसमाजी थे। वे श्रमिक नेता भी थे। पहले ऑल इंडिया ट्रेड यूनियन कांग्रेस के अधिवेशन का उद्घाटन लाला लाजपत राय ने किया था। साइमन कमीशन के विरोध में जुलूस का नेतृत्व लाला लाजपत राय कर रहे थे। पुलिस अफसर सैंडर्स के हुक्म से पुलिस ने लाठियाँ चलाईं और लालाजी बहुत घायल हो गए। अस्पताल में उनकी मृत्यु हो गई। लालाजी ने कहा था—मुझ पर किया गया हर वार ब्रिटिश साम्राज्यवाद के ताबूत में ठोंकी गई एक कील है। बाद में भगत सिंह ने सैंडर्स को गोली से मार डाला था।

आजादी के बाद ऐसा होने लगा कि वे लोग जो आजादी के संघर्ष से दूर रहे, सबसे ऊँची आवाज में राष्ट्रप्रेम और राष्ट्रभक्ति को उठाने लगे। इससे भी आगे बढ़कर उन्हें राष्ट्रद्रोही कहने लगे, जिन्होंने राष्ट्र के लिए संघर्ष और बलिदान किए थे।

महात्मा गांधी की संगठन और विराट जनआन्दोलन चलाने की क्षमता, विनम्रता, दृढ़ता, तार्किकता, नैतिकता, दुर्दम साहस, निष्ठा से साम्राज्यवादी डरते थे। वाइसराय लॉर्ड वेवेल के सचिव ने लिखा कि जब गांधी के आने की खबर मिलती तो लॉर्ड वेवेल पत्ते की तरह काँपने लगते थे। जनरल वेवेल ने दूसरा महायुद्ध लड़ा था।

लेकिन सवाल व्यक्ति मोहनदास करमचंद गांधी का नहीं है। वह व्यक्ति स्तुति और निन्दा से परे कर दिया गया—तीस जनवरी, उन्नीस सौ अड़तालीस को।

अब वह दुबारा क्यों मारा जा रहा है? अब उस आदमी से क्या डर है, और किन्हें डर है? वास्तव में डर है, उन सिद्धान्तों, मूल्यों, मानवीयता, नैतिकताओं से जो गांधी देश को दे गए। ये अभी भी प्रबल हैं। जनमानस में बैठे हैं। इन्हें मिटाना उद्देश्य है। इन्हें मिटाए बिना संकीर्ण राष्ट्रीयता, अमानवीय व्यवस्था अपसंस्कृति लाई नहीं जा सकती और लोकतंत्र की भावना को मिटाया नहीं जा सकता।

इसलिए महात्मा गांधी का डर है। इसलिए उनकी हत्या को देशहित में उचित बताया जाता है। इतिहास का निर्णय देने का यह तरीका नहीं है। महात्मा गांधी आलोचना से परे नहीं हैं। उनकी आलोचना की जा सकती है। उनकी औद्योगिक नीति की आलोचना उनके जीवन काल में भी हो सकती है। करना चाहिए। पर इतिहास दृष्टि यह होगी कि वह उस सम्पूर्ण युग को देखेगा, उन शक्तियों को समझेगा जो सक्रिय थी। उन मूल्यों को देखेगा, जो राष्ट्रीय जीवन की बुनियाद माने गए। तब इतिहास मूल्यांकन करता है। इस भोंडे तरीके से नहीं।

गांधीजी के विचार और मूल्य अब कितने सन्दर्भपूर्ण हैं! कुछ लोग उनके मान–मूल्यों, विचारों और सिद्धान्तों को उपयोगी मानते हैं। पर पश्चिम के विचारक गांधीजी पर फिर से विचार कर रहे हैं। अमेरिकी भविष्यवादी लेखक एल्विन टाफलर की किताब 'फ्यूचर शाक' ने काफी हलचल मचाई थी। उसके बाद की किताब 'थर्ड वेव' में एक अध्याय का नाम है—'गांधी विद सेटेलाइट्स'। चुंबी इमारतें, सीमेंट, कांक्रीट के जंगल और मशीनी अमानवीयता वाले जीवन से घबराए आदमी को गांधी की याद आएगी। सादा जीवन, प्रकृति से निकटता, मानवीयता के लिए गांधी की शिक्षा अपनाई जाएगी।

[अगस्त, 1991]

क्या तिरुपति में नेहरू ने राजसिंहासन त्यागा

एक अच्छी अंग्रेजी पत्रिका में कांग्रेस के तिरुपति अधिवेशन पर अच्छे लेख पढ़े। एक लेख का शीर्षक है—'नेहरू एब्डिकेट्स एट तिरुपति' (तिरुपति में नेहरू ने राजसिंहासन छोड़ दिया)। नेहरू राजसिंहासन पर कब बैठे थे? और मृत्यु के अट्ठाइस साल बाद तक कैसे बैठे रहे? तिरुपति के काफी समय पहले कांग्रेस के नीति-निर्धारकों में बहस चल रही थी कि आगे नेहरूवादी नीतियाँ चलेंगी या मनमोहन सिंह वादी। नेहरू लाइन के लोग सोनिया गांधी से लगातार कांग्रेस में आने का आग्रह कर रहे थे। अभी भी कर रहे हैं। समझते हैं, नेहरू परिवार का एक ही आदमी कांग्रेस का नेता हो तो नेहरू लाइन चमकती रहे। यही लाइन वैचारिक और कार्यक्रमात्मक भी और संगठनात्मक भी।

उत्तर प्रदेश के उत्साही कांग्रेसियों ने तो राजीव की बेटी प्रियंका को नाबालिग होते हुए भी कांग्रेस का सदस्य बना लिया था। हास्यास्पद घटना थी। कांग्रेसमेन जब-तब बड़बड़ाने लगते हैं—आ रही हैं। आ रही हैं (सोनिया)।

चार-पाँच दिन पहले कमाल हो गया। उस दिन के पत्र में सोनिया का जो चित्र छपा था, उसमें वे लम्बा कुरता और पतली मोरी का पाजामा पहने थीं। कांग्रेसमेन ताली बजाकर बोले—अब समझ लो, आ ही गईं। वे हमेशा साड़ी पहनती थीं। अभी राजीव की बरसी हुई है। मातम का साल खत्म। और ये देख लो, सोनियाजी का लम्बा कुरता और पाजामा। यानी सक्रिय राजनीति में प्रवेश।

लगभग पौन सदी तक नेहरू परिवार ने राज किया। पत्र के लेख का शीर्षक है—'नेहरू ने तिरुपति में राजसिंहासन त्याग दिया'। नेहरू राजसिंहासन पर कब बैठे थे? आजादी के संघर्ष पर कवि रामधारीसिंह 'दिनकर' ने एक ओजस्वी कविता लिखी थी जिसका पहला पद था :

सदियों की ठंडी बुझी आग सुगबुगा उठी।
माटी सोने का ताज पहन इठलाती है।
दो राह समय के रथ का घर्घर नाद सुनो
सिंहासन खाली करो कि जनता आती है।

जनता सिंहासन पर किसे बिठाएगी? यह तय ही था कि जवाहरलाल नेहरू को। जन्म से आभिजात्य और संवेदना गरीबों के साथ। उच्चस्तर के बुद्धिजीवी, तार्किक, वैज्ञानिक दृष्टि-सम्पन्न। इतिहास के विद्वान और इतिहास दृष्टि-सम्पन्न।

संघर्षशील और भावुक भी। बहुत ऊँचा व्यक्तित्व भी। आदर्शवादी, कल्पनाशील। ऐतिहासिक शक्तियों को समझने वाले। भविष्यद्रष्टा। उनकी आत्मकथा ने दुनिया में एक तो उनके व्यक्तित्व को स्थापित किया, दूसरे भारत के स्वाधीनता संघर्ष को, भारतीयों की हालत को निहायत कलात्मक, मोहक तरीके से दुनिया में पहुँचाया। नेहरू की आत्मकथा को बहुत श्रेय है दुनिया के लोगों का ध्यान भारत की हालत और उसके संघर्ष की तरफ खींचने का। अत्यन्त मोहक गद्य में लिखी गई इस आत्मकथा ने दुनिया के लोगों की सहानुभूति भारत के संघर्ष को दिलाई।

देश में नेहरू की लोकप्रियता का यह हाल था कि स्त्रियाँ उनके गीत गाती थीं—आ गए वीर जवाहरलाल। वे 'युवक हृदय सम्राट' माने जाते थे। युवकों को क्रान्तिकारी प्रेरणा उनका लेखन और भाषण देते थे। क्यूबा के क्रान्तिकारी नेता फिदेल कास्त्रो प्रतिनिधि मंडल लेकर राष्ट्रसंघ गए थे। न्यूयॉर्क का कोई अच्छा होटल उन्हें ठहराने को तैयार नहीं हुआ। आखिर उन्हें नीग्रो बस्ती में एक घटिया होटल में जगह मिली। फिदेल कास्त्रो ने कहा है—मैं बहुत दुखी था। अपमानित अनुभव कर रहा था। तभी मुझे सबसे पहले मिलने जो विश्वनेता आया, वे जवाहरलाल नेहरू थे। मेरा मनोबल एकदम ऊँचा हो गया। बातें हुईं। फिदेल कास्त्रो ने कहा—मैंने आपकी आत्मकथा पढ़ी है। कास्त्रो ने स्पेनिश अनुवाद पढ़ा होगा। कितना व्यापक प्रसार और प्रभाव था आत्मकथा का! खूबसूरती और आभिजात्य

के कारण स्त्रियों के वे रूमानी हीरो (प्रिंस चार्मिंग) थे। यूरोप की खुशहाल औरतें उन्हें देखकर कहती थीं—हाउ चार्मिंग! डीअर, ही इज आफ्टर माई हार्ट।

इस ऊँचाई का और इन गुणों से सम्पन्न अत्यन्त निष्ठावान जवाहरलाल नेहरू सिंहासन पर बैठे थे। विभाजन के कारण कुछ सपने टूटे थे। पर फिर भी वे भारत के महान भविष्य के बारे में आशावान थे, उत्साही थे। अणुयुग के अनुसार उनके कल्पनाशील ऐतिहासिक मानस ने दिल्ली और बांडुंग सम्मेलन 'पंचशील' का सिद्धान्त पुन: प्रतिपादित करके विश्व को यह बता दिया था कि आगामी युग में भारत विचार-नेतृत्व देगा।

जवाहरलाल पर गांधीजी का सबसे अधिक प्रभाव पड़ा था—नैतिकता। राजनीति में नैतिकता अक्सर गायब रहती है। गांधीजी ने सिखाया और नेहरू ने सीखा कि हर चीज को नैतिकता से तौलना चाहिए। इसलिए देश में और अन्तर्राष्ट्रीय मामलों में वे नैतिकता की बात करते थे। फ्रांसीसी क्रान्ति में रूसो के प्रभाव से नैतिकता का तत्त्व रहा। लेनिन भी नैतिकता की बात करते थे।

नेहरू पूरे मार्क्सवादी नहीं थे। पर वे मानते थे कि मैंने मार्क्सवाद से बहुत कुछ सीखा। इतिहासदृष्टि पाई, समाज का विश्लेषण सीखा। ऐतिहासिक शक्तियों की पहचान सीखी। मेरा विश्वास वैज्ञानिक समाजवाद में है। यहाँ बता दूँ कि जो सोवियत रूस में समाजवादी असफलता से दुखी हैं या सुखी हैं, वे यह न समझें कि सब कुछ खत्म हो गया। सृष्टि के आरम्भ में जब मानव समाज बना तभी से सामाजिक न्याय की इच्छा और उसके लिए प्रयत्न शुरू हुए और सृष्टि के अन्त तक रहेंगे। इस नजरिए से मार्क्स के विचार नहीं मरे हैं और न सन्दर्भहीन हुए हैं। जड़शास्त्रियों ने मार्क्सवाद का सही अर्थ और उपयोग नहीं होने दिया।

देश में पूँजीपतियों, प्रतिक्रियावादियों और दकियानूस बौद्धिकों ने हल्ला मचाया कि नेहरू कम्युनिस्ट हैं, जबकि नेहरू की वैचारिक धरातल पर कम्युनिस्टों से बहुत बहसें हुई हैं। उनका कहना था कि मार्क्स के विचार तब बने जब औद्योगिक क्रान्ति का बचपन था। बदलते हुए, विकास करते हुए विश्व समाज में उन्हें वैसा लागू नहीं किया जा सकता। नेहरू मार्क्सवादी नहीं थे। पर वे जड़ नहीं, गतिशील मार्क्सवादी चिन्तन चाहते थे!

वे इस नतीजे पर पहुँचे थे कि पूँजीवाद गरीबी, बेकारी, भुखमरी की समस्या हल नहीं करता बल्कि उन्हें बढ़ाता है। भारत जैसे गरीब विकासशील देश में समाजवाद का मार्ग की कारगर हो सकता है। कांग्रेस को समाजवाद मनवाने में ही नेहरू को काफी साल लगे। बड़े नेता डॉ. राजेन्द्र प्रसाद, सी. राजगोपालाचारी, सरदार पटेल, गोविंद वल्लभ पन्त आदि समाजवाद विरोधी थे, जनता नेहरू के साथ थी। वे समाजवाद का कार्यक्रम सीधे जनता के पास ले गए।

इधर देश के पूँजीपतियों, उद्योगपतियों ने समझा कि नेहरू साम्यवाद लाएँगे। पूँजीवाद और निजी उद्योगों की रक्षा के लिए एक 'स्वतंत्र पार्टी' बन गई जिनके

अध्यक्ष सी. राजगोपालाचारी तथा सचिव मीनू मसानी थे। पर 'फोरम फॉर फ्री एंटरप्राइज' बना।

औद्योगिक नीति में योजना आयोग ने प्राइवेट सेक्टर और पब्लिक सेक्टर रखे। मिश्रित अर्थ-व्यवस्था लागू की गई। नेहरू का कहना था कि सार्वजनिक क्षेत्र बढ़ता जाएगा और देश की अर्थ-व्यवस्था को नियंत्रित करेगा। इस तरह बिना वर्ग-संघर्ष के संसदीय तरीके से समाजवाद आएगा। सार्वजनिक क्षेत्र में कारखाने खुलने का सिलसिला शुरू हुआ उत्साह से। सबसे पहले भिलाई इस्पात कारखाना। हिन्द मशीन टूल्स, भारत हैवी इलेक्ट्रिकल्स, भारत एलुमीनियम, दवाओं के कारखाने खुले।

पर शिकायतें शुरू हो गईं। सार्वजनिक उद्योग किसी व्यक्ति या कम्पनी का नहीं, पूरे देश का है। यह हम में से हर एक का और हम सबका है। इसे राष्ट्रीय बल्कि धार्मिक भावना से चलाना चाहिए। यह क्षेत्र हमारे देश को औद्योगिक शक्ति बनाएगा। साथ ही शोषण को मिटाएगा। मजदूरों के शोषण को, उपभोक्ताओं के शोषण को। ऐसी भावना बनाने के लिए खुद नेहरू ने लोगों को काफी समझाया। वास्तव में समाजवाद के लिए कर्मचारियों को मजदूर संगठनों द्वारा शिक्षित किया जाना था। उनमें समाजवाद की भावना (स्पिरिट) पैदा करनी थी। यह नहीं की गई। जहाँ तक राजनेताओं का सवाल है, उन्होंने नेहरू के दबाव में बेमन से इस कार्यक्रम को स्वीकार किया। उनकी कोई रुचि इसकी सफलता में नहीं थी। नेहरू के बाद वे कहने लगे थे—पब्लिक सेक्टर इज नॉट सैक्रेड काउ यानी सार्वजनिक उद्योग क्षेत्र कोई पवित्र गाय नहीं है। उधर बाहर से पूँजीवादी षड्यंत्र। निजी क्षेत्र द्वारा सेंध लगाना। इन कारखानों के सिरमौर अफरशाह और तकनीकशाह को कोई विश्वास नहीं था इस कार्यक्रम में। पश्चिमी दिमाग के ये उच्च लोग भारतीय प्रयत्न का मजाक उड़ाते हैं। व्यवस्था का यह हाल। और अशिक्षित, भावनाहीन, गैरजिम्मेदार, भ्रष्ट मजदूर वर्ग। इन हालात में सार्वजनिक उद्योगक्षेत्र अच्छी तरह चल नहीं सकता था। उद्योगपतियों के पूँजीवादी बौद्धिक लोग चिल्लाने लगे—यह तो नेहरू का आदर्शवाद था। सो असफल हो गया।

वास्तव में असफल अभी भी नहीं हुआ है। कई कारखाने, संस्थान बहुत अच्छे चल रहे हैं। उनके माल की विदेश में खपत है। पर इस क्षेत्र के खिलाफ मानसिकता बनाई जाने लगी। अगर लाल बहादुर कुछ साल प्रधानमंत्री रहते तो यह क्षेत्र तभी आधा रह जाता।

बैंकों का राष्ट्रीयकरण करके इंदिरा गांधी ने साहसिक कदम उठाया। वे सार्वजनिक क्षेत्र के उद्योगों में पैसा लगाना चाहती थीं। प्राइवेट उद्योगों को मनमाना पैसा नहीं देना चाहती थीं। उन्होंने जिसे 'नेहरू का पन्थ' कहते हैं, उस पर चलने की कोशिश की। 'गरीबी हटाओ' समाजवाद के दायरे में आता है।

राजीव गांधी ने भी नेहरू के रास्ते पर चलने की कोशिश की। नेहरू, इंदिरा, राजीव का वंश एक था। उन्होंने कमोबेश समाजवादी विकास का रास्ता अपनाया।

नरसिंहराव की सरकार में नेहरू परिवार का कोई सदस्य नहीं है। इन्हीं सालों में समाजवादी सोवियत संघ टूटा। वहाँ समाजवाद छोड़ दिया गया। पश्चिम के नेताओं और विचारकों ने घोषणाएँ भी कीं कि समाजवाद असफल और समाप्त हो गया। मार्क्सवाद एक 'मिथ' था। पूँजीवाद सही रास्ता है।

इधर भारत में कुछ लोग कहने लगे, 'नेहरूवाद' सन्दर्भहीन हो गया। वित्तमंत्री मनमोहन सिंह ने पश्चिम के नारे ले लिये। विश्वबैंक और अन्तर्राष्ट्रीय मुद्राकोष से बहुत कर्ज ले लिया। पश्चिमी पूँजीवादी नारे ले लिए, जैसे 'मार्केट इकॉनमी'। कंट्रोल लाइसेंस सब गए। स्वतंत्र पूँजीवाद और बाजार की शोषक व्यवस्था आ गई। नेहरू के साथ गुट निरपेक्षता, विश्वशान्ति भी जुड़े थे। कांग्रेस में नेहरू की नीतियों के समर्थक अभी भी बहुत हैं। तिरुपति में इन्होंने आवाज उठाई। नरसिंहराव ने इन्हें सन्तुष्ट करने के लिए कहा भी कि नेहरू की नीतियाँ ही चलेंगी, पर वास्तविक नई व्यवस्था में यह 'लिप सर्विस' कहलाती है।

नेहरू-वंश का राज खत्म हुआ। नेहरू की नीतियाँ लगभग खत्म मालूम होती हैं। पूँजीवादी प्रेस खुशी से घोषणा कर रहा है—नेहरू अप्रासंगिक हो गए।

इसीलिए पत्रिका ने लेख का उपशीर्षक दिया—'तिरुपति में नेहरू ने राज-सिंहासन त्यागा'।

[अगस्त, 1992]

उद्घाटन शिलान्यास रोग

मैं एक कॉलेज के वार्षिक उत्सव का उद्घाटन करने गया। मैं उद्घाटन, सभापतित्व और भाषण के पैसे लेता रहा हूँ। मेरी आमदनी का लेखन के सिवा यह भी एक जरिया रहा है। समारोह के बाद मैंने प्राचार्य से कहा—इस मौसम का वह मेरा आठवाँ उद्घाटन है। आप प्राचार्य लोग मुझे पैसा देते हैं। मेरे ऊपर खर्च करते हैं। मैं जो बोलता हूँ, उससे झंझट भी खड़ी होती होगी। फिर भी आप मुझ लेखक को बुलाते हैं। उन्हें क्यों नहीं बुलाते जिन्हें परम्परा से बिना खर्च बुलाते रहे हैं—मंत्रियों को, नेताओं को? प्राचार्य ने जवाब दिया—उन्हें बुलाने से उपद्रव हो जाते हैं। छात्र-छात्राएँ उन्हें न बरदाश्त करते, न उन्हें सुनना चाहते। पिछले साल इस क्षेत्र के एक मंत्री को हमने बुलाया था। मैंने छात्र नेताओं को बुलाकर समझाया कि शान्ति से उनका भाषण सुन लेना। हल्ला नहीं होना चाहिए। छात्र नेताओं ने कहा—सर, आप देख लीजिए। किसी छात्र का मुँह नहीं खुलेगा। कोई हूटिंग नहीं होगी।

अब मंत्री महोदय ने बोलना शुरू किया। दो मिनट तक बिलकुल शान्ति। लड़कों ने वचन निबाहा कि मुँह नहीं खुलेगा। मैं खुश था। पर थोड़ी देर बाद किसी इशारे पर लड़के-लड़कियाँ एक साथ जूतों से फर्श रगड़ने लगे। मंत्री ने हॉल छोड़ दिया। मैंने उनसे क्षमा माँगी।

मैंने प्राचार्य से पूछा—ऐसा क्यों होने लगा है ? इनसे युवक क्यों चिढ़ने लगे हैं ?

प्राचार्य ने कहा—आप तो जानते ही हैं कि छात्र यह मानने लगे हैं कि ये लोग मिथ्याचारी होते हैं। अच्छे उपदेश देते हैं और खुद उनसे उलटे काम करते हैं। चरित्रवान बनने का उपदेश देते हैं और खुद चरित्रहीन होते हैं। देश के लिए त्याग का उपदेश देते हैं, पर खुद भ्रष्टाचार के घर भरते हैं। लड़के देश की बरबादी के लिए, अपने अनिश्चित भविष्य के लिए, महँगाई और बेरोजगारी के लिए इन्हीं को जिम्मेदार मानते हैं। फिर ये लोग वही पिटी-पिटाई बातें हर जगह कहते हैं। न उन बातों में तत्त्व, न रस। गम्भीरता भी नहीं। लड़के इन्हें बर्दाश्त नहीं करते।

एक दूसरे प्राचार्य ने मुझे बताया कि मैंने एक मंत्री को उद्घाटन के लिए बुलाया। उन्होंने भाषण शुरू किया—छात्रो, आपने मुझे यहाँ बुलाकर जो मेरा सम्मान किया है...तभी एक कोने में बैठे तीन-चार लड़के चिल्लाए—हमने नहीं बुलाया। और बाहर चले गए। मंत्री जी के चेहरे पर शिकन नहीं आई। गुलगुपाड़ा होता रहा, पर उन्होंने पूरे मन से भाषण पूरा किया।

एक और प्राचार्य ने बताया—पिछले साल हमने उद्घाटन के लिए शिक्षामंत्री को बुलाया। उनकी बदनामी थी कि वे स्कूलों के लिए टाटपट्टी खरीदी में बहुत पैसा खा गए थे। अखबारों में 'टाटपट्टी कांड' बहुत छपा था। वे अहाते में घुसे किस लड़कों ने नारे लगाए—टाटपट्टी मंत्री, जिन्दाबाद! मैं बहुत परेशान हुआ। मगर मंत्रीजी ने मुस्कुराते हुए मालाएँ पहनीं और ऐसे विश्वास से भाषण दिया, जैसे उन्होंने स्कूल की इमारतें खा ली हों!

अपने अनुभव से और दूसरों के व्यवहार देखकर मैं यह कह सकता हूँ कि नेताओं को कोई बर्दाश्त नहीं करता। मगर मंत्री, नेता माला न पहनें, भाषण न दें तो क्या करें ? इनकी बुद्धिमानी के किस्से भी बहुत हैं। यह सच है कि एक प्रदेश के स्वास्थ्य मंत्री अस्पताल का मुआइना करने गए। मरीज का हाल पूछा। फिर डॉक्टर से कहा—इसकी 'पोस्ट मार्टम' रिपोर्ट कहाँ है!

हमें नीचा देखने की जरूरत नहीं है। ब्रिटेन में एक वित्तमंत्री हो गए हैं, जिन्हें दशमलव नहीं मालूम था। उन्होंने सचिव से पूछा—अंकों के बीच में बिन्दु क्यों रखते हो ? यश हर आदमी चाहता है। जय-जयकार चाहता है। माला पहनना चाहता है। पुराण बताते हैं कि देवता जब कोई जीत जाता था, तो दुदुंभी बजाते थे, और उस पर फल बरसाते। देवता निठल्ले और असुरक्षित होते थे। उनकी रक्षा वीर नर करते थे। उनको चुनौती देने वाले को जो वीर मार देता था, उस पर वे फल बरसाते थे।

स्वाधीनता संग्राम के जमाने में लोग छोटे-बड़े नेताओं को माला पहनाते थे। जब कोई गिरफ्तार होता तो, उसे माला से लाद देते थे। जब वह जेल से छूटकर आता तो हजारों लोग उसकी जय बोलते थे। उसे फूल-मालाओं से लाद देते थे। कभी-कभी माफी माँगकर आए की भी इसी भर्रे में जय-जयकार हो जाती थी।

स्वतंत्रता के बाद लोगों में उत्साह था। लम्बे संघर्ष के बाद हमारा देश आजाद हुआ। आम लोगों की नजरों में स्वतंत्रता संग्राम सैनिक बहुत श्रद्धास्पद हो गए। वे त्याग, तपस्या, संघर्ष के प्रतीक थे। वह जहाँ जाते, आदर पाते। वे तब थे भी इस लायक। फिर वे सत्ता में आए। मंत्री हुए, विधायक, संसद सदस्य हुए। जो नहीं हुए, वे सत्तापार्टी में 'असन्तुष्ट' कहलाए। अब त्याग की राजनीति खत्म हो चुकी थी, प्राप्ति की राजनीति आ चुकी थी। जो त्याग की राजनीति में दुबले थे, वे प्राप्ति की राजनीति में मोटे हो गए। स्थूल हो गए। तोंद निकल आई। गर्दन मोटी हो गई। अब यह उलझन आ गई कि मोटी गर्दन में महँगी मालाएँ डालें या तोंद का नागाड़ा मुफ्त बजा लें। इन्हें समारोहों में जाने, माला पहनने, भाषण देने और जनता की तालियाँ पाने की आदत पड़ गई। एक नेता के बारे में सन् 1970 में एक घटना को लोग मजा लेकर सुनाते थे। संसद का सत्रावसान होने पर वे अपने गृहनगर अपने छुटभैयों को तार कर देते कि अमुक तारीख को अमुक गाड़ी से आ रहा हूँ। छुटभैया 'जनता' इकट्ठा करके, मालाएँ लेकर उन्हें सादर लेने पहुँच जाते। एक बार इत्तफाक से उनका किया हुआ तार नहीं मिला। स्टेशन पर गाड़ी खड़ी हुई, तो प्रसन्नता से वे दरवाजे पर आ गए, बाहर इधर-उधर देखा। न मालाएँ दिखीं, न स्वागत करने वाले। वे लौटे तो उन्हें पहचानने वालों ने कहा—भैया साब, उतरिए न। उन्होंने कहा—कैसे उतरूँ? जनता तो है नहीं। वे अगले बड़े शहर चले गए। वहाँ से फोन पर कहा—इस गाड़ी से आ रहा हूँ। इन्तजाम कर लेना। वे आए। छुटभैयों ने जय बोलनेवाली भीड़ प्लेटफार्म पर जमा कर ली थी। मालाएँ पहनीं, जय सुनी, तब रेल से उतरे। ऐसे ही नेता के बारे में कहा जाता है कि वे छुरे से गर्दन काटने की तैयारी कर रहे थे कि उनका चमचा पहुँच गया। उसने कहा—यह क्या कर रहे हैं भैयाजी? भैयाजी ने कहा—गर्दन काटकर फेंक रहा हूँ। ऐसी गर्दन रखते शर्म आती है, जिसमें एक महीने से माला नहीं डाली गई हो। चमचे ने कहा—रुकिए। मैं थोड़ी देर में लौटकर आता हूँ। चमचा कुछ एक चमचों और मालाओं को साथ लाया। भैयाजी के गले में मालाएँ डालीं, जय बोली। तब भैयाजी के प्राण बचे।

हमारा गरीब, विकासशील देश। शुरू में ही हमने बहुत आशाएँ लगाईं, हमारे इन भाग्य विधाताओं से। कोई दो बार जेल गया था, कोई चार बार, कोई पाँच बार। ये देश का विकास करेंगे, गरीबी मिटेगी, हम खुशहाल होंगे। नेहरू ने नारा दिया—आराम हराम है। पर नेहरू के सामने ही त्यागी हरामखोर होने लगे। जीवन-मूल्यों का नाश होता गया। ऊँचे स्तर से, महान त्यागियों के स्तर से भ्रष्टाचार शुरू हुआ, जो

नीचे तक चला गया। पतनशीलता आ गई। जो अभिनन्दनीय थे, वे निन्दनीय होने लगे। कोई 'राहतकांड' वाला, कोई 'टाटपट्टी कांड' वाला, कोई 'जंगल कांड' वाला हो गया। लोग कहने लगे—वह एक सड़क खा गया, वह सीमेंट खा गया, वह तालाब पी गया, वह अस्पताल खा गया, वह इमारत खा गया, वह पाइप खा गया।

पहले कहते थे—भैयाजी पधार रहे हैं। बढ़िया मालाएँ ले जाना। सुन्दर स्वागत-द्वार सजाना। लड़कियों से स्वागत गान गवाना। फिर कहने लगे—अरे वो हरामखोर आ रहा है, जिसने अकाल-राहत के पैसे खा लिए। हजारों बच्चों को भूखा मार डाला। तबादलों में भी लाखों खाए। उसके लिए कुछ माला-वाला ले आना सस्ती-सी। कुछ आदमी खड़े हो जाना हाथ जोड़कर 'आइए' कहने के लिए। कुछ दिखावा तो करना पड़ेगा, उस दुष्ट के लिए।

वे उद्घाटनकर्ता शायद ही कोई काम की बात करते हों। जिन लोगों के बीच जाएँगे, उन्हें बताने लगते हैं कि यह देश महान है (उनके कारण)। आप लोगों को देश का विकास करना है, निर्माण करना है, देश का गौरव बढ़ाना है, आदि। फिर उपदेश कि आपके ये कर्तव्य हैं। जेबकतरों के राष्ट्रीय सम्मेलन के उद्घाटन में कहेंगे—जेब काटने में भारत की महान परम्परा रही है। आपको इस गौरव के योग्य बनना है। देश का भविष्य जेबकतरों पर निर्भर है। आपको देश का विकास और निर्माण करना है। आप अपने कार्य को पूरी लगन और ईमानदारी से करें। आप जेब काटने की नई-नई विधियाँ सोचें। यह सच्ची देश-सेवा है। मैं आपके उज्ज्वल भविष्य के लिए शुभकामना व्यक्त करता हूँ।

सन् 1975-76 में 'फासिस्टवाद' विरोधी सम्मेलन बहुत हुए। आयोजन का काम तो कांग्रेसी ही करते थे, पर भाषण के लिए मुझ जैसे लोगों को बुलाते थे। मैंने कई सम्मेलनों में फासिस्टवाद समझाया और उसके खतरे बताए। मगर आज जो हो रहा है, उसे देखकर सिर ठोकता हूँ। एक सम्मेलन के उद्घाटन में एक राज्य के मंत्री बोले—हमें फासिस्टवाद को बढ़ाना है। फासिस्टवाद से ही देश का कल्याण है, आदि-आदि। हम सब परेशान थे। वे उलटा बोल रहे थे। उन्हें समझ में ही नहीं आता था। एक और सम्मेलन के वक्त दो जिला कांग्रेस के अध्यक्ष मुझसे पूछने लगे—परसाई जी, यह फासिस्टवाद होता क्या है? जरा समझाइए। जरा बताइए। उन्हें समझाने का वक्त नहीं था और फायदा भी नहीं था। मैंने कहा—आप फासिस्टवाद समझने की परेशानी में क्यों पड़ते हैं। यह परेशानी तो हमारी है। आप तो रोज सवेरे इन्दिरा गांधी का वक्तव्य अखबार में पढ़ लीजिए और उसके मुताबिक बोलिए और करिए। आप क्यों समझने की झँझट में पड़ते हैं?

हमारे यहाँ उद्घाटन करने और कराने की एक मजबूत परम्परा पड़ गई। और यह काम किसी मंत्री के मुखारविंद या कर-कमल से ही कराया जाता है। राजनीतिक सम्मेलन तो ठीक है, पर डॉक्टरों का सम्मेलन, शिक्षाशास्त्रियों का सम्मेलन आदि में

भी उस विषय के किसी प्रसिद्ध विद्वान को न बुलाकर मंत्री को बुलाते हैं। और मंत्रियों में भी इतनी शालीनता नहीं है कि कह दें कि मैं इस विषय पर विशेषज्ञ नहीं हूँ। किसी विशेषज्ञ से यह काम कराइए। किसी विशेषज्ञ को सम्मान दीजिए। मैं यह नहीं कहता कि सारे मंत्री नेता बुद्धिहीन होते हैं। बहुतेरे परम बुद्धिमान भी होते हैं। प्रसिद्ध नेता और केन्द्रीय मंत्री बाबू जगजीवनराम ने विदिशा में हिन्दी साहित्य सम्मेलन के अधिवेशन में डेढ़ घंटे भाषाशास्त्र पर बहुत अच्छा भाषण दिया। वह आपातकाल था। हर नेता के मुख से इन्दिरा गांधी, दस-सूत्री कार्यक्रम, फासिस्टवाद शब्द हर मौके पर निकलते थे। पर जगजीवनराम ने इनका नाम नहीं लिया।

मुझे लगता है कि इस देश की खुशहाली किसी के कर-कमलों से उद्‌घाटन की राह देख रही है। उद्‌घाटन एक शुभ-अनुष्ठान की जगह अशुभ रोग हो गया। अशुभ रोग इस कारण कहा कि ऐसा होने लगा है कि उद्‌घाटन के बाद पुल में दरार पैदा होने और गरीब कॉलोनी के उद्‌घाटन के बाद मकान गिरने की घटनाएँ होने लगी हैं।

बड़े-बड़े बाँध से लेकर—लांड्री तक का उद्‌घाटन बड़े या छोटे मंत्री के कर-कमलों से होता है। बड़े उद्योगों का, बड़े पॉवर हाउस का, बड़ी कलादीर्घा का, उद्योग प्रदर्शनी आदि का उद्‌घाटन तो ठीक हो। पर गर्मी के महीने कुएँ के उद्‌घाटन के इन्तजार में बीत जाएँ! दक्षिण भारत में भी एक रेडियो स्टेशन तीन महीने से तैयार है। काम शुरू नहीं कर सकता क्योंकि दिल्ली के मंत्री उद्‌घाटन करने नहीं आ रहे थे। पुल बन गया है, मगर सड़क बन्द है। पुल के दोनों तरफ रोक लगी है। लोगों को कच्चे रास्ते से जाना पड़ता है। कोई हर्ज नहीं। अफसर डरते हैं कि पुल खुलवा दिया तो मंत्री कहेंगे—मेरे कर-कमल किस काम के? डॉ. लोहिया ने ऐसे एक तैयार मगर मंत्री का इन्तजार करते पुल का अपने साथियों के साथ रुकावट तोड़कर उद्‌घाटन कर दिया।

मंत्री, मुख्यमंत्री आदि जब फीता काटने या बटन दबाने आते हैं, तो सारा प्रशासन ठप्प हो जाता है। हर विभाग के हर छोटे-बड़े अफसर क्लर्क को लगता है कि वे मुझे ही देखने आ रहे हैं और मैं नहीं दिखा तो नाराज हो जाएँगे। कितनी कारें, जीपें दौड़ती हैं। कितना पेट्रोल बरबाद होता है—और वही सरकार लोगों से अपील करती है कि पेट्रोल का संकट है, पेट्रोल बचाओ। खुद ऐसा करते हैं, जैसे सऊदी अरेबिया के मंत्री शेख बेकार-बिन-फालतू-अलतबाह हों!

सार्वजनिक चन्दे से संस्था बनवाकर उसके भवन का उद्‌घाटन किसी मंत्री से करवाने में पदाधिकारियों के पवित्र उद्‌देश्य भी होते हैं। बढ़िया स्वागत के बाद मंत्री से कहेंगे—आजकल धन्धा ठंडा है। एक गैस एजेंसी दिला दें तो हमारी हालत सुधर जाए। हम आपकी सेवा को हमेशा तैयार हैं।

मंत्री कहते हैं—इन कार्यक्रमों से जनसम्पर्क होता है। यह गलत है। जन तो पास आ ही नहीं सकता। शासन के लोग, पुलिस जन को मंत्रीजी के पास आने ही

नहीं देती। सम्पर्क होता है अफसरों, पार्टी के नेताओं से और दो नम्बरी कारोबार से बड़े बने लोगों से। ऐसे मौके पर परस्पर लाभ के समझौते भी होते हैं।

मुझे एक विभाग के अधिकारी ने कहा—हमारे कर्मचारियों के लिए जो क्वार्टर बने हैं, उनका उद्घाटन हमने अपने कार्यालय के सबसे बूढ़े चपरासी से करवाया। मुझे यह अच्छा लगा। अधिकारी को वीर चक्र मिलना चाहिए।

जमाना खराब चल रहा है। सरकारी इमारतों की एक बुरी आदत पड़ गई है। उसमें फीता काटने के बाद ही गिर जाने की प्रवृत्ति आ गई है। मेरी मंत्रियों को सलाह है कि वे फीता काटकर भीतर कतई नहीं जाएँ। फीता काटकर फौरन कार में बैठकर रेस्ट हाउस जाकर जान बचाएँ।

चुनाव संहिता लागू होने के जरा पहले जो सैकड़ों शिलान्यास योजनाओं के वायदे मंत्रियों ने किए हैं, उन्हें पुरातत्त्व विभाग को सौंप दिया जाए। वे ऐसे ही रहने वाले हैं। उन्हें अच्छी हालत में रखा जाए। अशोक के शिलालेखों के बाद ये शिलालेख इतिहास में जाएँगे।

[जुलाई, 1991]

विधायकों की बिक्री

एक सज्जन बड़े दुख से कह रहे थे—सत्यवादी राजा हरिश्चन्द्र के देश में विधायक बिकने लगे। उनका इशारा था कुछ राज्यों में पिछले मध्यावधि चुनाव में बहुमत बनाने के लिए निर्दलीय विधायकों की खरीद की खबरों पर। हम नहीं जानते, ये विधायक वास्तव में खरीदे गए या नहीं; या किस कीमत पर। पर यह बात खूब फैली थी। हम।रे देश में इस दौर में इस तरह की और इससे गिरी हुई खबरों का एकदम विश्वास कर लिया जाता है। सच बात में एकाएक विश्वास नहीं होता।

मैंने उनसे कहा—आप क्यों दुखी हैं? राजा हरिश्चन्द्र ने सपने में किसी ब्राह्मण को अपना राज्य दान कर दिया था। दूसरे दिन उसी शक्ल के ब्राह्मण को बुलवाया गया और उसे राजतिलक कर दिया गया। हरिश्चन्द्र किसी मुर्दा जलाने

वाले ठेकेदार के यहाँ नौकर हो गए। मैं पूछता हूँ कि यह कितना बड़ा झूठ है और अन्याय भी कि किसी को सपने में देखा, उसे दान कर दिया। उसका नाम, पता आदि कुछ नहीं मालूम। मगर दूसरे दिन उस जैसे आदमी को राज्य सौंप दिया। राजा शासन तो करता है पर राज्य उसकी सम्पत्ति नहीं होती। राज्य में कितने लोग रहते हैं, उन्हें कैसे दान किया जा सकता है? हरिश्चन्द्र ने अन्याय ही तो किया।

मुझे समझ में आता है कि उस जमाने में वचन की कीमत इतनी क्यों थी। तब न लेन-देन की लिखा-पढ़ी होती थी, न लेन-देन के कानून थे, इकरारनामे नहीं थे, दरस्तावेज नहीं थे, हुंडी नहीं थी, प्रोनोट नहीं थे। इसलिए प्रामाणिक हो गया कि वह शब्द कह दिया गया। इसीलिए 'प्राण जाए पर वचन न जाई' जैसी बातें कही जाती थीं। लोगों के पास वचन के सिवा कोई प्रमाण नहीं था इसलिए वचन की इतनी ऊँची महत्ता हुई कि वह प्रमाण और गवाह हो गया। वचन का पालन करना धर्म हो गया। अब हरिश्चन्द्र को प्रापर्टी देना है तो अदालत जाकर रजिस्ट्री करवा सकते हैं।

कहते हैं, विधायक बिके। ये विधायक निर्दलीय थे। ये जिस दल में थे, उसने उन्हें चुनाव टिकट नहीं दी। उन्होंने दल छोड़ दिया और स्वतंत्र हो गए। दल-बदल कानून उन पर लागू नहीं होता क्योंकि उनका कोई दल नहीं है। प्रतिबद्धता का सवाल नहीं है। वे किसी भी दल में जा सकते हैं। विचारधारा या आदर्श का कोई सवाल नहीं है।

1952 के पहले चुनाव में, वे लोग चुनाव लड़े थे जो स्वाधीनता का संग्राम लड़े थे। उनका शिक्षण था गांधीजी के द्वारा। वे कुछ नैतिक मूल्यों को मानते थे। ऐसा नहीं है कि सब आदर्श ही थे। तब भी कांग्रेस ने लगभग पूरे देश पर शासन जमाया। पर कुछ व्यक्ति जो सामान्य भी और ऊँचे स्तर के भी थे, निर्दलीय के रूप में चुनाव लड़े। इनमें बड़े वकील थे तो साधारण कार्यकर्ता भी, जनसेवक भी बिना कुछ खर्च किए अपनी सेवा की दर पर चुनकर आ गए थे। पर तब विधायकों को खरीदने या विधायकों को बिकने की बात नहीं उठती थी। विधायक बिकेगा तो कीमत लेगा। कीमत लाखों में भी हो सकती है और सुनते हैं, आजकल करोड़ों में है। फिर दूसरी पार्टियाँ बनीं, सत्ता के लिए होड़ आई और तब दल-बदल की बात चालू हुई। इस दल-बदल की प्रवृत्ति ने सारी सरकारों को अस्थिर कर दिया तब कानून बना दल-बदल के विरुद्ध। पर उसमें भी गुंजाइश है। अजित सिंह अपने साथियों को लेकर कांग्रेस में चले गए, इसी कानून के तहत।

निर्दलीय विधायक तरह-तरह के मैंने देखे हैं। गम्भीरता से विधायिका में आकर काम करने की इच्छा वाले भी और चुनाव को मखौल मानने वाले भी।

बड़े-बड़े सेठ, बड़े-बड़े वकील, रईस विधायकी को भी अपनी अँगूठी में जड़ लेना चाहते थे। रईस तो हैं ही, विधायक भी हैं। यह आभूषण है। ऐसे कार्यकर्ता मैंने देखे हैं जिनके पास परिवार को खिलाने के लिए कुछ नहीं है लेकिन उन्हें हर चुनाव के वक्त आत्मविश्वास घेर लेता है। उन्हें यह भ्रम हमेशा ही रहता है कि मैं लोकप्रिय हूँ और मेरे मत दूसरे लोग अपने नाम से ले जाते हैं। खैर, इस बार तो जीत ही जाऊँगा। सुबह-शाम-दोपहर वे चक्कर लगाते हैं। पाँच बार तो उन्हें हारते मैंने देखा है। बड़ी गम्भीरता से, जैसे देश को जरूरत है इनकी विधानसभा में। वे मेरे पास आते, मेरे हाथ में एक छपा परचा रखते। कहते—ये मेरा घोषणापत्र है। सब तरफ से सपोर्ट मिल रहा है। वे मोहल्लों के नाम गिनाते हैं जो उन्हें मत निश्चित देंगे। चार बार हारकर भी पाँचवीं बार इतना आत्मविश्वास एक अद्भुत चीज है। लोग उन्हें सनकी कहने लगे थे।

फिर बड़े व्यापारी होते हैं। मालामाल हैं। सेठानी के पास खूब जेवर है। बड़ी जायदाद है। विशाल मकान है। बच्चे हैं। सब है। वे मित्रों से कहते हैं—भैया, अपने पास भगवान का दिया सब कुछ है, अब तो विधायकी चाहिए। हमारे नाम के आगे या पीछे विधायक लगे। विधायक सेठ अमुकचंद। ऐसा हम चाहते हैं। पैसे की बात नहीं है, कितना भी खर्च कर सकते हैं। इनमें शायद ही कोई जीतता हो।

फिर बड़े वकील हैं, कानूनविद् हैं। परम विद्वान हैं। स्वतंत्र विचार के हैं। इनमें कोई सोचता है कि विधानसभा या संसद में पहुँच गया तो कुछ अपने विचार वहाँ रखूँगा। दूसरे वे होते हैं जो विधायकी को अँगूठी की तरह पहनना चाहते हैं। सब तरह बड़े हैं। विधायक हो जाएँ तो और चमक उठें। ये ऐसे विधायक हैं जो केवल शोभा बढ़ाते हैं। विधानसभा में कुछ बोलते नहीं, जनसमस्याओं से कोई मतलब नहीं। जाते हैं, सदन में बैठते हैं फिर बीच-बीच में कैंटीन जाते हैं। कैंटीन में अच्छा और कम दाम का भोजन मिलता है, उसे खाते हैं और विश्रामकक्ष में गद्दे पर आराम फरमाते हैं। क्षेत्र की समस्या से इन्हें कोई मतलब नहीं।

कैंटीन की बात निकली तो एक दिलचस्प बात याद आई। स्वर्गीय कवि सोमदत्त वेटनरी विभाग में ऊँचे अफसर थे। वह आए और कहने लगे—कल सागर जाऊँगा, बहुत गलती हमारे विभाग से हो गई। सागर और उसके आसपास काला मुर्गा होता है जो विशेष स्वादिष्ट माना जाता है। वहाँ से कुछ काले मुर्गे विधानसभा कैंटीन में आ गए। उन्हें माननीयों ने खाया और उनकी माँग बढ़ने लगी। मेरी नाक में दम है। इतने दबाव मुझ पर पड़ते हैं विधानसभा में कि काले मुर्ग कैंटीन में बुलवाइए। यही मेरा काम हो गया है कि काले मुर्गे खोजता फिरूँ। मेरा खयाल है कि अभी तक वहाँ के सारे काले मुर्गे खा लिये गए होंगे। फिर भी

देखता हूँ क्योंकि सोमवार को फिर मुझ पर दबाव पड़ेगा कि काले मुर्गे बुलाओ। ऐसे रुचिसम्पन्न जन विधायक हो जाते हैं जिनके लिए राज्य की सबसे बड़ी समस्या काला मुर्गा प्राप्त करना है।

यों भी एक विधायक को काफी रुपए मिलते हैं। मासिक वेतन और दैनिक भत्ते के सिवा दूसरे जरियों से भी बहुत पैसा मिल जाता है। फिर वह अपना काम भी कराता है। हमारे संसदीय तंत्र में प्रारम्भिक कुछ समय को छोड़कर बेहिसाब पैसा सफेद और काला आने लगा। चुनाव में लगातार खर्च की रकम बढ़ती गई। काले धन वालों ने विधायकी पर कब्जा कर लिया फिर उद्योगपतियों का दखल बढ़ता गया। आज हालत है कि सुनता हूँ, एक सीट के लिए एक उम्मीदवार एक करोड़ रुपए तक खर्च करता है। ये एक करोड़ कहाँ से आता है? वह निश्चित ही काला पैसा है या उद्योगपतियों का पैसा है या व्यापारी वर्ग का पैसा है। ये लोग विधायक बनाने के लिए देंगे तो वसूल भी करेंगे। साधारण हैसियत का विधायक जब करोड़ रुपए खर्च करता है तब लगता है कि लोकतंत्र, नैतिकता और मनुष्यता तक रुपए में तब्दील हो गई। जो करोड़ खर्च करेगा, वह पाँच करोड़ कहीं से निकालेगा ही। इस तरह जनसेवकों का व्यापार और लूट एक साथ होगी।

लोकतंत्र में दलों के सिद्धान्त और कार्यक्रम होते हैं, इनके आधार पर वे चुनाव लड़ते हैं और उद्देश्यों को पूरा करने की कोशिश करते हैं। अब हो यह गया कि सिद्धान्त वगैरह की बात व्यर्थ हो गई आज इस दल में हैं, कल उसमें चले जाएँगे। आयाराम गयाराम होने लगा। कारण यह था कि जनसेवा और लोकतांत्रिक मूल्य भूले जा चुके थे। पद–पैसा और गरिमा प्रमुख हो गए थे।

राजीव गांधी ने अपनी पार्टी की सुरक्षा के लिए दल–बदल विरोध कानून बनाया। मगर इस कानून में छेद है। इसमें से निकलकर दूसरे दल में घुसा जा सकता है। अजितसिंह ने इसी छेद का उपयोग किया। इतने दल, उनके छोटे–छोटे टुकड़े, नेताओं के आसपास पार्टी, सिद्धान्तहीन राजनीति—इसमें कौन विधायक कहाँ है, पता लगाना मुश्किल है। मुनष्य जब इस देश में पैसे में तब्दील हो गया तब विधायकों पर असर होना ही था। सबसे मजे की बात यह है कि जो नगण्य माने जाते हैं, वे सबसे कीमती हो गए। जो घोड़ा बँधा है, वह तो मालिक की मर्जी के बिना भाग नहीं सकता। जो घोड़ा छुट्टा खड़ा है, वह किसी को भी पीठ पर सवार बनाकर भाग जाएगा। अक्सर मौके आते हैं कि किसी दल को बहुमत बनाने में कुछ विधायक कम पड़ते हैं। दूसरे दल के विधायक आ नहीं सकते, क्योंकि कानूनी रोक है। मगर वह देखो, मैदान में पाँच–सात पट्ठे खड़े हैं विधानसभा के सामने। कह रहे हैं—कोई हमारा नेता नहीं, कोई मालिक नहीं। कोई कानून हमें नहीं बाँधता, हम कोई नियम नहीं मानते, हम बिलकुल छुट्टे हैं। आओ, हमें

खरीदो। जो अच्छे दाम देगा, हम उसके हो जाएँगे। खरीद में क्या मिलता होगा? स्पष्ट है, बहुत-सा पैसा या मंत्रिमंडल में सदस्यता।

अगर खबर सही है कि एक पार्टी से निकलकर स्वतंत्र विधायक बने लोग बिक गए तो चिन्ता की बात है। पैसा सब कुछ खरीद लेगा, गणतंत्र भी खरीद लेगा, लोकतांत्रिक व्यवस्था भी खरीद लेगा, सारी नैतिकता खरीद लेगा।

[अप्रैल, 1994]

ये क्या नमरूद की खुदाई थी

शीर्षक पढ़कर पाठक कुछ चकित होंगे। कल होली खेली गई थी और आज लोग कह रहे हैं कि इस साल होली बहुत शान्ति से मनाई गई। न कोई हुल्लड़, न गुंडागर्दी, न उपद्रव, न शोर। इस बार तो बाजों और नारों की आवाज तक नहीं आई। पहले यह हाल था कि शरीफ आदमी घर से बाहर दिन भर नहीं निकलता था। इस बार न कीचड़, न पेंट और न रंगों का पुराना अत्याचार।

यह परिवर्तन आखिर कैसे हो गया? क्या समाज में एकदम बदलाव आ गया? संस्कृति एकदम से सक्रिय हो गई? किसी अदृश्य नैतिक आन्दोलन से शालीनता आ गई? लोग गुलाल लगाते थे, गले मिलते थे और शालीनता से मुस्कुराते थे। एकदम गांधीवादी होली हो गई। एकाएक यह क्या हुआ? हुआ यह कि कुछ खास बातें हुईं। व्यवस्था के मंथन से रत्न निकलते हैं, ये हर क्षेत्र में चमकते हैं, और यही उत्सव की, समारोह की, या राजनीतिक हलचल की जान होते हैं। ये रत्न किशोरावस्था

से 30–35 साल तक के होते हैं। उत्सव को रंग ये ही देते हैं। यही उत्सव को प्राण देते हैं। ये ही त्योहार को डरावना बना देते हैं। हर मोहल्ले में ये अलग दिखते हैं। ये इतने महत्त्वपूर्ण होते हैं कि इनके नाम पुलिस रिकॉर्ड में दर्ज होते हैं। ये छुट्टे होते थे तो रंगोत्सव में रौनक थी, जान थी। इस बार पुलिस ने समाज की इन शोभाओं को तीन–चार दिन जेल में डाल लिया। इतना ही नहीं, सड़क पर घनी गश्त करके पुलिस आतंक अलग फैलाए रही। इस बार जिसे लोग सामाजिक क्रान्ति कहते हैं, वह पुलिस की लाई हुई थी। किसी जनआन्दोलन की नहीं। आदमी की आत्मा एकदम जाग नहीं उठी थी। असल में जो करते हैं, वे तो भीतर थे इसलिए बाहर समाज में शान्ति और शालीनता होनी ही थी। कुछ परिवर्तन भी हुए हैं। इस बार होली के हुड़दंग में किसी राजनीतिक दल ने रोटी नहीं पकाई। त्योहार को साम्प्रदायिक भी नहीं बनने दिया गया। दूसरी बात यह है कि वर्गों के उत्सव बदल गए हैं। पहले मध्यम वर्ग, पढ़े–लिखे लोग गुलाल लेकर जुलूस निकालते थे, बहुत अच्छी फागें गाई जाती थीं। कहीं कोई बदतमीजी नहीं होती। रात को मनोरंजक कार्यक्रम होते थे। सब कुछ सुरुचिपूर्ण और शालीन होता था। उच्च वर्ग हाथ जोड़कर हें–हें करता था। बाद में सब जातियों के मध्यवर्गीय लोगों ने इसे नीची जातियों के लिए छोड़ दिया। नए धनी वर्ग और उसमें पिछलग्गू मध्यमवर्ग ने नए त्योहार अपना लिये। नए त्योहार, जैसे—'न्यू इयर्स डे'। इसके नवधनी वर्ग के युवा रत्नों ने अपना त्योहार मान लिया। इनके हुल्लड़ करने वाले गिरोह भी होते हैं, जो अलग से त्योहार मानते तो सींखचों में होते। 'न्यू इयर्स डे' प्रतिष्ठा का त्योहार है क्योंकि यह आलीशान होटलों में मनाया जाता है। देशी शराब के बदले यहाँ विदेशी शराब उड़ेली जाती है। सुरक्षित शानदार होटल का वैसे ही दबदबा रहता है।

होली नई फसल का त्योहार है। अनाज की बौनी, कटाई और उसे खलिहान लाना। ये त्योहार किसान मनाते हैं। दुनिया भर में कृषि के त्योहार मनाए जाते हैं। फिर इनके साथ कथाएँ, मिथ, आदि लग गए। ये अक्सर किसी खास धर्म में अटल आस्था के प्रचार के लिए कभी प्राचीन काल में गढ़ लिये गए। मैंने ऊपर शायर मिर्जा ग़ालिब के शेर का अंश दिया है। पूरा शेर है :

ये क्या नमरूद की खुदाई थी
बन्दगी में भी मेरा भला न हुआ

मैं नहीं जानता, नमरूद की कथा किसी त्योहार के बारे में है। यह असल में धर्म में और ईश्वर में कट्टर विश्वास के लिए है। नास्तिक और आस्तिकों के संघर्ष बहुत हुए हैं और उनकी कथाएँ हैं। हिरण्यकशिपु और प्रहलाद की कथा भी एक ईश्वर में आस्था के लिए है। नमरूद एक ग्रीक बादशाह था। वह अपने को ईश्वर घोषित करता था। उसकी बहन होलिका से भिन्न विचार रखती थी। वह अपने भाई का दावा नहीं मानती थी। नमरूद को उसके महल के सामने जाकर इब्राहीम ने

चुनौती दी। कहा—तू ईश्वर नहीं है, तू झूठा ईश्वर है। मनरूद ने कहा—क्यों नहीं? मैं आदमी की जान ले सकता हूँ। इब्राहीम ने कहा—तू जान ले सकता है, दे नहीं सकता। खूब बहस हुई। नमरूद ने गुस्से में सिपाहियों से कहा—लड़कियाँ इकट्ठी करके उस पर इस इब्राहीम को बैठाकर आग लगा दो। आग लगा दी थी कि नमरूद की बहन चिता में कूद गई और चिता ठंडी हो गई। वे दोनों भागे। सिपाही उन्हें पकड़ने दौड़े तो ईश्वर ने उनके सामने कोहरा कर दिया और वे पकड़ नहीं पाए। ऐसे मौकों पर ईश्वर किसी-न-किसी तरह सहायक होता है।

इन्हीं इब्राहीम की निष्ठा की एक परीक्षा और हुई। खुदा ने इब्राहीम से सपने में कहा—तेरी मेरे ऊपर अटल निष्ठा नहीं है? इब्राहीम ने कहा—है। खुदा ने कहा—तो तू कल परीक्षा दे। अपने बेटे का गला छुरे से काट। इब्राहीम तैयार हो गए। उन्होंने आँखों पर पट्टी बाँधी और लड़के के गले पर छुरा रख दिया। लड़का भी खुश है, मैं खुदा का हुक्म मान रहा हूँ। पर खुदा तो खुदा है, उसने लड़के की जगह भेड़ रख दी। उसका गला इब्राहीम ने काट दिया। इसी घटना को लेकर एक ईद मनाई जाती है, जिसमें मक्का में लाखों भेड़ें कट जाती हैं। मुसलमान आमतौर पर, निजी तौर पर बकरे की कुर्बानी करते हैं। इसमें भी होड़ा-होड़ी आ गई है। कहते हैं, शेख साहब इस साल पाँच हजार रुपए का बकरा काटेंगे। दूसरा कहता है—सैयद साहब दस हजार का बकरा काटेंगे।

नमरूद और हिरण्यकशिपु की कथा एक जैसी है। मगर उनकी बहनों के विचार दूसरे हैं। नास्तिकों का यह संघर्ष विश्वव्यापी रहा है। हिरण्यकशिपु असुर राजा था। सुर और असुर—ये दो जातियाँ थीं। ये एक जैसे मनुष्य थे। ऐसा नहीं था, जैसा संकेत किया जाता है कि असुर, राक्षस आदि मनुष्य से भिन्न प्राणी हैं। हिरण्यकशिपु को अहंकारी बताया गया है। हो सकता है, अपनी बुद्धि और चिन्तन से ईश्वर का अस्तित्व वह नहीं मान सका हो! सृष्टि के आरम्भ में लोग भय और अज्ञान के कारण सुख देनेवाली प्राकृतिक शक्ति को देवता या देवी मान लेते थे, और स्तुति करते थे। दुख देनेवाली शक्तियों को इसी प्रकार अनिष्टकारी देव मानकर उनकी निन्दा करते थे। फिर चिन्तन में ईश्वर का एक स्वरूप निर्धारित किया पर इसमें बहुत लोग विश्वास नहीं करते थे—इन नहीं मानने वालों में कुछ परम विद्वान चिन्तक होते थे। कुछ अहंकारी, मूर्ख।

हिरण्यकशिपु ने घोषणा कर दी कि—कोई ईश्वर नहीं है। मैं ही ईश्वर हूँ। उसकी बहन होलिका भाई से सहमत थी। छोटी उम्र को बेटा तभी ईश्वर में विश्वास करने लगा था। यह कथा वैष्णवों ने बनाई है। हमने स्कूल में जो पुस्तक पढ़ी थी, उसमें एक चित्र था जिसमें प्रह्लाद स्लेट पर 'राम' लिख रहा है। यह कथा पुराहितों ने वैष्णव धर्म प्रचार के लिए बनाई। आगे यह कथा यो हैं—चिता में होलिका भतीजे को गोद में लेकर बैठती है और जलती चिता में जल जाती है। प्रह्लाद बच जाता है।

इससे यह सिद्ध कराया गया कि वैष्णव धर्म में उसका विश्वास था और विष्णु ने उसे बचाया। नास्तिक हिरण्यकशिपु की पराजय हुई।

किसी धर्म या पंथ या देवता में अटल विश्वास के प्रचार के लिए यह मिथक बनाए जाते हैं। मुझे आश्चर्य हुआ मोरोध्वज की कथा पढ़ कर। वह वैष्णव था। वैष्णव दयालु, अहिंसक, करुणामय होते हैं, ऐसा मानते हैं। पर विष्णु सपने में मोरोध्वज से कहते हैं कि अपना विश्वास सिद्ध करने के लिए आरी से तुम और पत्नी अपने बेटे की गर्दन काटो। मोरोध्वज ऐसा ही करता है तभी विष्णु प्रकट होते हैं और लड़के को जोड़कर जीवित कर देते हैं।

अपने को ही ईश्वर मानने या कहने वाले दूसरे प्रकार के भी होते हैं। ये न अंहकारी होते हैं, न अत्याचारी, न अपना डंका पीटने वाले। ये ज्ञानी होते हैं, जिन्हें आत्मबोध होता है। अहं ब्रह्मस्मि यानी मैं ही ब्रह्म मानने वाले और कहाने वाले हमारे यहाँ हैं। ये ज्ञानी विनयी होते हैं। कुछ इस तरह सोचते हैं कि जब सब जगह ईश्वर है तो मेरी आत्मा में भी है। मैं भी ब्रह्म हूँ। वे किसी देव को नहीं पूजते। वे यह दावा नहीं करते कि उन्होंने सृष्टि की रचना की और उसका पालन कर रहे हैं। ये हिरण्यकशिपु और नमरूद से बिलकुल भिन्न होते हैं।

एक सन्त अभी हो गए हैं। ये भी अपने को ईश्वर कहते थे। उनकी घोषणा थी—अनहलक यानी मैं ही ब्रह्म हूँ। इनका एक पंथ चला, इसमें मंसूर हुआ जिसे कट्टरपंथियों ने सूली पर चढ़ा दिया।

लेख के शीर्षक में मैंने मिर्जा ग़ालिब की पंक्ति दी है। शेर है :

ये क्या नमरूद की खुदाई थी
बन्दगी में भी मेरा भला न हुआ

ग़ालिब खुदा में विश्वास तो रखते थे पर नमाज के पाबन्द नहीं थे। मस्जिद नहीं जाते थे। घर में कभी नमाज पढ़ ली। उन्होंने नमाज पढ़ी, इसी आशा से कि मेरा भला होगा, पर भला नहीं हुआ। वे तो कहते हैं कि मैंने झूठे खुदा की, नमरूद की बन्दगी कर ली।

[जून, 1994]

दर्द लेकर जाइए

सम्मेलन सब अच्छे होते हैं। राजनीतिक दलों के अधिवेशन सब अच्छे होते हैं। इन अधिवेशनों के फैसले, प्रस्ताव, घोषणाएँ—सब अच्छे होते हैं। चुनाव जब साल भर बाद होने वाले हों, तब तो ये घोषणाएँ और अच्छी होती हैं। कांग्रेस पुरानी पार्टी है, और एक मध्यम-मार्गी पार्टी बंगलोर में जन्म ले चुकी है। यह पुनर्जन्म है। एक जन्म 'समाजवादी जनता दल' नाम से हुआ था। दूसरा जन्म सिर्फ 'जनता दल' नाम से हुआ। पता नहीं, 'समाजवादी' शब्द क्यों छोड़ दिया! होमियोपैथी के डॉक्टरों के पास शक्कर की गोलियाँ भी होती हैं जिनमें दवा नहीं होती। जब कोई आदमी बीमारी की शिकायत करता है, और डॉक्टर देखता है कि उसे कोई बीमारी नहीं है, तब उसने मानसिक सन्तोष के लिए उसे शक्कर की गोलियाँ खाने के लिए दे देता है। यह मनोचिकित्सा है। शक्कर की दवानुमा गोलियों का असर नहीं होता, पर खाने वाला अनुभव करता है कि बीमारी दवा से चली गई और मैं चंगा हूँ। तो

इस देश में 'समाजवाद' तो होमियोपैथी की शक्कर की गोली है। इससे न फायदा, न नुकसान। पता नहीं, इन राजनेताओं को 'समाजवाद' की शक्कर की गोली से क्यों परहेज है! भारतीय जनता पार्टी तक 'गांधीवादी समाजवाद' की गोलियाँ लोगों को खिलाती है, क्योंकि लोगों को भ्रम है कि उन्हें गरीबी का रोग है। गरीबी को बहुत से मानवतावादी एक मनोरोग मानते हैं। वे तो भूख को भी मनोरोग मानते हैं।

दिल्ली में नवम्बर में अखिल भारतीय कांग्रेस महासमिति (ए.आई.सी.सी.) का अधिवेशन हुआ था। इस समागम के निर्णयों और घोषणाओं पर मैं ध्यान दे रहा था। बहरहाल, कांग्रेसाध्यक्ष राजीव गांधी ने अन्तिम भाषण में कहा कि आप लोग यहाँ से दर्द लेकर जाइए। राजीव को शायद पता हो कि बहुत-से प्रतिनिधि तो दर्द लेकर गए ही थे। हर प्रदेश में कांग्रेस दो जातियों में बँटी है—सन्तुष्ट और असन्तुष्ट। ये जातियाँ ब्राह्मण, कायस्थ, ठाकुर, अग्रवाल आदि भेद मिटा देती हैं, जैसे वर्ग-भेद होता तब जाति, भाषा, धर्म, क्षेत्र के भेद मिट जाते हैं और दो वर्ग रह जाते हैं, आमने-सामने। हर राजनीतिक दल में सन्तुष्ट और असन्तुष्ट होते हैं। जातियाँ बदलती रहती हैं। जो आज सन्तुष्ट जाति का है, वह कल असन्तुष्ट जाति में 'कन्वर्ट' हो सकता है और असन्तुष्ट सन्तुष्ट की जनेऊ धारण कर सकता है। जो न सन्तुष्ट है, न असन्तुष्ट, वह पागल है। तो सारे देश से असन्तुष्ट दिल्ली दर्द लेकर ही गए थे। जो बिना दर्द के सन्तुष्ट हो गए थे, वे धुकधुकी लेकर गए थे कि अगले चुनावों में टिकट मिलती है या नहीं। जो खुद दर्दमन्द थे, उनसे कहना कि यहाँ से दर्द लेकर जाओ, ज्यादती है।

राजीव गांधी ने जो दर्द ले जाने की बात की, उसका पूर्व सन्दर्भ है। हमारे अधिवेशन पर गरीब और गरीबी छाई रही। हर राजनीतिक दल की सार्वजनिक बैठकों में गरीब और गरीबी छाए रहते हैं। राजीव चाहते थे, कांग्रेसी नेता गरीबों का दर्द दिल में लेकर जाएँ। उनका मतलब शायर के शब्दों में है :

खंजर कहीं चले पै तड़पते हैं हम अमीर,
सारे जहाँ का दर्द हमारे जिगर में है।

ठीक है। मगर वहाँ आधों के दिल तो अपने ही दर्द से भरे थे। बाकी के दिल टिकट की अनिश्चितता की धुकधुकी से भरे थे। गरीबों के दर्द को रखने के लिए दूसरा दिल कहाँ से लाएँ? पहाड़ी पर टँगे पिंजड़े के तोते के पास अपना दूसरा दिल तिलिस्मी किस्सों में रखा जाता है। दिल तो एक ही है, जैसे गोपियों ने उद्धव से कहा था— *ऊधौ, मन नाहीं दस-बीस, एक हुतो सो गयो स्याम संग।*

फिर अपना दर्द पहले कि दूसरे का? अपना पेट पहले कि दूसरे का? बड़े-बड़े सन्तों ने पहले अपना देखा है। कबीरदास कहते हैं :

साईं इतना दीजिए जामे कुटुम्ब समाय
मैं भी भूखा न रहूँ साधु न भूखा जाय।

देखिए, इस फक्कड़ कबीर को! पहले कुटुम्ब का पेट भरे, फिर मेरा—फिर कोई साधु आ जाए तो बचे-खुचे से उसका भी पेट भर जाए। खुद खाकर फिर साधु की सुध लेते हैं कबीरदास।

अपना दर्द पहले। बंगलोर में 'जनता दल' स्थापना का सम्मेलन हुआ। चन्द्रशेखर को जो दर्द हुआ, वह दयनीय था। चन्द्रशेखर को वहीं दर्द उठा, जब उन्हें मालूम हुआ कि उनका आदमकद 'कटआउट' वहाँ नहीं लगा है। वह बाद में लगा तो राहत मिली। राजनेता को भी दर्द है, गरीबों को भी दर्द है। दोनों के दर्द अलग-अलग हैं। गरीबों के दर्द को राजनेता सार्वजनिक रूप से महसूस करते हैं। इलाज क्या है दर्द का? ये सब पार्टियाँ—लेफ्ट ऑफ दी सेंटर, सेंट्रिस्ट, राइट ऑफ दी सेंटर अव्याख्यायित समाजवाद खाती हैं और गांधीवाद का कुल्ला करती हैं। इसके लिए दस सूत्र बनते हैं। जब मरहूम 'समाजवादी जनता दल' पैदा हुआ था, तब इकहत्तर-सूत्री कार्यक्रम बना था—जी हाँ, सेवंटी वन! लोगों को तो दस सूत्र ही याद नहीं रहते। अखिल ब्रह्मांड का जब अलौकिक लोकतंत्र बनेगा, तब किसी दल के इकहत्तर सूत्र होंगे। हम बेचारे अन्तकोशमय प्राणी हैं। वैसे सब सूत्र अच्छे होते हैं।

कांग्रेस महासमिति के गत अधिवेशन में कुछ बहुत अच्छे फैसले किए गए, जिनकी विपक्ष के एक-दो नेताओं ने तारीफ की। जैसे निर्वाचित संस्थाओं में तीस प्रतिशत स्त्रियों को स्थान देना। मतदान की आयु अठारह वर्ष करना। बहुत अच्छे फैसले हैं। ये कानून भी बन गए।

एक अच्छा फैसला है—हर गरीब स्त्री को साल में दो साड़ियाँ देना। तमिलनाडु में एम.जी. रामचन्द्रन ने यह किया था। यह फैसला स्त्री की भावनाओं को गहरे छूता है। रोटी देने से ज्यादा महत्त्वपूर्ण है साड़ी देना। स्त्री भूखी रह सकती है, नंगी नहीं रह सकती। यह फैसला गरीब स्त्रियों को कांग्रेस से खुश करेगा। 1977 में बनी जनता सरकार ने सोना बेच दिया था। जब यह सरकार गिरी और 1980 में आम चुनाव हुए, तब इन्दिरा जी ने चुनाव भाषणों में इसका खूब उपयोग किया। वे भावुकता से कहती थीं—जब देश पर हमला हुआ तो मैंने हथियारों की खरीद के लिए देशवासियों से सोना माँगा। मेरी बहनों, बेटियों, बहुओं ने अपने सोने के मंगलसूत्र तक दे दिये थे। उन्हें हमने हिफाजत से रखा था। पर इस जनता सरकार के लोगों ने बहनों, बेटियों, बहुओं के सुहाग की निशानी वे मंगलसूत्र भी बेच दिये। यह सुनकर वहाँ बैठी स्त्रियाँ कहतीं—नास पिट जाए पापियों का। साड़ी गहरे छूती है। इरादा नेक है। सवाल है, साड़ियाँ गरीब स्त्रियों तक कौन पहुँचाएँगे? सरकारी मशीनरी नौकरशाही साड़ियाँ बाँटेंगी। तब तो साड़ियाँ बाजार में बिक जाएँगी; या पंचों, सरपंचों को साड़ी बाँटने का काम सौंपा जाएगा? तब तो जैसे शक्कर गरीबों तक पहुँचती है, वैसे ही साड़ियाँ पहुँचेंगी। जब तक गरीबों की ही समितियों को साड़ी बाँटने का काम नहीं दिया जाएगा, साड़ियाँ बीच में बहक जाएँगी। चंचल मन की होती हैं।

परिवार में एक आदमी को नौकरी देने का निश्चय बहुत अच्छा है। सवाल है—नौकरी कौन देगा? नौकरी कैसे मिलेगी? क्या इन्हीं 'एंप्लाइमेंट एक्सचेंज' (रोजगार दफ्तर) के मार्फत नौकरी मिलेगी? मगर इन दफ्तरों में तो फटे पाजामे, नंगे पाँव ग्रेजुएट बेकार से भी नाम रजिस्टर करने के लिए घूस माँगी जाती है। यह नौकरशाही ऐसी है कि भिखारी से भी भीख माँग लेती है। उसका भीख का कटोरा ले लेती है।

नौकरशाही पर अच्छे काम छोड़े तो वे नहीं होंगे। साम्राज्यवादियों ने एक हृदयहीन अमानवीय नौकरशाही का ढाँचा बनाया और हमें दे गए। स्वाधीनता के बाद लगातार यह भ्रष्ट होती गई और उसका अधिक से अधिक अमानवीकरण होता गया। यह क्रूर और लोभी भ्रष्ट नौकरशाही शोषक गुटों, वर्गों से मिली है। यह कोई कल्याणकारी काम नहीं होने देगी। काफी अरसे तक लगभग 3-4 साल मैं दिल्ली के अखबारों में एक समाचार पढ़ता रहा। दिल्ली से कुछ किलोमीटर दूर एक गाँव है। वहाँ हरिजनों को जमीनें दी गईं लेकिन ऊँची जाति के भूमिपति हरिजनों को खेत जोतने नहीं देते थे। हथियार लेकर खड़े हैं। साल-दर-साल यह होता रहा। मैं सोचता, पास में दिल्ली में भारत की सरकार है। वही जल-थल और वायुसेना के मुख्यालय हैं। वहीं सेंट्रल रिजर्व पुलिस का मुख्यालय है। ये सब मिलकर भी हरिजनों से उन्हें दी गई भूमि पर हल नहीं चलवा सकते थे।

गाँवों में सभी राज्यों के हरिजनों को सरकार जमीन दे देती है, पर कितने हरिजन खेती कर पाते हैं? बड़े किसान, ऊँची जाति के लोग, पुलिस, पटवारी—सब तो उनके खिलाफ होते हैं। आखिर वे खेत मजदूर ही रह जाते हैं

यह नौकरशाही असली सरकार है। यह बहुत ताकतवर है। यही गरीबों के लिए बनाई गई सारी योजनाएँ विफल कर देती है। सोचते थे, समाजवादी व्यवस्था में नौकरशाही ऐसी नहीं होती, मगर वहाँ भी नौकरशाही जड़, भ्रष्ट और अमानवीय हो गई। रूसी नेता निकिता क्रुश्चेव के समय के और बाद के साहित्य में इस नौकरशाही का चित्र है। साहित्य सच्चा गवाह होता है। एक रूसी उपन्यास है 'पारहोल्स।' सहकारी कृषि-फार्म के ट्रक में ड्राइवर-कंडक्टर पैसे लेकर सवारी बिठा लेते हैं। हमारा भारतीय मन यह जानकर प्रफुल्लित होगा—अरे, वहाँ भी सवारी बिठा लेते हैं। सड़क अच्छी नहीं है। गढ़े हैं। एक जगह ट्रक पलट जाता है। एक आदमी बहुत ज्यादा घायल हो जाता है। कुछ किलोमीटर पर अस्पताल है। उसे वहाँ जल्दी और आराम से पहुँचाने के लिए पास के सहकारी फार्म के सचिव से ट्रैक्टर माँगते हैं। सचिव कहता है—ट्रैक्टर खेती के लिए है। इस काम के लिए नहीं दूँगा। लोग कहते हैं—क्या ट्रैक्टर आदमी की जान बचाने के लिए भी नहीं है? सचिव कहता है—खेती के सिवा किसी काम के लिए नहीं। मैं नहीं दूँगा। वे लोग घायल को घोड़ागाड़ी में दचके खाते ले जाते हैं। डॉक्टर उसे देखता है। कहता है—

यह तो थोड़ी देर पहले मर गया। क्या तुम इसे किसी तेज वाहन पर आराम से नहीं ला सकते थे? साथ आए लोगों ने कहा—हमने सहकारी फार्म के सचिव से ट्रैक्टर माँगा था, पर उसने यह कहकर मना कर दिया कि ट्रैक्टर इस काम के लिए नहीं है। डॉक्टर के शब्द हैं, जो उपन्यास के भी अन्तिम शब्द हैं—"वह एक नौकरशाह है जो हत्यारा हो गया है।"

यूगोस्लाविया भी समाजवादी देश है। एक यूगोस्लाव कहानी मैंने पढ़ी जिसका अनुवाद आशुतोष सिंह ने 'समकालीन सृजन' में किया है। कहानी का सार है—एक नौकरशाह समुद्र के किनारे खड़ा है। उसे शार्क दिखती है। दोनों में बातचीत होती है। तुम किस तरह काम करती हो शार्क? वह बताती है कि मैं समानता की बात करती हूँ। छोटी मछलियों से कहती हूँ कि हम सब समान हैं। तुम मुझे निगल जाओ। वे कोशिश करती हैं और मुझे निगल नहीं पातीं। तब मैं कोशिश करती हूँ और मैं उन मछलियों को निगल जाती हूँ। नौकरशाह शार्क की ताकत की तारीफ करता है और शार्क शुरू में ही नौकरशाह की ताकत की तारीफ करती है। दोनों इस बारे में बात करते हैं कि जब उनकी आलोचना होती है, तब वे क्या करते हैं? आखिर पंख फड़फड़ाकर शार्क समुद्र में चली जाती है। नौकरशाह विदा के लिए हाथ हिलाता है। फिर नौकरशाह भी समुद्र में कूद जाता है। थोड़ी देर बाद वह निकलता है। उसके दाँतों में शार्क फँसी है।

विश्वव्यापी नौकरशाही है। तीसरी दुनिया के नव स्वतंत्र देशों में वह अधिक शक्तिशाली और भ्रष्ट है। कल्याणकारी योजनाओं को यही नौकरशाही नाकाम करती है। वैसे दर्द लेकर जाना अच्छा है।

[मई, 1989]

प्रवचन और कथा

पिछले तीन-चार सालों से प्रवचनों और उपदेशों की लड़ी लगी है। प्रवचन पहले भी होते थे। कुछ की जीविका प्रवचन करना था। कुछ संन्यासी वेश में होते थे और जिनका उद्देश्य पंथ-प्रचार के साथ जीविकोपार्जन भी होता था। जो प्रवचन कराते थे, वे भेंट भी देते थे। कुछ कथा कहते थे, बड़े मोहक करते थे। किसी को बुरा नहीं कहते थे। ललित कथा कहते थे। ये ईश्वर-प्राप्ति का मार्ग बताते थे जो वे खुद नहीं जानते थे। जानते होते तो उस मार्ग से ईश्वर के पास पहुँच जाते और प्रभु दरबार में रत होते। ये इस विश्वास को प्रचारित करते थे कि जगत मिथ्या है। माया है। मूर्खो, क्यों माया में लिपटे हो? यह देह पाप की खान है। देह धारण करना पाप है। मैं सोचता—तुलसीदास क्या मूर्ख थे जो कहा है—'बड़े भाग मानुष तनु पाया'? अधिकांश मायावादियों ने संसार को दुख-सागर कहा है, लेकिन नाथपंथी कहते हैं :

सुख सागर में आयकै हंसा
मत पियासा जाय रे।

ये माया-विरोधी कहते—मूर्खो, इस नाशवान देह की सेवा करते हो। स्वादिष्ट भोजन कराते हो। अरे एक दिन यह नष्ट हो जाएगी। इसे कीड़े-मकोड़े खाएँगे। मैंने देखा, स्वामीजी रबड़ी का गिलास गटक गए। इसलिए कि कीड़े-मकोड़ों को आगे उनकी देह खाने में मजा आएगा।

असल में शंकर के मायावाद के प्रचार से जीवन के प्रति नकारात्मक दृष्टि आई। भौतिक उन्नति की तरफ कोई ध्यान नहीं दिया गया। कोई नई खोजें नहीं हुईं। औषधि विज्ञान में कोई काम नहीं हुआ। जीवन ही मिथ्या है तो इसके लिए क्यों कुछ करना? बुद्ध के प्रभाव से भौतिक और रसायनशास्त्र में, चिकित्सा विज्ञान में बहुत काम हुआ। मध्यम मार्ग था। बौद्ध विचार में वैचारिक दृष्टि है, तर्क है। सकारात्मक दृष्टि है। बुद्ध की कल्पना की नगरी सम्पन्न है, सुखी है।

ये जो मायावादी प्रवचनकर्ता होते थे, इनके उपदेश के बाद लोग हर घर जाकर डटकर भोजन करते थे। कीड़े-मकोड़ों के लिए। सामान्यजन वैसा ही चला आया है, दार्शनिक विवाद चाहे जो हों। भदन्त आनन्द कौसल्यायन ने लिखा है—हमारे नगर आर्यसमाज के प्रचारक आए। ये प्रचारक अब नहीं आते। मैंने किशोरावस्था में इन्हें सुना है। ये हारमोनियम भी साथ रखते थे। बीच-बीच में कोई पद गाते थे। अक्सर पंजाब के होते थे। उर्दू शायरी गाते थे। भदन्त ने लिखा है—उनके तीन भाषण हो गए तब मैं उनके पास गया। पूछा—स्वामी जी, और कितने दिन रहेंगे? स्वामीजी ने कहा—हम चार भाषण वाले हैं। तीन हो गए। एक भाषण कल देकर चले जाएँगे। इन प्रचारकों में कोई दो भाषण रटे होता, कोई चार, कोई पाँच। वे उतने ही बोलते थे। चार भाषणों का तत्त्व लेकर पाँचवाँ भाषण नहीं देते थे।

तरह-तरह के कथावाचक और प्रवचनकर्ता होते हैं। कृष्ण कथा में बड़ा रूमान है। एक कथा करने वाले बहुत मशहूर हो गए थे। वे युवा थे, सुन्दर थे, सुरीला कंठ था, नाटकीय थे। वाणी सिद्ध थे। वे मोहक कृष्ण कथा कहते थे। कभी खुद राधा बन जाते, कभी कृष्ण। कृष्ण बनते तो 'राधा! राधा!' पुकारते हुए बेहोश हो गिर जाते थे। यह नाटक था। पर उनकी कथा सुनकर तरुणियों के हृदय स्पन्दित होते थे। उनमें प्रत्येक चाहती थी कि मैं इनकी गोपी राधा हो जाऊँ। कई शहरों में उनकी गोपियाँ थीं जिनके साथ वे रास रचाते थे।

कई युवतियाँ उन्होंने बिगाड़ीं। एक दिन दूर से एक अजनबी मुझे खोजते आए। मैं अपने मित्र हनुमान वर्मा के घर बैठा था। उन्होंने रोते हुए सुनाया कि स्वामीजी ने उनकी लड़की को बिगाड़ दिया। वह घर छोड़कर उनकी मंडली में शामिल हो गई। उन्होंने पत्र बताए जिन पर आँसू टपकने के निशान थे। वे चाहते थे कि इन स्वामीजी का चरित्र उजागर कर दूँ। मैंने चिट्ठियाँ और सामग्री 'ब्लिट्ज' साप्ताहिक को भेज

दीं। एक दिन किसी ने बताया कि स्वामीजी तालाब के किनारे चीरहरण लीला कर रहे थे। लड़कियों के कपड़े लेकर पेड़ पर चढ़ गए थे। तभी वहाँ से कुछ साधु निकले। उन्होंने कृष्ण-रूपी स्वामी को उतारा और चिमटे से काफी पीटा। उनका नाम सुनाई नहीं देता।

कई साल पहले एक बहुत लोकप्रिय कथावाचक हो गए हैं—राधेश्याम कथावाचक। इन्होंने रामचरित मानस की अवधी को चालू हिन्दी में रूपान्तरित कर दिया था। और वह लोगों की जबान पर आ गई थी। तुलसीदास ने लिखा है :

दामिनि दमक छिपत नभ माहीं
खल की प्रीति यथा थिर नाहीं।

अब देखिए राधेश्यामजी का ठाठ :

देखो लछमन, बिजली कैसे चमक तुरत छिप जाती है
जैसे मुहब्बत लुच्चे की, पल भर में खतम हो जाती है।

शूपर्णखा कटे नाक कान की रावण के पास जाती है और कहती है—भाई, दो लड़के इस दंडक वन में आए हैं, वीर लड़ाके हैं, गोया शमशीर उन्हीं की हो! यों दंडक वन में रहते हैं गोया जागीर उन्हीं की है!

राधेश्यामजी खुद यह कथा बाँचते थे और सुनने वालों की भीड़ लग जाती थी। 'राधेश्याम रामायण' पोथी भी छप गई थी और खूब बिकती थी। तरह-तरह के कथावाचक और प्रवचनकर्ता मैंने देखे-सुने हैं। अधिकांश पेट पालने के लिए अध्यात्म बघारते हैं। मैंने विरला ही कोई देखा, जो समाजमुखी हो, जो समाज-सुधार पर प्रवचन करता हो। उनमें यह चेतना ही नहीं है, न दायित्वबोध। फिर यथास्थिति को कायम रखने से उनका लाभ है। इनमें सब संन्यासी नहीं होते। गृहस्थ होते हैं। कमाने के लिए कथावचन या प्रवचन की यात्रा पर निकलते हैं। जो मिल जाता है, उसे लेकर परिवार में पहुँच जाते हैं।

एक का प्रवचन मैंने रात को सुना। दूसरे दिन मैं जब दवा की दुकान पर बैठा था, वहीं स्वामीजी आए। दो दर्जन 'पर्गोलेक्स' (दस्त की दावा) दे दो। मैंने कहा—इकट्ठी दो दर्जन गोलियाँ क्या करेंगे स्वामीजी? उन्होंने बिना संकोच कहा—पेट पालते हैं भैया। प्रवचनों से शहरों में कुछ खास मिलता नहीं। दवाइयाँ खरीदते हैं और उनको पीसकर भभूत में मिला देते हैं। फिर गाँव जाते हैं। माताएँ बच्चे की मामूली बीमारी की शिकायत करती हैं। हम उन्हें तीन खुराक भभूत दे देते हैं। कहते हैं, तीन दिन की अन्तर से खिलाना। बच्चा ठीक हो जाएगा। फिर जाते हैं। लड़का ठीक हो जाता है। माता हमें दान देती है। इस तरह गुजारा करते हैं।

पिछले कुछ सालों से प्रचवनों के विषय और शैली और उद्देश्य बदले हैं। कुछ प्रवचनकारों के, सबके नहीं। बाकी तो वही कथा, अध्यात्म, दृष्टान्त, पुराण के प्रवचन करते हैं। पर जब से राजनीतिक उद्देश्य के लिए धर्म का उपयोग शुरू

हुआ, प्रवचनकर्ता धर्म के बहाने राजनीति बोलते हैं। राजनीतिज्ञ हैं नहीं तो कच्ची राजनीति बोलते हैं। साम्प्रदायिक द्वेष की राजनीतिक बोलते हैं। ये अक्सर ओछा, कुरुचिपूर्ण और भद्दा बोलते हैं। अशिष्ट बोलते हैं। ऐसे प्रवचन करने वालों में दो देवियाँ, जिन्होंने संन्यास ले लिया, विशेष हैं। ये द्वेष का जहर उगलती हैं, कुरुचिपूर्ण आक्रमण दूसरे सम्प्रदाय पर करती हैं। ये तर्कहीन बोलती हैं। इतिहास का अज्ञान बोलती हैं। लेकिन जबान छुरी है।

अभी मेरे शहर में एक प्रवचनकर्ता आए। चार प्रवचन अच्छे किए। आध्यात्मिक प्रवचन। पाँचवें दिन उन्हें राजनीति सूझी और वे ऊटपटाँग बोले। कहा—जवाहरलाल नेहरू ने एक औरत की मुहब्बत में देश के टुकड़े करवा दिये। इस पर शोर हुआ। दो कांग्रेसी महिलाओं ने उन पर चप्पलें फेंकीं। मामला तूल पकड़ता, पर दूसरे दिन सुबह स्वामीजी शहर छोड़ गए। ये स्वामी तो अधकचरे हैं। पर काफी संख्या में भगवा वस्त्र वाले स्वामियों को नफरत की राजनीति का शिक्षण दिया गया है। वे स्वामी तैयार साम्प्रदायिक नफरत और द्वेष प्रवचन करते हैं।

[अगस्त, 1993]

स्वस्थ सामाजिक हलचल और अराजकता

कभी-कभी समाज में विशेष हलचल होती है। खंडन-मंडन होते हैं। अशान्ति भी होती है। उपद्रव भी होते हैं। ये इस तथ्य का संकेत है कि यह एक जीवित समाज है। इसमें परिवर्तन की कशमकश चल रही है। बेचैनी है। पुराने मूल्य आगत मूल्यों से टकरा रहे हैं। अच्छे परिवर्तन होंगे, नए मूल्य अएँगे, नई जीवन-पद्धति आएगी—वरना लगातार शान्त रहने वाला समाज, जिसमें कोई बेचैनी और हलचल नहीं, मृत समाज होता है। जड़ समाज होता है। इस नजरिए से हलचल, अशान्ति को स्वस्थ माना जाता है।

पर मूल प्रश्न है कि इस हलचल, बेचैनी, टकराहट की प्रकृति क्या है और इसके मूल उद्देश्य क्या हैं? क्या ये उद्देश्य समाज में स्वस्थ बदलाहट के हैं? युगों से चली आई मानव विरोधी परम्पराओं को खत्म करने के लिए हैं? राजा राममोहन राय ने सतीप्रथा को बन्द करवाने का आन्दोलन किया था, तब काफी

टकराहट हुई पुराने विचारों वालों में। प्रदर्शन हुए। राममोहन राय और उनके साथियों का मजाक उड़ाया गया। परिवार बँट गया। पर वाइसराय लॉर्ड विलियम बैंटिक को कानून द्वारा सतीप्रथा को बन्द करना पड़ा। ऋषि दयानन्द सरस्वती पुनर्संस्थानवादी और समाज-सुधारक थे। उन्होंने वर्ण-व्यवस्था, बाल विवाह को समाप्त करने के लिए आन्दोलन किया। विधवा विवाह के पक्ष में आन्दोलन किया। पुरातनपंथी शास्त्रियों और प्रतिष्ठित लोगों ने उनका विरोध किया। पर आर्यसमाज का आन्दोलन आक्रामक था। पश्चिम उत्तर प्रदेश और पंजाब में आर्यसमाज ने व्यापक कार्य किया। एक ही बात नकारात्मक थी—दूसरे धर्मों, पंथों का खंडन और उनके प्रति विरोध भाव।

कभी आम जनता में मानसिक हलचल होती है, बेचैनी होती है कि समाज व्यवस्था में या धर्मव्यवस्था में कुछ खराबियाँ हैं, जिन्हें ठीक होना चाहिए। नेतृत्व बाद में मिलता है। कैथोलिक ईसाई ढाँचे में भ्रष्टाचार, पाखंड, शोषण था। इससे जनसामान्य बेचैन था और बदलाव चाहता था। इस असन्तोष का नेतृत्व करने वाला भी जो मिला, वह भी पादरी था—मार्टिन लूथर। कुछ नेता राजनीतिक, सामाजिक, धार्मिक जाति को बोध कराते हैं कि सुधार चाहिए और वे इस तरह होंगे। इसके बाद हलचल पैदा होती है।

कौन हलचल, बेचैनी यथास्थिति को तोड़नेवाली और कल्याणकारी है, यह पहचानना होता है। बेचैनी, हलचल, उन्माद कोई स्वार्थी सत्ता के इच्छुक या पागल भी इतने पैदा कर सकते हैं कि पूरी जाति एक पागल के पीछे चलकर दुनिया का और अपना खुद का बहुत नाश करती है। एडल्फ हिटलर ने जर्मन आर्य नस्लवाद का एक झूठा सिद्धान्त देकर जर्मन जाति को अहंकारी, उन्मादी, आक्रामक और क्रूर बना दिया था। दूसरे महायुद्ध का कारण हिटलर की गलत सोच, महत्त्वाकांक्षा और सनकीपन थे, पर उसमें जाति को उन्मादग्रस्त करने की अद्‌भुत क्षमता थी।

भिन्न प्रकार का व्यक्तित्व ईरान के नेता अयातुल्ला खुमैनी का था। ईरानी लोग तंग थे शाह के अत्याचारों से। पर शाह ने ईरानियों को आधुनिक बनाया था। अयातुल्ला ने इस्लामी क्रान्ति का आह्वान किया। इसमें शिया उन्माद और मजहबी बुनियादपरस्ती थी। गजब की शक्ति थी इस वृद्ध के शब्दों में। वह ईरानियों की सोच तो सातवीं सदी पर लौटा लाया। एक नतीजा अच्छा यह हुआ कि शाह भाग गया। पर इसके बाद ईरान में वास्तविक लोकतंत्र नहीं आया। ऐसी सरकार रही अयातुल्ला की मृत्यु तक जिस पर कट्टर बुनियादपरस्त मुल्ला मौलवियों का कब्जा। इस सरकार ने बहुत लोगों की हत्या की, बहुत अत्याचार किया। 'फतवा' खौफनाक शब्द हो गया। उन्मादी शिया युवकों के दस्ते चाहे जहाँ मार-काट करते। ईद पर मक्का में खून बहाया। अयातुल्ला की मृत्यु के बाद जब रफसंजानी सत्ता में आए, तब यह उन्माद धीरे-धीरे घटना शुरू हुआ। अब ईरानी समाज सामान्यता की ओर

बढ़ रहा है। एक हलचल, एक बेचैनी को ऐसा भी मोड़ दिया जा सकता है जिसके कई सालों तक भयावह परिणाम निकलते हैं।

बुनियादपरस्ती के इस उन्माद ने कई समाजों पर प्रभाव डाला है। अचरज इस बात का है कि सत्तर साल तक समाजवादी व्यवस्था में रहे, सोवियत रूस के एशियाई मुस्लिम राष्ट्र एकदम बुनियादपरस्त हो गए हैं। इनके निकट वे देश हैं जो कट्टरता, और बुनियादपरस्ती के प्रभाव में हैं। जो आधुनिक हो गए थे, वे सातवीं-आठवीं सदी के जीवन पर जाना चाहते हैं। जड़ को खोजने में कोई हर्ज नहीं। पर अब जब पेड़ हो गए हैं, तब फिर जड़ होने की कोशिश करने के क्या नतीजे निकलेंगे ? एक तो यह सम्भव नहीं है। इससे सिर्फ मानसिकता जड़ होगी। कबीलाई जिन्दगी अब नहीं जी सकते।

पर दुनिया की हलचलों में इस समय धर्म के नाम पर सबसे अधिक संगठित उन्माद है। कई सशस्त्र उन्मादी संगठन बन गए हैं, जो छापामारी करते हैं। राजनीतिक शक्ति इन्हें दो तरह से पकड़ती और इनका इस्तेमाल करती है। दूसरे धर्म की प्रतिद्वन्द्विता में संगठन बनता है और तरकीब से राजनीतिक शक्ति उसे पकड़ लेती है; या राजनीतिक शक्ति पहल करके धर्म के नाम पर ऐसे संगठन बनाती है और उनका उपयोग करती है। सैकड़ों संगठन इस प्रकार के होंगे जो दुनिया भर में खून-खराबा करते हैं। किसी राजनीति के आदेश पर या उनके अपने संकीर्ण उद्देश्य होते हैं। भारत में भी हैं।

धर्म सम्बन्धी विवाद जो केवल धर्म तक सीमित रहता है और जिस पर दोनों ओर के विद्वान या पुरोहित वर्ग विवादग्रस्त रहते हैं, जब राजनीति वालों के हाथ में पड़ जाता है तब व्यापक रूप ले लेता है। और उन्माद, हिंसा, प्रचार बड़े पैमाने पर फैल जाता है। राजनीति वाले हर चीज को चुनाव में मतों की नजर से देखते हैं। राजनीति में अब नैतिकता नहीं रह गई। इसलिए कोई भी गलत-सही तरीके अपनाए जाते हैं। रामजन्मभूमि मन्दिर और बाबरी मस्जिद का विवाद स्थनीय अयोध्या का था। पर एक तरफ जब भारतीय जनता पार्टी और विश्व हिन्दू परिषद आ गए और दूसरी तरफ से इंडियन यूनियन मुस्लिम लीग तथा सैयद शहाबुद्दीन की बाबरी मस्जिद एक्शन कमेटी, तब से क्या-क्या हुआ, हमने देखा है। और देख रहे हैं। ऐसे आन्दोलनों से विघटन तो होता ही है। इसके परिणाम अग्रगामी नहीं, पुरोगामी होते हैं। ऐसे आन्दोलन समाज को आगे नहीं बढ़ाते।

एक विवाद बोधगया में बुद्ध मन्दिर को लेकर खड़ा हो गया है। इस मन्दिर में बुद्ध की प्रतिमा के सामने शिवलिंग भी है। पुजारी बौद्ध भी हैं और ब्राह्मण भी। कभी ऐसा समन्वय के लिए हुआ होगा या बौद्धों के पराजयकाल में इस पर ब्राह्मणों ने कब्जा कर लिया होगा। भारत में बौद्ध काफी संख्या में हैं। पर जापान और दक्षिण पूर्व एशिया के देशों में बौद्ध ही बौद्ध हैं। ब्राह्मणों का तर्क है कि बुद्ध

को हमने विष्णु का अवतार मान लिया था। पर अभी राजनीति वाले इस मामले में घुसपैठ का रास्ता खोज रहे हैं। शायद मुख्यमंत्री मन्दिर की व्यवस्था के लिए एक कानून बनवा रहे हैं। शायद कानून से विवाद हल हो जाए। पर इतने कानूनों के होते हुए भी तो विवाद और आन्दोलन हो रहे हैं। राजनीतिक फायदे की मात्रा पर निर्भर है।

जातिगत संघर्ष पहले भी होते थे, पर उनका पैमाना कम होता था, कारण और प्रभाव स्थानीय होते थे और उनका कारण क्षणिक उत्तेजना होता था। उनके उद्‌देश्य नहीं होते थे। चौथे वर्ण के नीची जाति के लोग सदियों से खास काम करते आ रहे थे। उनका स्थान ऊँची जातियों के पाँवों के पास होता था। उन्होंने यह नियति स्वीकार कर ली थी। झुककर चलते थे। अत्याचार भी सहते थे। शिक्षा नहीं थी, लोकतांत्रिक चेतना नहीं थी। राजनीतिक चेतना नहीं थी। अब नीची जाति के कुछ लोग दूसरे काम भी करते हैं। कुछ शहर में कारखानों में काम करते हैं। नए लड़के शहर में काम करते हैं, तो पैंट, बुश्शर्ट पहनकर गाँव आते हैं। काम के तरीके और औजारों से जाति की पहचान बदल जाती है। इन लोगों में लोकतांत्रिक चेतना आ गई है। अपने अधिकार जानते हैं। पहले जैसे पाँव में जूती नहीं है। ऊँची जाति के लोग इसे नीच जाति की ठसक कहते हैं। बर्दाश्त नहीं करते ब्राह्मण-ठाकुर। नीच जाति के लड़के की बारात घोड़े पर निकली तो जाटों, यादवों ने उसे घोड़े से उतार दिया और बारात की पिटाई कर दी।

गाँवों में जातिगत संगठन और परस्पर द्वेष बहुत बढ़ गया है। हथियारबन्द रहते हैं। हर जाति की लड़ाकू, जातिगत हिंसा बहुत आम हो गई है। पूरे गाँव साफ कर दिये जाते हैं। उत्तर प्रदेश के कुम्हेर में जाटों द्वारा नीच जाति (चमारों) पर हमला दो महीने बाद भी चर्चा में है।

सबसे खतरनाक है जाति आधारित राजनीति। लोकतंत्र और लोकशिक्षण के बढ़ते-बढ़ते इस तरह की राजनीति को खत्म हो जाना था। पर उलटा हुआ। जाति आधारित राजनीति बहुत बढ़ गई है। जातियों के संगठन हैं खास राजनेता के पीछे। जातियों की सशस्त्र फौजें हैं। राजनेता जाति के नाम पर अपनी पार्टी के लिए समर्थन माँगते हैं। मत माँगते हैं। जातियों का राज स्थापित करना चाहते हैं। चौधरी देवीलाल का 'अजगर' का राजनीतिक सिद्धान्त मशहूर हुआ। अ यानी अहीर, ज यानी जाट, ग यानी गूजर, र यानी राजपूत। ये चार जातियाँ अहीर, जाट, गूजर और राजपूत मिलकर राजनीतिक दल बनाएँ तो देश पर राज कर सकती हैं। जातिगत हिंसा और जातियों के अपराधी गिरोह सबसे अधिक बिहार में हैं। हमारी निर्वाचन प्रक्रिया, हमारी लोकतंत्र की भावना को काफी हद तक नुकसान पहुँचाया है जातिगत राजनीति ने। जीवन के दूसरे क्षेत्रों में भी जातिवाद बढ़ा है। हम संकीर्ण से संकीर्णतर होते गए हैं। दफ्तरों में, धन्धों में, संस्थाओं में—सब जगह जातिवाद है। शिक्षा ने इसे

कम नहीं किया, बढ़ाया ही है। सर्वोच्च शिक्षा संस्थान विश्वविद्यालयों में घृणित जातिवाद है। उत्तर भारत के विश्वविद्यालयों में ब्राह्मण और कायस्थ गुट परस्पर युद्ध-मुद्रा में रहते हैं।

मैंने सामाजिक हलचल से बात शुरू की थी। ऐसी सामाजिक हलचल जो बुरी परम्परा मिटाए, नई परम्परा शुरू करे। अपने विगत में जो त्याज्य है, उसका त्याग कर समाज-सुधार करे और उसे अग्रगामी बनाए। ऐसी कोई हलचल नजर नहीं आती।

[सितम्बर, 1992]

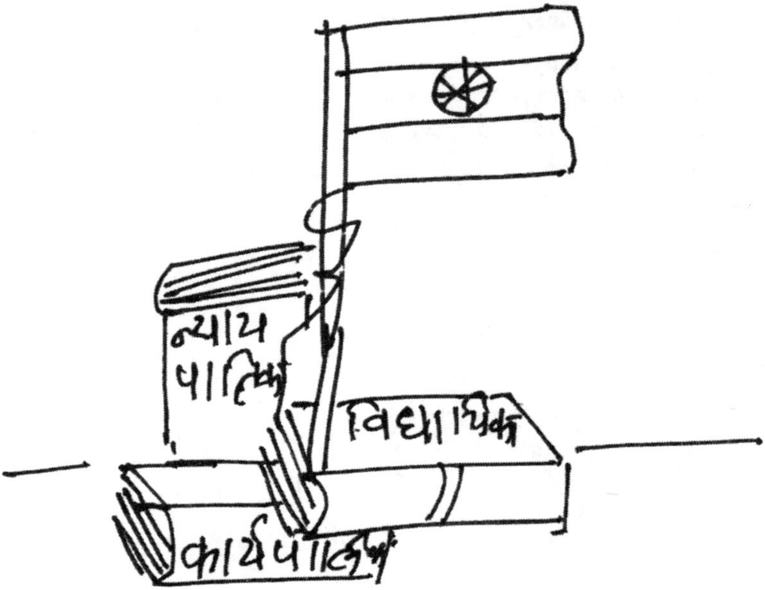

भारतीय गणतंत्र–आशंकाएँ और आशाएँ

अभी जब मैं इस आलेख को लिखने बैठा हूँ, संसद की कार्यवाही चलने नहीं दी जा रही है। इसके 10–12 दिन पहले कुछ सदस्यों ने सदन में ही घोषणा की थी कि हम सदन की कार्यवाही चलने नहीं देंगे। और उन्होंने नहीं चलने दी। मजबूरन दोनों सदनों की एक हफ्ते के लिए छुट्टी करनी पड़ी। मैंने टेलीविजन पर कार्यवाही देखी। इतना शोर और दृश्य यह कि हमारे माननीय सदस्य दंगाई मालूम हो रहे थे। माना कि देश की हवा इस समय गर्म है। कुछ चीजों को लेकर आम आदमी उत्तेजित है, क्रोधित है। सड़क पर का आदमी मार–पीट करके क्रोध निकाल लेता है। मगर संसद सदस्यों के हाथ में लाठी नहीं है, यह गनीमत है। लाठी होती तो आशंका है कि सदन में दंगा हो जाता। संसद सदस्यों का उत्तेजना और क्रोध प्रगट करने का तरीका संयत, तर्कपूर्ण, शालीन और गरिमामय होना चाहिए। कुछ सालों

में संसद की गरिमा बहुत कम हुई है, यह बात गणतंत्र दिवस के महीने में बहुत आशंका पैदा करती है। लोकतंत्र, गणतंत्र की बुनियाद संसद का यह हाल है तो गणतंत्र के बारे में चिन्ता होती है। माननीय संसद सदस्यों को आगे बजट पास करना है। अगर ऐसी ही हठवादिता रही तो बजट कैसे पास होगा? अब अराजकता के सिवा और क्या होगा?

दूसरी चिन्ता की बात है—न्यायपालिका की अवहेलना, बल्कि अपमान। सर्वोच्च न्यायालय की अवमानना हो रही है। ऊँचे पदों पर निर्वाचन के द्वारा ऊपर बैठे राजपुरुष न्यायालय और सर्वोच्च न्यायालय की बेधड़क, बेहिचक अवमानना कर रहे हैं। सरकारें सर्वोच्च न्यायालय के आदेशों की अवहेलना करती है। मुख्यमंत्री के स्तर के लोग झूठा शपथ-पत्र देते हैं।

सर्वोच्च न्यायालय के सामने किए वादे तोड़ते हैं। यदि सर्वोच्च न्यायपालिका के प्रति हमारे उच्चपदस्थ नेताओं का यह रवैया है, तो इससे बड़ी झंझटें पैदा होंगी। सर्वोच्च न्यायालय केन्द्रीय कार्यपालिका का आदेश मनवाने की हिदायत देगा, जिसका नतीजा होगा, केन्द्र और राज्य में टकराव। सर्वोच्च न्यायालय गणतंत्र की हिफाजत करता है। वह संविधान की रक्षा करता है। संविधान का सही अर्थ बताता है। राज्यों के आपसी और केन्द्र तथा राज्य के बीच के विवादों पर निर्णय देता है। सर्वोच्च न्यायालय की आवाज गणतंत्र के विवेक की सबसे ऊँची आवाज है। इस आवाज की अवमानना करना, या उसे दबाना गणतंत्र पर आघात है। सत्ता-प्राप्ति की लालसा से उन्माद में आए राजनीतिक लोग समझें कि वे इस तरह, गणतंत्र को आघात लगा रहे हैं। वे उच्छृंखलता और अराजकता की ओर बढ़ रहे हैं। मैं सोचता हूँ—संसद चल नहीं सकेगी, न्यायपालिका की कोई नहीं मानेगा, तो इस देश का, इस गणतंत्र का आखिर क्या होगा? क्या यह बर्बर युग को लौट जाएँगे?

देख रहा हूँ, इतने सालों में भी गणतंत्र की भावना, 'फेडरल स्पिरिट' आई नहीं। इस भावना के अनुसार राज्यों में आपसी सहयोग होता है। एक दूसरे की मदद की इच्छा होती है। विवाद सद्भाव से निबटा लिए जाते हैं। केन्द्र किसी राज्य से पक्षपात नहीं करता। मगर मैं देखता हूँ कि हर राज्य अधिक हड़प लेना चाहता है। कावेरी जल-विवाद ने दो राज्यों की जनता में दुश्मनी पैदा कर दी। कर्नाटक सरकार ने कावेरी नदी का पानी रोक लिया। आन्ध्र में नहीं जाने दिया। आन्ध्र में बसे कन्नड़ पिटते थे, और कनार्टक में बसे आन्ध्र वाले पिटते थे। चंडीगढ़ एक अच्छा शहर बन गया तो उसे हड़पने के लिए कितना खून-खराबा होता रहा! यह गणतंत्र की भावना नहीं है।

आज देश में विश्वास खो गया है। आस्थाहीनता आ गई है। परस्पर भरोसा नहीं रहा। संवेदनशीलता चली गई। मैं अपने लिए—दूसरे के भले से क्या मतलब?

स्वार्थपरता परिवारों से लेकर राजनीति के शिखर तक आ गई है। जीवन-मूल्य जो सदियों से विकसित हुए, लगभग समाप्त हो गए हैं। जीवनमूल्य-पद्धति बदल गई है। मूल्य-पद्धति के केन्द्र में मनुष्य होता था—अब पैसा, स्वार्थ है। समाज का काफी हद तक अमानवीयकरण हो चुका है। जब पतनशीलता आती है, अमानवीयकरण होता है। तब वह खंड-खंड में नहीं, सम्पूर्ण होता है। राजनीति में आया है तो बाजार में भी आएगा। विश्वविद्यालय में भी आएगा। अस्पताल में भी आएगा। जो क्षेत्र पवित्र और मानवीय क़हलाते हैं, जैसे—शिक्षा या चिकित्सा, इनके बारे में भी राय थी कि इनके मूल्यों का पतन नहीं होगा। यह गलतफहमी है। डॉक्टर भी पैसे के लिए मरीजों को मार रहे हैं और अध्यापक भी पैसे के लिए छात्र की जिन्गी बना या बिगाड़ रहे हैं। कोई क्षेत्र नहीं बचा पतन से। और कोई व्यक्तित्व नहीं है, गांधीजी जैसा और कोई आन्दोलन नहीं है, जो हमे उठाए। जिन कर्मों पर कभी शर्म आती थी, उन कर्मों पर गर्व होता है। समाज में दो शक्तियाँ होती हैं—जय-जयकार की और धिक्कार की। जय-जयकार अच्छे कार्यों को प्रोत्साहन देता है। धिक्कार व्यक्ति और समूह के दुराचार को रोकता है। पर अब जय-जयकार गलत आदमी करवा लेते हैं। धिक्कार की शक्ति समाज ने खो दी। नतीजा है—जहाँ देखिए, बेखटके अनैतिकता, घूसखोरी, चोरी और गैरजिम्मेदारी, अमानवीयता फैली है। इसे धिक्कारने वाला कोई नहीं। हम अपने गिरेबान में नहीं झाँकते। दूसरों को देखते हैं। सारे जहां से अच्छा हिन्दोस्तां हमारा—का यह हाल हो गया है।

गरीबी, भुखमरी, दुर्बलों पर अत्याचार बेहद बढ़ गए हैं। यह देश गरीबों, दरिद्रों का ही है। पर वही वंचित हैं। आरामदायक हाल में, एयरकंडीशंड वातावरण में, गुलगुले सोफों पर बैठे उच्चवर्गीयसुविधा भोगी इन दरिद्रों की दशा पर चर्चा करते हैं। ऊँचे बौद्धिक स्तर से विश्लेषण करके 'थ्योरी' उद्धृत करते हैं। यह इनके लिए ऐयाशी है। गन्दा विलास है। मामला कुल इतना है कि हरिजन के छोटे खेत पर उसे ऊँची जाति के लठैत, पुलिस, पटवारी हल नहीं चलाने देते। यह इन ऊँचे लोगों के दिमाग में घुसती नहीं। वे एक शाम गरीबों की दुर्दशा पर चर्चा करके सार्थक करते हैं, और फिर 'बार' में घुस जाते हैं। वे नहीं जानते कि ये करोड़ों गरीब, भुखमरे, वंचित पूरी व्यवस्था में आग लगा सकते हैं।

सबसे बड़ा खतरा गणतंत्र को धर्म आधारित साम्प्रदायिक राजनीति से है। दुनिया हँसती होगी, इस राजनीति से। राजनीतिक दलों का आधार आर्थिक, सामाजिक कार्यक्रम होते हैं। हर पार्टी दुनिया में अपने घोषणा-पत्र के द्वारा यह बताती है कि यदि हम सत्ता में आए, तो यह विकास करेंगे, और औद्योगिक क्षेत्र बढ़ाएँगे, विदेशी व्यापार इतना होगा, उपभोक्ता वस्तुओं का उत्पादन इतना होगा, गरीबी इस तरह मिटाएँगे। दुनिया के लोग चकित होंगे कि भारत की एक पार्टी

का प्रमुख कार्यक्रम और मत माँगने का एकमात्र वादा है—हम मस्जिद की जगह मन्दिर बना देंगे। हम तो इस पर रोते हैं। विदेशी हँस सकते हैं। देश का विभाजन धर्म के आधार पर हुआ था। बँटवारे में दस लाख लोग मरे थे। हमने कुछ नहीं सीखा।

आज देश की हवा में जहर है। यह आकस्मिक और कुछ समय का आवेश-उन्माद नहीं है। यह ठंडे दिमागों से बनाई गई एक योजना है, जिसका उद्देश्य साम्प्रदायिक नफरत, टकराव और विभाजन के द्वारा देश की सत्ता पर कब्जा करना है। इस राजनीति ने कितने दंगे कराए, कितनी जानें लीं, कितनी सम्पत्ति नष्ट की! आदमी से आदमी अजनबी हो गया है। कई सालों के मित्र अलग-अलग हो गए। सामाजिक सम्बन्ध बिखर गए। मैं सत्य कहता हूँ कि तीस-तीस सालों के मेरे मित्रों से जिनसे मैं खुलकर बातें करता था, अब हिचक से सावधानी से बात करता हूँ। इस राजनीति ने काफी हद तक समाज को बाँट दिया है।

सबसे खतरनाक बात है—इस राजनीति के सारे क्रियाकलाप अलोकतांत्रिक और हिंसक होते हैं। इसने यह भी दिखा दिया है कि इसे संविधान, संसद और न्यायपालिका में कोई आस्था नहीं है। इस तरह के विचार और इस प्रकार की प्रणाली—यह गणतंत्र को तोड़ सकती है, नष्ट कर सकती है। हमारे नेताओं ने, मनीषियों ने कामना की थी—एक महादेश, भारत होगा। इसमें विभिन्न धर्मों के, भाषाओं के, नस्लों के, जातियों के लोग भाईचारे के साथ रहेंगे। रवीन्द्रनाथ ठाकुर ने एक कविता में कहा है—भारत मानव महासागर के तौर पर सब आओ। आओ आर्य, द्रविड़, शक, हूण आओ, मुसलमान आओ, ईसाई आओ। हम एक हो जाएँगे। लहरों की तरह हम कभी टकराएँगे पर फिर मिल जाएँगे। इन्हीं मान्यताओं पर हमारा संविधान बना। पर साम्प्रदायिक राजनीति ने नफरत भर दी। मनुष्य की पहचान बदल दी। इस देश के लोगों को यदि स्वतंत्र रहना है, राष्ट्रीय एकता रखना है, लोकतंत्र रखना है, तो जनता सही शिक्षण देकर इस घृणा की अमानवीय राजनीति को परास्त करे। एकमात्र और सबसे बड़ा काम यही है।

चिन्ता का विषय यह भी है कि विश्व साहूकारों से, जिसका नेता अमेरिका है, बेहिसाब कर्ज लिया जा रहा है। कम कर्ज के साथ खुली और छिपी हुई शर्तें होती हैं। पैसे के साथ राजनीतिक जंजीरें होती हैं, पतनशील सभ्यता होती है, बाजार के जीवन-मूल्य होते हैं, विकृत सांस्कृतिक मूल्य होते हैं। यह आर्थिक और सांस्कृतिक उपनिवेशवाद है, जो आ रहा है। आर्थिक निर्भरता हमारे स्वतंत्र निर्णय के अधिकार को छीनेगी। आत्मनिर्भर अर्थ-व्यवस्था नहीं पनपने देगी।

आशंकाएँ बहुत है। देश की हालत अच्छी नहीं है। पर संकट पहले आए हैं, और हमने उन पर विजय पा ली है। देश में ऐसी शक्तियाँ हैं जो इन संकटों से

जूझकर विजय पा लेती रही है। हमारे सामान्य भारतीय जन में सद्भावना है। साधारण जन विवेकशील है। राष्ट्रगान जन-गण-मन में आगे कवि ने लिखा है :

पतन अभ्युदय बंधुर पंथा,
युग-युग धावित यात्री,
हे चिर सारथि! तब रथ चक्रे
मुखरित पथ दिन रात्रि
दारुण विप्लव माझे
तव शंखध्वनि बाजे
गाहे तव जय गाथा
जनगण ऐक्य विधायक जय हे
भारत भाग्य विधाता।

[मार्च, 1993]

टेलीविजन का निजी यथार्थ होता है

टेलीविजन से लोगों को बहुत शिकायतें हैं। मैं कई विद्वानों के लेख पढ़ चुका हूँ। इस 'इडिएट बॉक्स' की आलोचना में ये लेख परम पवित्र भारतीय दृष्टिकोण से लिखे गए होते हैं। जो मानता है कि हमें सिर्फ वैदिक मन्त्रों का पाठ करना चाहिए और पाठ सुनना चाहिए? इन्हें शिकायत है अनैतिकता की, विज्ञापनबाजी की, उपभोक्तावाद की।

मुझे शिकायत है—कोलाहल की। कोलाहल प्रदूषण बहुत नुकसानदेह होता है। कोलाहल का बहुत बुरा असर स्नायुतंत्र पर, बुद्धि पर, संवेदना पर पड़ता है। मगर क्या करें? घर-घर टेलीविजन हैं और बहुत लोगों का मनोरंजन कोलाहल से होता है। बहुत लोगों को तकलीफ होती है, मगर भोगते हैं। ज्ञानी ने कहा है :

देह धरे को दंड है सब काहू को होय
ज्ञानी भुगते ज्ञान सौं मूरख भुगते रोय

गलत कहा है ज्ञानी ने। ज्ञानी भी रोकर ही भुगतता है। जब देह धारण की थी तब क्या पता था कि आगे चलकर लाउड स्पीकर का कोलाहल सुनना पड़ेगा? आगे चलकर टेलीविजन का कोलाहल? और चुनावों के मौसम होंगे तब एक साथ चार-चार लाउड स्पीकरों पर नारे लगाए जाएँगे? हमारा सौभाग्य है कि हम मुख्य भाग में नहीं रहते। बाहरी भाग 'सबर्ब' में रहते हैं। ये नेपियर टाउन, राइट टाउन, सिविल लाइंस 'पॉश' मुहल्ले कहलाते हैं। इन मोहल्लों में चुनावों में हल्ला मचाने वाले नहीं आते। चुनाव प्रचारक मान चुके हैं, इन मोहल्लों में जड़बुद्धि लोग रहते हैं। इन पर कहने, समझाने, चिल्लाने का कोई असर नहीं पड़ता। हमारी उपेक्षा से हमें चैन मिलता है।

भविष्यवादी चिन्तक, समाजशास्त्री, मनोविज्ञानशास्त्री चिन्तित हैं। भविष्यवादी कहते हैं कि इक्कीसवीं सदी के मध्य तक पूरी दुनिया कोलाहलमय हो जाएगी। तब क्या करेगा आदमी? क्या तब कानों में 'लाइसेंसर' लगाएगा, जैसे ऊँचा सुनने वाले 'हियरिंग एड' लगाते हैं? सब बहरे हो जाएँगे तो संवाद कैसे होगा? क्या हाथ के इशारे से सामने वाले से कहा जाएगा कि तू 'लाइसेंसर' निकाल ले, मुझे बात करनी है? इस कोलाहल से लोग संवेदनशून्य हो जाएँगे। गोर्बाचोव और जॉर्ज बुश दुनिया को अणु हथियारों से बचाने की योजना पर विचार करते हैं। उन्हें मनुष्य जाति को कोलाहल से बचाने पर भी विचार करना चाहिए। अगर मनुष्य आणविक हथियारों से बच भी गए, तो वे कोलाहल से पागल हो जाएँगे। पागल दुनिया की क्या सभ्यता और क्या संस्कृति?

टेलीविजन से लोगों को और शिकायतें हैं। मसलन यह कि विज्ञापन बहुत होते हैं। मैं कहता हूँ कि विज्ञापनों के कारण तो हमें रामलीला और कृष्णलीला देखने को मिल जाती है। कई करोड़ के विज्ञापन नहीं होते तो 'रामायण' और 'महाभारत' हमें टी.वी. पर देखने को नहीं मिलते। भगवान विज्ञापन के भरोसे हैं। कृष्ण छाप जाफरानी तम्बाकू के डिब्बे पर मोर मुकुटधारी कृष्ण बंसी बजाते हुए दिखते हैं। हम हाथ जोड़ लेते हैं। राम छाप तम्बाकू का डिब्बा हमने नहीं देखा। राम मर्यादा पुरुषोत्तम थे। वे तम्बाकू-दारू वगैरह पसन्द नहीं करते थे। विज्ञापनों में जवान, खूबसूरत मॉडल युवक-युवती दिखते हैं। कितने अच्छे लगते हैं! किसी कम्पनी की साड़ी या उसके कपड़े का सूट पहनने से इनमें प्रेम हो जाता है। नायिका भेद और नख-शिख श्रृंगार वाले आचार्य इन विज्ञापन नायिकाओं की मुद्राओं का अध्ययन करें। ये शास्त्रों में नहीं हैं। हम रंगीन पत्रिकाओं में चड्डी का विज्ञापन बड़ी रुचि से देखते हैं। कार खड़ी है। नायिका है। नायक ड्रेसिंग गाउन पहने है, जिसकी बटनें खुली हैं। उसकी चड्डी दिखती है। सामने खलनायक है जिस पर नायक घूँसा ताने है। भयातुर नायिका नायक को रोकती है। इस पिलपिले नायक में इतनी ताकत कैसे आ गई? उस खास कम्पनी की चड्डी पहनने से। कुछ लोग कहते हैं कि यह

विज्ञापन कुरुचिपूर्ण है। मैं कहता हूँ—चड्डी के विज्ञापन में क्या नायक को रजाई से लिपटा हुआ दिखाते?

दो वृद्ध सज्जन मेरे पास बैठे थे। एक ने कहा—टेलीविजन हम बूढ़ों पर बड़ा अन्याय करता है। बूढ़ा आदमी या तो दीन दिखाया जाता है या दुष्ट। बूढ़े के दूसरे रूप नहीं हैं क्या? दूसरे ने मजाक किया—हैं, दूसरे रूप भी हैं। जोड़ों के दर्द की दवा लगाकर पोपले मुँह से हँस रहे हैं। क्या यह रूप टेलीविजन पर दिखाया जाए? तुम्हें अच्छा लगेगा? मैंने कहा—उदार और प्रसन्न बूढ़े भी दिखाए जाते हैं। कम दिखाए जाते हैं। पहले बूढ़े ने कहा—दिखाए जाते होंगे, प्रसन्न बूढ़े। हमने नहीं देखे। दूसरे बूढ़े ने कहा—प्रसन्नता दिखेगी ही नहीं क्योंकि तुम अपनी उदासी पर आत्म-मोहित हो।

तुम्हारा हाल है :

आगे आती थी हाले दिल पे हँसी
अब किसी बात पर नहीं आती

उदास बूढ़े ने टीप जड़ी क्योंकि :

कोई सूरत नजर नहीं आती
कोई तदबीर बर नहीं आती।

बुद्धिमानों को शिकायत है कि टेलीविजन के विज्ञापन उपभोक्तावाद को बढ़ावा देते हैं। यह समस्या दुनिया भर में है। सम्पन्न देशों के लोग शिकायत नहीं करते। गरीब देशों के देशचिन्तक हाय-हाय करते हैं। पर करें क्या? कारखाने हैं, चीजें बनती हैं—चाहे वे अनावश्यक हों। कारखाने तो बिठाना नहीं है। तो जरूरत की भावना पैदा करना होगा। बार-बार दिखाने से आदमी सोचने लगेंगे कि इस चीज के बिना जीवित रहना सम्भव नहीं और इज्जत से जीने के लिए तो अनिवार्य ही है। 'विज्ञापन करो या नष्ट होओ'—यह मूलमंत्र है, स्वतंत्र उद्योग का। विज्ञापन वेश्या की तरह फुसलाते हैं। उपभोक्तावाद तो बढ़ेगा। और होगी प्रतिस्पर्धा-कम्पीटीशन। यह 'कम्पीटीशन' भी मंत्र है स्वतंत्र उद्योग और व्यापार का। पैसा जीवन-मूल्यों के केन्द्र में हो गया है। उपभोक्ता माल खरीदने के लिए पैसा प्राप्त करने की तिकड़में भिड़ाता है। भ्रष्टाचार बढ़ता है। काला धन बढ़ता जाता है। अर्थशास्त्री बताते हैं कि इस समय चालीस हजार करोड़ रुपए है काला धन। यह बढ़ेगा। कल्याण ही कल्याण है। पर कल्याण को रोक नहीं है।

मुझे कुछ सीरियल बहुत अच्छे लगते हैं। जटिल समस्याओं का बड़ा सरल हल दे देते हैं ये। पति-पत्नी के सम्बन्ध जटिल होते हैं। परिवार में सम्बन्ध जटिल होते हैं। इन सम्बन्धों के बनने-बिगड़ने के कारण आर्थिक, मनोवैज्ञानिक, यौन भावना सम्बन्धी होते हैं। समाजशास्त्री, मनोविज्ञानशास्त्री इन पर विचार करते-करते सिर दुखाते हैं। मगर टेलीविजन इन समस्याओं का ऐसा सरल समाधान दे देते हैं कि हम

चकित रह जाते हैं। सोचते हैं, किस दुनिया के प्राणी हैं ये? सभी ऐसे क्यों नहीं हो जाते?

एक सीरियल बहुत पहले देखा था। एक निकम्मा पुरुष है। उसकी पत्नी है। नाम मुझे अभी तक याद है—दुलारी। ये लोग मकान का किराया तक पटा नहीं पाते। तभी चमत्कार हो जाता है। एक सरकारी आदमी उन्हें खोजता आता है। पति के फूफा मर गए हैं। वे अपनी सारी सम्पत्ति अपने भतीजे को नहीं, दुलारी को दे जाते हैं। सम्पत्ति में एक कारखाना भी है। दुलारी, जिसने जिन्दगी में आटा की चक्की भी नहीं चलाई, किस कुशलता से वह कारखाना चलाती है! हर स्थिति के लिए दुलारी के दिमाग में फार्मूला है। मजे की बात यह है कि वह पूरी ईमानदारी से व्यवसाय करती है। अब आती है समस्या मजदूर-मालकिन सम्बन्धों की। मजदूर संगठन माँगें रखता है। ये माँगें मुख्यत: आर्थिक होती है। दुलारी का काम बिलकुल स्वच्छ है। वह मजदूर नेता को बुलाकर कहती है कि यह कारखाना मैं तुम लोगों को देती हूँ। तुम्हीं चलाओ। मजदूर कारखाना चलाने की कोशिश करते हैं। उनसे नहीं चलता। तो वे नारे लगाते हैं कि दुलारी देवी, कारखाना वापस ले लो। हमसे नहीं चलता। तुम्हीं चलाओ। तब मालकिन-मजदूर बहन-भाई हो जाते हैं। यह जादूगरनी दुलारी 'पेरेस्त्रोइका' से आगे की है। अगर गोर्बाचोव इस सीरियल को देख लें तो उन्हें नए-नए विचार मिलें और रूस में 'पेरेस्त्रोइका' पूरी तरह सफल हो जाए।

एक और सीरियल है। एक साहब बाईस साल लन्दन में रहते हैं। वे वहाँ एक कारखाने के प्रबन्धक हैं। उनकी लड़की समाज-सेविका है। वे भारतीय हैं तो भारत लौटने की कृपा करते हैं। उनकी अविवाहित लड़की समाज-सेविका है। मैनेजर साहब को श्रमिक समस्या का सामना करना पड़ता है। वे ऐसा बताते हैं, जैसे ब्रिटेन में कोई मजदूर समस्या है ही नहीं। वहाँ कारखाने के मालिक कारखाना अपने हित के लिए नहीं, मजदूरों के हित के लिए चलाते हैं। पूँजीवादी व्यवस्था में पता नहीं किस ग्रह पर ऐसा होता है! इन मैनेजर साहब को मजदूरों की हड़ताल का सामना करना पड़ता है। वे ऐसे परेशान हैं गोया ब्रिटेन में मजदूर-हड़ताल उन्होंने देखी ही नहीं हो! वे मजदूर नेताओं को समझाते हैं। वे नहीं मानते। अब समाज-सेविका बेटी का काम। डैडी मजदूरों को भूखा मारकर हड़ताल तुड़वाना चाहते हैं। लड़की का समाजसेवी संगठन मजदूरों की स्त्रियों को हस्तोद्योग सिखाता और कराता है। इधर उसके पिता वापस ब्रिटेन जाने का तय कर लेते हैं। तभी पिता-पुत्री को एक साथ दिमागी चमक आती है। पिता को फौज का टैंक-चालक मिलता है। वह बताता है कि आसपास तोप गोलों के बीच वह कैसे उत्साह और साहस से शत्रु के बीच घुस जाता है। देश के लिए। मैनेजर साहब सोचते हैं, यह आदमी देश के लिए गोलों की परवाह नहीं करता। मुझे भी देश के लिए हड़ताल से नहीं डरना चाहिए। वे भारत में ही रहने का तय करते हैं।

उधर समाज–सेविका बेटी को भी विचार कौंधता है। वह कहती है—स्त्री–पुरुष की अर्द्धांगिनी है। मजदूर पत्नी की सहमति के बिना हड़ताल पर कैसे जा सकते हैं ? वह मजूदरों की स्त्रियों को भड़काती है। वे अपने पतियों पर जोर डालती हैं। नतीजा—मजदूर मैनेजर के पास आकर कहते हैं कि आप विलायत मत जाइए। हम काम पर लौटते हैं। हमें भड़काकर–डराकर नेताओं ने हड़ताल पर बिठा दिया था। मैनेजर और सुयोग्य बेटी मजदूर–समस्या का क्या चमत्कारी हल कर डालते हैं! इसे कहते हैं औद्योगिक शान्ति—'इंडस्ट्रियल पीस'! यह भी भारतीय 'पेरेस्त्रोइका' है। ये साहब जो मजदूरों के भले की चिन्ता में ही दुबले होते हैं, पतित भारतीयों को शायद दुनिया की एकमात्र हड़ताल करनेवाली कौम मानते हैं। सामान्य आदमी जानते हैं, पर ये साहब जो लन्दन में कारखाना चलाते रहे, नहीं जानते कि ब्रिटेन में साल–भर की कोयला खान मजदूर हड़ताल हुई थी। बहरहाल, देश के लिए ये 'ब्रेन ड्रेन' में विदेश गए साहब भारत में ही रह जाते हैं। उनकी समाज–सेविका बेटी हड़ताल तुड़वाने का काम करती रहती है। बड़ी मेहरबानी।

उपन्यासों पर आधारित टेली फिल्मों में भी कभी–कभी चमत्कारी कथाएँ दिखाई जाती हैं। एक बांग्ला लेखक विमल मित्र काफी प्राचीन काल के हैं। लिखते ही जाते हैं। इनका जीवन यथार्थ 'किस्सा अलिफ लैला' या 'तिलिस्मे होशरुबा' या 'हातिमताई' या 'भूतनाथ' जैसा होता है। बांग्ला साहित्य में विमल मित्र को गम्भीरता से नहीं लिया जाता। वे 'किस्सागो' माने जाते हैं। उनकी प्रतिष्ठा और धन्धा हिन्दी में उनके अनुवाद पर टिके हैं। जिन्दगी–भर जीने के बाद भी वे जीवन यथार्थ नहीं समझे और चमत्कारों का सृजन करते रहते हैं। आकाशगंगा से नक्षत्र इस पृथ्वी पर लाते हैं। उनके उपन्यास पर आधारित सीरियल 'मुजरिम हाजिर' देखी। जमींदार चौधरी और उनके बेटे के अत्याचार तो वास्तविक हैं, लेकिन बेटे का बेटा सदानन्द अद्‌भुत है। पाँच साल की उम्र में वह जान जाता है कि मेरे बाबा तथा बाप अत्याचारी और बेईमान हैं। बेहिसाब सम्पत्ति जमा कर ली है। एक कालीगंज की बहू जिसके रुपए चौधरी खा गए हैं, शाप देती है कि इस धन का सुख चौधरी परिवार नहीं उठा सकेगा। बस, सदानन्द विवाह के बाद सुहागरात के पहले घर से भाग जाता है। इसलिए कि उसकी सन्तान नहीं हो और उसके बाद चौधरी परिवार खत्म हो जाए। सदानन्द विवाह के पहले भी भाग सकता था। पर विमल मित्र को चमत्कार करना है तो उसकी पत्नी को चौधरी परिवार में डाल देते हैं। सदानन्द कलकत्ता भागता है। वहाँ चमत्कार होते हैं। उसकी पत्नी दूसरा आदमी कर लेती है। सदानन्द को दुनिया भर के अनुभव होते हैं, मगर वह कुछ नहीं सीखता। वही पाँच साल का ग्लानि से भरा भावुक, अव्यावहारिक व आत्मपीड़ा वाला बालक रहता है। बाप के मरने पर वह सम्पत्ति में से एक हिस्से से स्कूल तथा अस्पताल अपने गाँव में खुलवाता है। पाँच लाख रुपए अपनी पत्नी कनकलता को देकर दूर

प्रदेश में अज्ञातवास करने चला जाता है। वह समझता है कि पैसा अच्छे काम में लग गया। पन्द्रह साल अज्ञातवास के बाद एक चमत्कार के बाद वह फिर लौटता है। कलकत्ता में देखता है कि उसकी पत्नी ने होटल खोल लिया है और 'कालगर्ल' का धन्धा करती है। गाँव में स्कूल और अस्पताल बरबाद हो रहे हैं। निष्कर्ष : सदानन्द समझता था कि मनुष्य अच्छा होता है पर अब जाना कि मनुष्य बुरा होता है। अपनी पहले की समझ के लिए वह अपने को अपराधी मानता है। मुजरिम हाजिर है! क्या कथा है!

ऐसे सुखदायक और चमत्कारी कार्यक्रम देखने को मिल जाते हैं। हम गद्गद हो जाते हैं।

[फरवरी, 1990]

आचार्य नरेन्द्रदेव और समाजवादी आन्दोलन

16 दिसम्बर, आचार्य नरेन्द्रदेव का जन्मदिन है। आचार्य नरेन्द्रदेव की भी यह शतवार्षिकी है। आचार्य नरेन्द्रदेव को शायद लोग भूल रहे हैं। नरेन्द्रदेव समाजवादी थे, समाजवादी दल के अध्यक्ष भी रहे थे। परम विद्वान, अनेक भाषाओं के पंडित, इतिहास और संस्कृति के प्रकांड अध्येता, प्रभावशाली वक्ता। वे उत्तर प्रदेश विधानसभा के अध्यक्ष रहे, लखनऊ और बनारस विश्वविद्यालय के कुलपति रहे। पाँच फीट से कुछ इंच ऊँचे, दमा के मरीज, दुर्बल आचार्य जी का इतना बौद्धिक और नैतिक दबदबा था कि बनारस के उपद्रवों के लिए कुख्यात विश्वविद्यालय में शान्ति रहती थी। पंडित हजारी प्रसाद द्विवेदी ने बताया—एक दिन आचार्य जी ने मुझसे कहा कि द्विवेदी जी, विश्वविद्यालय कोर्ट के लोग मुझे सीधा आदमी समझते हैं, जिसे बनाया जा सकता है। पंडित नेहरू आचार्य नरेन्द्रदेव का बहुत आदर करते थे—उनके पांडित्य, नैतिकता और ईमानदारी का आदर। एक उपचुनाव में पंडित

गोविन्द वल्लभ पन्त ने कांग्रेस टिकट पर एक 'बाबा' को खड़ा करके नरेन्द्रदेव को हरवा दिया था, जिस पर पंडित नेहरू बहुत नाराज हुए थे। नेहरू का कहना था कि नरेन्द्रदेव के खिलाफ कांग्रेस को उम्मीदवार खड़ा नहीं करना चाहिए। आचार्य जी को निर्विरोध होकर आना चाहिए। नरेन्द्रदेव कांग्रेस टिकट पर विधानसभा सदस्य थे। वे जब समाजवादी दल में गए तो विधानसभा से इस्तीफा दे दिया। दल बदलने पर सीट छोड़ने का जो कानून अब बना है, इसे नैतिकता के रूप में आचार्य नरेन्द्रदेव ने शुरू किया था।

नरेन्द्रदेव जयप्रकाश नारायण और राममनोहर लोहिया से भिन्न किस्म के समाजवादी थे। आचार्य जी मूल रूप से मार्क्सवादी थे। वे भाषणों में यह कहते भी थे और उनका विश्लेषण भी मार्क्सवादी था। साथ ही उन पर बौद्धधर्म का भी प्रभाव था। बौद्धधर्म का विश्वासी सहज ही मार्क्सवादी हो जाता है।

उदाहरण हैं—राहुल सांकृत्यायन, भदन्त आनन्द कौसल्यायन और कवि बाबा नागार्जुन। मूल मार्क्सवाद के साथ भारतीय इतिहास, दर्शन, परम्परा और जनचरित्र के तत्त्व मिलाकर नरेन्द्रदेव ने जो बनाया था, उसे न कांग्रेसी समझे, न कट्टर मार्क्सवादी। नरेन्द्रदेव ने वर्ग-संघर्ष को नहीं नकारा, मगर हिंसा को जरूरी नहीं समझा। हिंसा को समाजवादी परिवर्तन के लिए न कार्ल मार्क्स ने जरूरी माना, न लेनिन ने। हिंसा को परिस्थितिवश जरूरी 'बुराई' ही माना है। गोर्बाचोव के नए विचारों से अहिंसा के मार्ग की ही पुष्टि होती है। अहिंसा की सफलता की भी शर्तें हैं। संसदीय लोकतंत्र की परम्पराओं और 'रूल ऑफ लॉ' मानने वाले अंग्रेजों के सामने अहिंसा सफल थी, पर फासिस्ट हिटलर के सामने नहीं चलती। जयप्रकाश नारायण का मार्क्सवाद से मोह भंग हो गया था। वे पूरे गांधीवादी भी नहीं हुए। परिणामस्वरूप वे अस्थिर विचारों के अवसरवादी हो गए और नेतृत्व की दुर्दमनीय आकांक्षा ने उन्हें 'लोकनायक' होना भी स्वीकार करा दिया और 1975 में दूसरों के द्वारा चलाई गई 'सम्पूर्ण क्रान्ति' (भ्रान्ति) के प्रेरणा पुरुष भी हो गए। उनकी मृत्यु हताशा में हुई।

नरेन्द्रदेव की पार्टी में चलती, वे जीवित रहते, जयप्रकाश विनोबा की शरण न जाते और फिर प्रति-क्रान्तिकारी नहीं होते, लोहिया साम्यवाद विरोध को ढीला करके अराजकता की राजनीति छोड़ देते, साम्यवादी दल इन प्रगतिशील लोकतांत्रिक ताकतों से समझौता करता, तो एक वामपंथी विकल्प इस देश को तैयार मिलता। ऐसा नहीं हुआ, यह इस देश का दुर्भाग्य है। इससे बड़ा दुर्भाग्य यह है कि सारा देश साम्प्रदायिकता, क्षेत्रीयता और आतंकवाद की गिरफ्त में है। जवाहरलाल नेहरू अनजाने ही शायद जयप्रकाश और लोहिया की इस स्थिति का कारण थे। जयप्रकाश की नेहरू से होड़ और उनका उत्तराधिकारी होने की आकांक्षा और लोहिया का कट्टर अतार्किक नेहरू विरोध। लोहिया कहते थे—

जवाहरलाल तो बैंड मास्टर हैं। बैंड मास्टर की तरह हाथ में लकड़ी का 'बेटन' लिये रहते हैं।

सन् 1954 में नेहरू और जयप्रकाश में समझौता हो गया था। नेहरू ने तीव्रता से उद्योगों के राष्ट्रीयकरण और भूमि सुधारों के कार्यक्रम मान लिये थे और जयप्रकाश सहित चार समाजवादियों को मंत्रिमंडल में लेने का भी तय कर लिया था। इनमें से एक अर्थशास्त्री अशोक मेहता थे जो कांग्रेस में लौट गए। अर्थमंत्री और योजना आयोग के उपाध्यक्ष रहे। तब समाजवादी दल की कार्यकारिणी में लोहिया ने नेहरू-जयप्रकाश समझौते को उड़ा दिया। उसे नामंजूर करा दिया गया। इसके बाद जयप्रकाश का वनवास सरीखा हो गया था। जयप्रकाश खुद लाल टोपी तब पहनते थे और हर समाजवादी को लाल टोपी पहनने का आदेश देते थे। लोहिया उसका मजाक उड़ाते थे। लोहिया ने लाल टोपी कभी नहीं पहनी। लोहिया बौद्धिक थे, चिन्तक थे, संवेदनशील थे, साहसी थे। पर नेहरू-विरोध और साम्यवाद-विरोध उनके सिर पर सवार था। जयप्रकाश ने भी लाल टोपी त्याग दी। बाद में सर्वोदय में गए और 'जीवनदानी' हो गए। मैं व्यक्तियों पर नहीं लिख रहा हूँ, राजनीति के प्रतीकों और संचालकों पर लिख रहा हूँ।

समाजवादियों में तब अधिकतर भावात्मक समाजवादी थे। वे वैज्ञानिक समाजवादी नहीं थे। कांग्रेस से बाहर आए थे। गांधीजी का व्यापक मानवतावाद उनकी संवेदना में था। सहानुभूति गरीबों, दुखियों, दलितों के प्रति थी। इतने से गरीबों की दशा पर आँसू तो बहाए जा सकते हैं पर शास्त्रीय विधि से न इस विषमता को समझा जा सकता है और न वैज्ञानिक आधार पर कोई राह खोजी जा सकती, न कार्यक्रम बनाया जा सकता है। ये युवा जवानी और क्रान्तिकारिता के जोश में, परदुखकातरता में, कुछ कर गुजरने की तमन्ना में कांग्रेस छोड़कर समाजवादी दल में आ गए, पर 3-4 सालों में समझ गए कि गांधी युग में भावुकता चल गई। गांधी युग खत्म हुआ। अब राजनीति कठोर है, जटिल है। अब प्राप्ति की राजनीति है। इस प्राप्ति की दौड़ में एक तो हम पिछड़ जाएँगे; दूसरे, हम किसी का कुछ भला नहीं कर सकते। तब राजनीतिक लाभ ने जवाहरलाल के प्रति भावुकता पैदा की—नेहरू का साथ दो और देश को बचा लो। अधिकतर समाजवादी कांग्रेस में लौट आए। जो समझते थे, उनमें एक अच्युत पटवर्द्धन हैं। उन्होंने बनारस के पास एक आश्रम खोल लिया और अध्ययन-चिन्तन में लग गए। डॉ. लोहिया के पास पतली-सी पार्टी रह गई। उनकी मृत्यु के बाद पार्टी ही खत्म हो गई। विकट समाजवादी राजनारायण चरणसिंह की शरण में चले गए, जिन्हें वे 'चेयरसिंह' कहते थे। राजनारायण के ऊटपटाँग व्यवहार की कुछ लोगों ने चरणसिंह से शिकायत की तो चरणसिंह ने कहा—मुझे प्यार करते हो तो मेरे कुत्तों को भी प्यार करो। चरणसिंह हेमवती नन्दन बहुगुणा को के.जी.बी. एजेंट कहते थे। मगर बहुगुणा चरणसिंह के ही

क्रान्ति दल में चले गए। मेरी नजर में तब का अबू अब्राहम का कार्टून आता है। चरणसिंह कह रहे हैं—लव मी, लव माई डाग, लव माई के.जी.बी. एजेंट।

जो समाजवादी कांग्रेस में लौट गए, उन्होंने अच्छा किया। नेहरू वैज्ञानिक समाजवाद को समझते थे और उसमें विश्वास करते थे। वे संसदीय तरीके से समाजवाद का विकास अधिकाधिक करना चाहते थे। उन्होंने कहा था—जब मैं समाजवाद की बात करता हूँ, तब वायवी भावात्मक समाजवाद की नहीं, वैज्ञानिक समाजवाद की बात करता हूँ। नेहरू ने प्रथम पंचवर्षीय योजना में आरम्भ अच्छा किया। सार्वजनिक उद्योग क्षेत्र बड़ा था। नेहरू का कथन था—सार्वजनिक उद्योग क्षेत्र बढ़ता जाएगा और भारत की अर्थव्यवस्था में 'कमांडिंग हाइट' पर पहुँचेगा। पर नेहरू के बाद उनकी योजना आगे नहीं बढ़ाई गई। जो समाजवादी नेहरू के समय कांग्रेस में नहीं लौटे, वे बाद में चरणसिंह, चन्द्रशेखर, देवीलाल, बहुगुणा की शरण में गए। नेहरू के बुलावे पर अशोक मेहता कांग्रेस में गए, तब एक कार्टून शायद बाबूराव पटेल की पत्रिका में देखा था। कार्टून था—साँप के बिल में अशोक मेहता घुस रहा है। लोहिया कृपलानी से कहते हैं—दादा, क्या आप इसे बचा नहीं सकते? कृपलानी कहते हैं—जिसे राजकीय सम्मान से अन्त्येष्टि चाहिए, उसे कोई नहीं बचा सकता।...बाद में तो लोग चूहों तक के बिल में चले गए।

आचार्य नरेन्द्रदेव की शतवार्षिकी मेरे शहर से कुल 70 किलोमीटर दूर ग्राम करोंदी में चन्द्रशेखर के प्रधान पौरोहित्य में मनाई गई। डॉ. लोहिया ने पता लगाया था कि करोंदी गाँव भारत का केन्द्रबिन्दु हैं। यह समाजवादी आन्दोलन का केन्द्र बनाया जाएगा। यहाँ समता विद्यालय होगा, आश्रम होगा, कार्यकर्ता रहेंगे। सन् 1967 में जब संयुक्त विधायक दल की सरकार बनी तब मुख्यमंत्री गोविन्द नारायण सिंह हुए, पर पार्टी में दबदबा भूतपूर्व ग्वालियर रानी विजयराजे सिन्धिया का था। 1967 के पहले एक लोकसभा चुनाव में डॉ. लोहिया ने रानी के खिलाफ एक मेहतरानी का खड़ा किया था। 1967 में विजयराजे समाजवादियों की सहयोगिनी हो गईं। गोविन्द नारायण ने रिकॉर्ड कायम किया था। उन्होंने दो मंत्रिमंडल गिराए थे—एक तो द्वारका प्रसाद मिश्र का कांग्रेसी मंडिमंडल और दूसरा अपना खुद का मंत्रिमंडल। बाद में गोविन्द नारायण सिंह बिहार के राज्यपाल बने और मुख्यमंत्री भागवत झा आजाद से लड़ते रहे।

1967 में समाजवादियों ने करोंदी गाँव के समीप तेरह सौ एकड़ नजूल की जमीन समाजवादी आश्रम के लिए माँगी थी। गोविन्द नारायण सिंह मामले को लटकाए रहे।

दो साल पहले चन्द्रशेखर ने पैदल भारत यात्रा की थी। उनके साथ पदयात्री भी थे। शंकराचार्य ने भारत यात्रा करके चार मठ स्थापित किए थे। चन्द्रशेखर ने भी 'पदयात्री ट्रस्ट' बनाया और चार आश्रमों की स्थापना करने का संकल्प किया—

हरियाणा, उत्तर प्रदेश, मध्य प्रदेश और कर्नाटक में। उन्हें 52 एकड़ जमीन भी करोंदी गाँव के पास मिल गई।

चन्द्रशेखर महीने भर से नरेन्द्रदेव के नाम से अपनी राजनीतिक ताकत बनाने के लिए समारोह की तैयारी कर रहे थे। पचास हजार कार्यकर्ताओं के ठहरने, खाने का इन्तजाम करने की योजना बनी थी। विपक्ष के सब नेताओं को आमंत्रित किया गया था, मगर न हेगड़े आए, न वी.पी. सिंह, न देवीलाल, न बहुगुणा, न जॉर्ज फर्नांडिस, न बीजू पटनायक, न शरद यादव, न रामधन। चन्द्रशेखर और जनता दल के आपसी राग–द्वेष के कारण आचार्य नरेन्द्रदेव की स्मृति भी 'हास्यास्पद' हो गई। राजनीतिक मातम मना लिया गया। चन्द्रशेखर से पूछा गया कि बड़े नेता क्यों नहीं आए? चन्देशखर का जवाब था—उन्हें बुलाया ही नहीं था। सच यह है कि जनता दल के सब नेताओं को बुलाया गया था।

राजनीतिक उपयोग नेहरू का भी कांग्रेस इस शतवार्षिकी साल में कर रही है। जलसे हो रहे हैं। आचार्य नरेन्द्रदेव का राजनीतिक उपयोग कुछ राजनेता करें तो कोई बात नहीं। मगर इसे हास्यास्पद न बना दें।

[फरवरी, 1989]

अन्य भाषाओं में 'व्यंग्य'

व्यंग्य और विनोद लेखक माना जाता हूँ। दूसरी भाषाओं खासकर विदेशी भाषाओं के व्यंग्य-विनोद की किंचित् झलक दिखाना चाहता हूँ। अंग्रेजी से शुरू करता हूँ। पूरे यूरोप में यह माना जाता है कि अंग्रेज मनहूस बनिए होते हैं। उन्हें हँसना नहीं आता। फ्रांसीसी तो कहते हैं—जानवर नहीं हँसा करते। अंग्रेज को व्यंग्य में 'जानबुल' कहा जाता है। कार्टून बनता है एक तोंद वाला आदमी। इस तोंद में कई देश भरे हैं। यह अंग्रेज साम्राज्यवाद का रूप है। बर्नार्ड शा का नाटक है—'जान बुल्स अदर आई लैंड'।

संयोग है कि किशोरावस्था में मेरे हाथ जो पहली विनोद की पुस्तक पड़ी, वह अंग्रेज लेखक ए.जी. गार्डनर की थी। नाम था—'अल्फा ऑफ दि प्लो'। उसकी दूसरी पुस्तक पढ़ी—'पेबल्स ऑन दी शोर'। मुझे गार्डनर पसन्द आया।

एक लेख में उसका एक वाक्य है—वह पहले दर्जे का उपदेशक था, जो रेल के पहले दर्जे में मरा पाया गया—उसकी जेब में तीसरे दर्जे का टिकट था। कितना सटीक व्यंग्य है—उपदेशक वर्ग की अपनी नैतिकता पर! छोटे-छोटे एक-दो वाक्यों में गार्डनर पूरे वर्ग का पाखंड खोल देता था। नैतिकता की बात उठी तो गार्डनर के एक लेख का जिक्र करूँ, जिसका नाम है—'अम्ब्रेला मोरल्स' (छाते की नैतिकता)। आप दोस्त के घर बैठे हैं। पानी गिरने लगा और आपको घर लौटना है। मित्र आपको छाता दे देता है। छाता आपने वापस नहीं किया। ग्लानि मत कीजिए। अनैतिक होने का बोध मत लाइए। आपने मित्र का छाता दबाया या हड़पा नहीं है। आप छाता लौटाना भूल गए। बस! भूलना स्वभाव है आदमी का। यह नैतिक है। आपने छाता चुराया तो नहीं!

एक सज्जन इसी नैतिकता से बहुत-सी किताबें जमा कर लेते हैं। पढ़ने के लिए किसी से लेते हैं और लौटाना भूल जाते हैं। एक दिन अपने एक मित्र को अपनी पुस्तकों का भंडार दिखाने ले जाते हैं। मित्र इतनी किताबें देख खुश होता है। वह कहता है—इन्हें अलमारियों में रखिए। जवाब मिलता है—कोई अलमारी उधार नहीं देता।

अंग्रेज विनोदी लेखकों में एक मैक्स बरिबोम हैं। बहुत नहीं लिखा। उनका एक लेख है—'सीइंग पीपुल ऑफ' (लोगों को विदा देना)। उसने लिखा है कि मुझे स्टेशन पर एक पुराना अभिनेता मिल गया। मैंने कहा—यहाँ कैसे? उसने कहा—नया धन्धा कर रहा हूँ। बात यह है कि रंगमंच पर कोई पूछता नहीं। पर अभिनय का जिन्दगी भर का अभ्यास तो है ही। देखो, अमेरिकी रईस औरतें इंग्लैंड घूमने आती हैं। वे यहाँ बिलकुल अपरिचित होती हैं। वे चाहती हैं कि रेलगाड़ी पर हमें कोई विदाई दे। इससे उनका मनोबल बढ़ता है और डिब्बे के यात्रियों पर प्रभाव पड़ता है कि इस अमेरिकी औरत के अपने लोग यहाँ हैं। वे विदा देने वाले को काफी धन देती हैं। तो हम रिटायर्ड एक्टरों ने एक विदाई एजेंसी खोल ली है। खूब विज्ञापन कर दिया है। धन्धा खूब चलता है। मैं यहाँ एक अमेरिकी युवती को विदा देने आया हूँ।

गाड़ी आई। उसमें एक डिब्बे में बैठी एक युवती को पहचान लिया। वह प्लेटफार्म पर आ गई। एक्टर ने उसे कलेजे से लगाया। आँखों में आँसू भर लाया। बोला—देखो बेटी, सावधानी से जाना, तुम पहली बार आई हो। रास्ते में कोई खुला पदार्थ मत खाना। स्टैंडर्ड ड्रिंक ले सकती हो। कोई कितना ही आग्रह करे, शराब मत पीना। वह तुम्हें लूट लेगा। पैसा और सामान सँभालकर रखना। ये अंग्रेज बड़े चोर होते हैं। बेईमान होते हैं। जरा असावधानी हुई तो चोरी कर लेंगे। बड़ी देर तक वह आँसू पोंछता रहा और सलाह देता रहा। युवती इसे अंकित करती रही। रेल ने सीटी दी तो उसने लड़की को फिर कलेजे से लगाया और रोने

लगा। दूसरे यात्री सचमुच बहुत प्रभावित हुए। रेल चली गई। एक्टर ने कहा—दस पाउंड का धन्धा हो गया। ये अमेरिकी खुले दिल से पैसा देते हैं। आज दो आसामी और हैं।

जॉर्ज बर्नार्ड शा आयरिश थे। आयरलैंड पर ब्रिटेन ने कब्जा कर रखा था और आयरिश लोग आजादी के लिए लड़ रहे थे। 'आयरिश रिपब्लिकन आर्मी' हमारे जमाने का सबसे आतंकवादी संगठन है। बर्नार्ड शा जहाँ मौका मिलता, अंग्रेजों का मजाक उड़ाते थे। ऐसे उनके सैकड़ों वाक्य हैं—व्हेन ऐन इंगलिशमैन इज अनकंफर्टेबल ही थिंक्स ही इज मारल। उनका नाटक 'जान बुल्स अदर आइलैंड', अंग्रेज साम्राज्यवादियों पर कटु व्यंग्य है। 'मेन ऑफ डेस्टिनी' में भी उन्होंने कहलवाया है—जब अंग्रेजों को अपना सड़ा माल बेचने के लिए कोई पिछड़ा देश चाहिए तो वे वहाँ जहाज में पादरी भेज देते थे। वहाँ के लोगों का झगड़ा उनसे होता है और कुछ पादरी मर जाते हैं। तब ईसा मसीह की सम्मान रक्षा के लिए वे जहाजों में सेना भेज देते हैं। उस देश के लोगों को हराकर कब्जा कर लेते हैं और ईसा से मेहनताने के रूप में वहाँ का बाजार ले लेते हैं।

अमेरिका में एक बहुत प्रसिद्ध लेखक हो गए हैं—मार्क ट्वेन। उन्होंने बहुत लिखा है। वे मुख्यत: विनोदी लेखक हैं। उनकी कुछ किताबें हैं—टाम सायर, फिकलबरी फिन, इनोसेंट्स, एब्राड, प्रिंस एंड दी पापर। उन्होंने सामाजिक व्यंग्य भी लिखा है—'लेटर फ्रॉम दि प्रिसाइडिंग एंजेल'। स्वर्ग से प्रधान फरिश्ता एक कोयला व्यापारी को पत्र लिखता है—हम सार्वजनिक प्रार्थना, जैसे चर्च की, को कम नम्बर देते हैं। अधिक नम्बर देते हैं मन की गुप्त प्रार्थना को। तुमने चर्च में प्रार्थना की प्रभु, सब लोग सुखी हों। पर घर पर तुमने मन से प्रार्थना की कि प्रभु, मेरे प्रतिद्वन्द्वी कोयला व्यापारी का जहाज आ रहा है। तू तूफान उठा दे जिससे वह डूब जाए। तुम्हें सूचित किया जाता है कि तूफान अभी स्टॉक में नहीं है। फिर भी हम किसी तरह उसका कुछ नुकसान करेंगे। तुमने चर्च की प्रार्थना में तो कहा कि प्रभु, सब मनुष्य सुखी हों, पर घर में मन में कहा—मेरा यह पड़ोसी दुष्ट है। मुझे तंग करता है। इसे मौत दे दें। तुम्हें सूचित किया जाता है कि मौत सबसे बड़ी सजा है। वह उसे नहीं दी जा सकती। तुम्हारे सन्तोष के लिए हम उसे निमोनिया देते हैं। मार्क ट्वेन भारत आया था और उसने एक निबन्ध लिखा था—'दि इंडियन बो'।

केनेडा में एक अंग्रेजी व्यंग्य-लेखक स्टीफन लीकाक हुआ है। वह राजनीति का अध्यापक था। एक आदमी राजनीति पर उसकी किताब लिये हँस रहा था। दूसरे ने कहा—तुम क्यों हँस रहे हो! यह तो रजानीति की गम्भीर किताब है। पहले ने कहा—पर है तो स्टीफन लीकाक की।

लीकाक ने अच्छे व्यंग्य लिखे हैं। एक लेख है—'ऐन अफेयर विद माई लैंड लॉर्ड'। मकान मालिक हर बात पर किराया बढ़ाने के लिए बदनाम है। लीकाक

अपने मकान मालिक से कहता है—आप किराया नहीं बढ़ाते हैं। लीकाक अपने मकान मालिक से कहता है—आप किराया नहीं बढ़ाते, यह गलत बात है। इस बार आपको बढ़ाना होगा। महायुद्ध छिड़ गया है। हर चीज महँगी हो गई है। आपको किराया बढ़ाना होगा। मकान मालिक ने कहा—मैं नहीं बढ़ाऊँगा। लीकाक—सबने बढ़ा दिये हैं। क्या आप देशभक्त नहीं ? आप देशद्रोही हैं। मालिक— ? आप मुझे देशद्रोही मान लीजिए, पर किराया नहीं बढ़ाऊँगा।

आपने दीवार पर नए रंगीन कागज लगाए हैं आपको किराया बढ़ाना चाहिए। उसने कहा—मैं नहीं बढ़ाऊँगा। मैंने कहा—तुमने सीढ़ी की मरम्मत कराई थी। कुछ किराया बढ़ाओ। उसने इनकार कर दिया। मैंने कहा—देखो राष्ट्रीय संकट है। इस समय तो तुम्हें किराया बढ़ाना चाहिए।

उसने कहा—मैं किराया नहीं बढ़ाऊँगा।

मैंने उसे गोली मार दी।

यूरोप में चेक एक छोटी भाषा है। बहुत कम लोग इसे बोलते हैं। एक छोटा-सा देश है चेकोस्लोवाकिया। पर मैंने कुछ साल पहले एक चेक कहानी पढ़ी और मुग्ध हो गया। चेक साहित्य मैंने बहुत कम पढ़ा है। 'समकालीन सृजन' पत्रिका में कहानी का अनुवाद छपा था।

एक शार्क मछली समुद्र से निकलकर रेत पर पड़ी है। आराम कर रही है। शार्क मगर सरीखी नहीं होती, पर घातक शिकारी होती है। खासकर उसके जबड़े बड़े नुकीले और मजबूत होते हैं। वहीं एक नौकरशाह (ब्यूरोक्रेट) घूम रहा था। बातें होने लगीं। कहो शार्क; क्या हाल है तुम्हारे ? नौकरशाह, मैं मजे में हूँ। शार्क, तुम काम किस तरह करती हो। मैं सतह पर ही रहती हूँ और अपने स्तर पर ही घूमती हूँ। मैं भी ऐसा ही करता हूँ। शार्क, तुम्हारा काम करने का तरीका क्या है ?

मैं लोकतांत्रिक ढंग पर काम करती हूँ। मैं छोटी मछलियों से कहती हूँ कि हमारे समान अधिकार हैं। तुम लोग मुझे खाओ। वे मुझे नहीं खा पातीं ? तब मैं कहती हूँ—अब मैं अपने अधिकार का उपयोग करती हूँ। मैं उन्हें खा जाती हूँ। ठीक मैं भी ऐसा ही करता हूँ। तभी शार्क ने कहा—अब मैं पानी में जाती हूँ, अलविदा ! नौकरशाह ने भी विदा ली। थोड़ी देर बाद नौकरशाह पानी में कूद पड़ा। जब निकला तो उसके दाँतों में शार्क फँसी हुई थी।

यह कहानी कितना दिलचस्प और यथार्थ है ! हमारा नौकरशाह इतना ताकतवर है और उसके ऐसे मजबूत जबड़े हैं कि एक शार्क को भी पकड़ लेता है।

रूसी लेखक एंटन चेखव ने लगभग 600 कहानियाँ लिखी हैं। काफी नाटक। संवेदनशील बहुत था। अध्यापकों की हालत पर दुखी होता था और इस बात से भी दुखी था कि शिक्षक छात्रों को पीटते हैं। बीमारी की हालत में वह साइबेरिया

में कैदियों की दुर्गति देखने बर्फ पर से गया। उसे निमोनिया हो गया। अपने अनुभवों पर उसने एक पुस्तक भी लिखी। रूसी साहित्य में जो लोग हैं, वे बहुत कुछ भारतीय मालूम होते हैं। जैसे यह कहानी कोई भी भारतीय लेखक ऐसी ही लिखेगा।

इंस्पेक्टर साहब बस्ती में निकलते हैं। वे सड़क पर कुत्ते का पिल्ला देखते हैं। वे आवाज देते हैं—किसका कुत्ता है यह ? साले अपने-अपने गन्दे कुत्तों को सड़क पर छोड़ देते हैं। इसकी सफाई भी नहीं की। अरे किसका है यह कुता ? साले को हंटर से छील दूँगा।

इसी समय एक आदमी ने कहा—साहब, यह उस तरफ रहने वाले कर्नल साहब का है। भटककर यहाँ आ गया है। यह सुनकर इंस्पेक्टर एकदम बदल जाता है, कहता है—अरे, कर्नल साहब का कुत्ता है ? इतनी ऊँची जाति और कितना खूबसूरत है ! इसकी सुन्दर चाल तो देखो ! अभी बच्चा ही है। इस बस्ती के लोग ऐसे गँवार हैं कि इसे नहलाया भी नहीं।

इंस्पेक्टर कुत्ते को बड़े प्यार से गोद में ले लेता है। वह उसे लेकर कर्नल साहब के यहाँ पहुँचता है। कहता है—हुजूर, आपका यह बढ़िया कुत्ता भटककर बस्ती में चला गया था। बस्ती के लोग तो गँवार हैं, ये क्या जानें ऊँची जाति के कुत्तों को! मैं वहाँ से निकला, इसे देखते ही समझ गया कि यह कुत्ता आपका ही होना चाहिए, मैं इसको ले आया।

इस कहानी का अन्त स्पष्ट नहीं है। चेखव की एक और कहानी है, जिसमें नौकरशाही में आदमी बदल जाता है।

एक प्राइवेट स्कूल में वार्षिकोत्सव चल रहा था। अचानक अध्यापक के कमरे में एक आदमी मुखौटा लगाए हुए घुस आता है। वह पागल की तरह हरकतें करता है, अश्लील मुद्राएँ बनाता। अध्यापक परेशान। वे आपस में कहते हैं—यह कौन है ? वे उसे निकल जाने के लिए कहते हैं पर वह जैसे सुनता ही नहीं। अध्यापक उसे धमकाते हैं। बुरा कहते हैं—बदतमीज, नालायक, असभ्य, गुंडा, कमीना ! उस पर कोई असर नहीं पड़ता।

आखिर वह आदमी मुखौटा उतार देता है। सब देखते हैं कि वह स्कूल की प्रबन्ध समिति का अध्यक्ष है। सब बदल जाते हैं। ताली बजाने लगते हैं। एक अध्यापक कहता है—मैं तो पहले ही जान गया था कि ये भैया साब हैं। ऐसा अभिनय कोई कर ही नहीं सकता। दूसरा कहता है—वाह ! बड़ा मजा दिया भैया साब ने। हम तो ऐसे ही गुस्सा बता रहे थे, जैसे हम जानते ही नहीं कि कौन हैं ! वाह, भैया साब ! लीजिए, मिठाई खाइए !

घोर अवसाद के लेखक महान रूसी कथाकार दास्तोवस्की की जब मैंने एक व्यंग्य कहानी पढ़ी तो चकित रह गया।

इतिहास में रूस और जर्मनी की अक्सर लड़ाई हुई है। एक बार कुछ समझौता हुआ। जर्मनी ने भेंट में रूस को एक मगर भेंट किया। रूस में बड़ी खुशी से एक सुन्दर टैंक में उसे रखवाया गया। उसे देखने भीड़ उमड़ती। एक दिन एक आदमी पत्नी और बच्चों सहित बिलकुल नजदीक से मगर देख रहा था। वह कुछ अधिक झुक गया और टैंक में गिर गया। बाहर हलचल मची। वह आदमी मगर के पेट से बोला—वैसे तो यहाँ आराम है, पर मगर मुझे चबा तो लेगा ही। तुम लोग मेरे मित्र गृहमंत्री के पास जाओ। मेरी बीवी को साथ में मत ले जाना। वह गृहमंत्री के सामने रोना चाहेगी। वे गृहमंत्री के पास जाते हैं। कहते हैं कि मगर का पेट चीरकर उस आदमी को निकालें। गृहमंत्री समझाता है—देखो, मामला राजनीतिक है। इतने वर्षों बाद तो जर्मनी से सम्बन्ध कुछ सुधरे हैं। अब उनकी भेंट मगर का पेट चीरने से वे नाराज हो जाएँगे। हो सकता है, वे लड़ाई शुरू कर दें! इसलिए उस आदमी से कहो कि देश के लिए अपना बलिदान कर दे।

अब देशी भाषा का नमूना। लेखक का नाम भूल गया। कई साल पहले अनुवादिका के साथ बैठकर पढ़ी थी। कहानी का नाम याद है—'कवि कुनदनलाल का मेघदूत'। नहीं, यह परशुराम की कहानी नहीं है। परशुराम बांग्ला के बड़े लेखक हैं। उन्हें लोग व्यंग्य लेखक मानते हैं। पर उन्होंने विनोद लिखा है, व्यंग्य नहीं। खूब कल्पनाएँ, फंतासी उनमें हैं। वे पौराणिक पात्रों का उपहास करते हैं। वे ऐसे पात्र भी लेते हैं, जो 'लीजेऽ' कहलाते हैं।

एक सेठ कुन्दन दास हैं। बहुत पैसे वाले। दुकानें, कारखाना, खेती, कई धन्धे। पहले बादल देखकर उनके मन में प्रेरणा होती है कि वे भी 'मेघदूत' लिखें।

वे एकान्त में चले जाते हैं और काव्य-साधना करते हैं। उनके मेघदूत में वे लिखते हैं।

सेठ कवि कुन्दन दास का मेघदूत मैं काफी भूल गया। जो याद है, वह कुछ इस तरह है—मेघ, तू उत्तर की तरफ जाएगा। उधर अमुक नाम का एक नगर है। वहाँ मेरा कारखाना है, जिसका बीमा है। उसका सामान निकालकर मेरा मुनीम उसमें आग लगाएगा। तू वहाँ मत बरसना। आगे तुझे मेरी प्रिय सेठानी मिलेगी। उससे मेरा सन्देश कहना कि सोने के भाव चढ़े हैं। गहने बेच दे।

दूसरी कहानी है वदन चौधरी की 'शोकसभा'। लेखक का नाम याद नहीं। वदन चौधरी उस लोक में हैं। इधर उनके नगर में उनके लिए शोकसभा होनेवाली है। वदन चौधरी यमराज से कहते हैं—मुझे वहाँ भेज दीजिए। मैं सुनना चाहता हूँ कि लोग मेरे बारे में क्या कहते हैं। यमराज दो प्रेतों के साथ उन्हें वहाँ भेज देता है।

शोकसभा में एक वक्ता कहता है—वदन चौधरी बड़े अच्छे थे। उन्होंने कई लोगों की सहायता की। वे समाज की सेवा बहुत करते थे।

दूसरा आदमी बोलने को खड़ा हुआ तो एक प्रेत कान में घुस गया। वह आदमी बोलने लगा—सब झूठ है। वदन चौधरी नीच आदमी था। बेईमान था। उसने कई आदमियों को लूटा। वह धोखेबाज था। चरित्रहीन था।

सभा में शोर होने लगा। एक लँगड़ा आदमी वक्ता के पास पहुँचा। बोला—तेरे कान में प्रेत घुस गया है। वही तुझसे यह बुलवा रहा है। निकल भूत। भूत निकल गया।

[अक्टूबर, 1993]

मेरी प्रिय कहानियाँ

दुनिया की तमाम भाषाओं में लिखित असंख्य कहानियों में से श्रेष्ठ कहानी निकालकर बता देना दुस्साहस ही नहीं, मूर्खता है। यह मूर्खता मैं नहीं कर रहा हूँ। मेरी स्मृति में कुछ कहानियाँ हैं जो किसी कारण मशहूर हुईं। ऐसी कहानी जो मन को खटका दे जाए। किसी कहानी की वस्तु या उसका शिल्प या उसकी कथावस्तु, या उसकी गहरी संवेदना—कोई भी कारण हो सकता है।

शुरू से ही प्रेमचन्द की कई कहानियाँ मुझे श्रेष्ठ लगती हैं, पर 'कफन' बार-बार याद आती है। यह कहानी अमानवीकरण की है। माधो की बीवी मरी पड़ी है। अन्तिम क्रिया के लिए पैसे नहीं है। माधो और उसका बाप घीसू कफन-दफन के लिए गाँव में चन्दा करने निकलते हैं। कुछ धन मिल जाता है। वे घर लौट रहे हैं कि रास्ते में कलारी मिलती है। दोनों कलारी में घुस जाते हैं। खूब शराब पीते हैं। पूड़ी-साग खाते हैं। घीसू कहता है—माधो, तेरी बीवी जरूर बैकुंठ

जाएगी। उसने हमें बहुत सुख दिया। गरीबी, भुखमरी, बेकारी, हताशा ने उनका अमानवीकरण कर दिया।

न जाने क्यों एन्टिव चेखव की एक कहानी मुझे याद आ जाती है। यों चेखव की कई कहानियाँ और मशहूर हैं, जैसे—'दि लेडी विथ ए डॉग'।

मेरे जहन में जो कहानी है, वह यह है—एक जमींदार तिपहिया गाड़ी पर डॉक्टर के पास आता है। वह बेहद परेशान है। वह कहता है—डॉक्टर, मेरी बीवी की जान बचा लीजिए। वह बहुत बीमार है। डॉक्टर की हालत तब यह कि उनका बेटा मरा पड़ा है और वे उसे दफनाने जाने वाले हैं। डॉक्टर ने कहा—तुम देख रहे हो, यह मेरे बच्चे की लाश है। मैं भी दुखी हूँ। मुझे इसे दफनाने जाना है। जमींदार रोकर कहता है—डॉक्टर, फिर भी आपका कर्तव्य है। मैं अपने एक मित्र को बीवी के पास बिठा आया हूँ।

आखिर डॉक्टर उसके साथ जाता है। बरामदे में उन्हें बिठाकर भीतर जाता है। चीखता-चिल्लाता बाहर आता है और कहता है—डॉक्टर, मैं तो लुट गया। मेरी बीवी उस दोस्त के साथ भाग गई। अजीब स्थिति है। बेटे की मौत के शोक में डूबा डॉक्टर बैठा है। बीवी के भाग जाने से वह जमींदार शोकाकुल है।

डॉक्टर कहता है—तुम कितने निर्दयी हो, मुझे मेरे बेटे की लाश के पास से उठा लाए। तुम लोग हृदयहीन होते हो। जमींदार कहता है—डॉक्टर, मेरे दुख पर गौर कीजिए। मेरा सब कुछ लुट गया। मैं नहीं जानता था कि मेरी पत्नी बेवफा है और वह दोस्त उसका प्रेमी है। दोनों अपना दुख बड़ा बताना चाहते हैं। चेखव कहते हैं—समय निकलता जाएगा और तय होगा कि किसका दुख बड़ा था।

बहुत साल हो गए, मैंने मैक्सिम गोर्की की एक कहानी पढ़ी थी—'छब्बीस आदमी और एक लड़की'। एक छोटा-सा रोटी का कारखाना है जिसमें छब्बीस आदमी काम करते हैं। सब गन्दे, मरियल, निराश। पर उनके उस उदास जीवन में एक सुख का कारण भी है—मकान मालिक की जवान लड़की। कारखाना नीचे है और मकान मालिक का परिवार ऊपर रहता है। उस लड़की की झलक उन्हें तभी मिलती है जब वह जीने से नीचे उतरती है या ऊपर जाती है। वे सब खुश होकर सींखचों से उसे देखते हैं। बड़े प्यार से। वे छब्बीस और अलग-अलग भी उसे प्यार करते हैं। जब वे उसे इस तरह देखते हैं तो वह कभी-कभी कह देती है—सुअर।

एक दिन उन्होंने देखा, लड़की के साथ लड़का भी है, जो उसका प्रेमी है। उसे देखकर उससे जलते हैं। उन्हें लगता है कि हमारी प्रेमिका को इस आदमी ने छीन लिया है। जोर से गाली देते हैं आपस में और एक दिन वे सींखचों से देखते हैं कि वह लड़की उस लड़के से शादी करके चली जाती है। वे सब बहुत दुखी होते हैं, रोते हैं, बहुत निराश होते हैं।

एक और कहानी मेरे दिमाग में चमक उठती है। उसका नाम है—'वधू नगर में आती है'। एक छोटा-सा नगर है। उसके पास पहाड़ियाँ हैं। उन पहाड़ियों में एक जंगली आदमी रहता है। वह पूरी तरह सभ्य नहीं है पर बहुत ताकतवर है और उसके पास हथियार भी हैं। वह जब-तब बस्ती में आता है और उपद्रव मचाता है। नगर का पुलिस अफसर टाउन मार्शल कहलाता है। कई टाउन मार्शल इस जंगली को नियंत्रित करने की कोशिश में असफल हुए। जो नया मार्शल भेजा गया, वह बहुत योग्य माना जाता है। इसने उस जंगली को, जिसे लोग रॉबर्ट कहते थे, काफी नियंत्रित किया।

एक दिन मार्शल न्यूयॉर्क जाता है। वहाँ चार-पाँच दिन रहता है और शादी करके अपनी बीवी के साथ नगर लौटता है। रेलगाड़ी से उतरते ही लोग शिकायत करते हैं कि रॉबर्ट आया था और उसने बहुत उपद्रव किए। मार्शल अपनी बीवी के साथ धीरे-धीरे नगर में आता है। उधर से जंगली रॉबर्ट आता है। दोनों में आमना-सामना होता है। रॉबर्ट कहता है—हैलो मार्शल, आज अपना फैसला हो जाए। निकालो अपना रिवॉल्वर। मार्शल कहता है—मेरे पास रिवॉल्वर नहीं है। रॉबर्ट कहता है—इस बात पर कौन भरोसा करेगा कि तुम्हारे पास रिवॉल्वर नहीं है? तुम्हारे बिस्तर में रिवॉल्वर होता है। तुम बाथरूम में रिवॉल्वर लेकर जाते हो। निकालो रिवॉल्वर मैं बिना हथियार के आदमी को नहीं मारता।

इसी समय उसकी नजर मार्शल की बीवी पर पड़ती है। वह पूछता है—यह लड़की कौन है? मार्शल कहता है—वह मेरी बीवी है। रॉबर्ट काफी देर चकित रहता है। फिर कहता है—तो तुमने शादी कर ली है? यह तुम्हारी बीवी है? उसका तनाव घट जाता है। इस नई स्थिति को वह समझ नहीं पाता। वह बार-बार कहता है—तो शादी कर ली? हर बार उसका तनाव कम होता जाता है। फिर कहता है—तो तुमने शादी कर ली? और उसके हाथ-पाँव ढीले पड़ने लगते हैं। उसका शरीर शिथिल हो जाता है। वह भरी हुई आवाज में कहता है—तुमने शादी कर ली? वह रिवॉल्वर जमीन से उठाकर धीरे-धीरे शिथिल शरीर से पहाड़ियों में चला जाता है।

लेखक ओ. हेनरी की कुछ कहानियाँ पसन्द हैं। उसकी एक कहानी है—'जीवन का भँवरजाल'। एक किसान दम्पती है। गाँव में रहते हैं। दोनों में खटपट होती रहती है। एक दिन वे तय करते हैं कि वे तलाक ले लेते हैं। घोड़ा-गाड़ी में बैठ दोनों नगर में न्यायाधीश की अदालत में जाते हैं। पाँव डॉलर फीस देकर वे तलाक ले लेते हैं।

बाहर मैदान में आते हैं। किसान पूछता है—तू अब कहाँ जाएगी? किसान की बीवी कहती है—मैं अपने भाई के पास जाऊँगी। किसान कहता है—मैं तुम्हें वहाँ गाड़ी में छोड़ देता हूँ। स्त्री कहती है—क्यों? अब हमारे सम्बन्ध ही नहीं रहे। मैं पैदल जाऊँगी।

थोड़ी देर बाद स्त्री कहती है—गाय को घास खिला देना। और अलमारी में बचा हुआ खाना रखा है। गरम करके खा लेना। किसान कहता है—तुम्हें मेरी चिन्ता क्यों? अब हमारा कोई सम्बन्ध नहीं रहा। बड़ी देर दोनों बातें करते हैं और इस निश्चय पर पहुँचते हैं कि तलाक लेकर भूल की। उन्हें फिर शादी कर लेनी चाहिए।

अब सवाल है कि शादी की पाँच डॉलर की फीस कहाँ से आएगी? किसान घर जाते न्यायाधीश पर झाड़ियों में झपट पड़ता है। वह पाँच डॉलर का अपना दिया नोट छीन लेता है। दूसरे दिन वे फिर शादी कर लेते हैं।

न्यायाधीश उस नोट को पहचान लेता है और मुस्कुराता है। ऐसा है जीवन का भँवरजाल।

[नवम्बर, 1993]

चेखव की दो कहानियाँ

महान कहानीकार चेखव की कहानियाँ बार-बार गूँजती हैं। चेखव की कहानियों में गहरी संवेदना, जटिल मन:स्थितियाँ, विविध जीवन स्थितियाँ, बहुरंगी चरित्र हैं। उनमें गहरी पीड़ा है और व्यंग्य है। चेखव की कहानी इसीलिए बार-बार याद आ जाती है। उनके चरित्र हमें मिल जाते हैं। उन जैसी स्थितियाँ मिल जाती हैं।

अचानक चेखव की दो कहानियाँ मुझे याद आ गईं। एक बहुत मशहूर कहानी है—'क्लर्क' (मुंशी बाबू)। इस पर बहुत चर्चा हुई है और होती है। दूसरी कहानी कम जानी हुई है। इसे चेखव ने अपने संग्रहों में नहीं दिया था। यह उनके द्वारा 'रिजेक्टेड' कहानी जैसी है। चेखव एक पत्र में विनोद स्तंभ लिखते थे। तरह-तरह के विषयों पर विनोद करते थे। एक विनोद लेख में एक विशेषज्ञ बताता है कि

किसी स्त्री को उसके पति के मारफत ही कैसे पटाना चाहिए—'अजगर और खरगोश।' ऐसे हलके-फुलके विषयों पर वे मनोरंजक लिखते थे। इन विनोद रचनाओं को चेखव ने हलका-फुलका समझकर, अपने संग्रहों में स्थान नहीं दिया था। बाद में इनका संग्रह छपा। अंग्रेजी में उसका नाम है—'दि अननोन चेखव'। इसमें एक कहानी है जिसका हिन्दी नाम 'किराएदार' हो सकता है। अंग्रेजी में नाम है—'दी लॉजर' जो ज्यादा अर्थगर्भित है। इस कहानी पर लगभग ध्यान नहीं दिया गया।

क्या है इन दोनों कहानियों में? ये एक साथ क्यों कौंधीं? चेखव में गहरी संवेदना थी। उनकी कहानियों में विषाद भी है और व्यंग्य भी। जीवन की अनगिनत स्थितियों को चेखव ने लिया है। इन दोनों कहानियों—'क्लर्क' और 'दि लॉजर' में जो पात्र हैं, उनके व्यवहार पर हँसी आती है। पर उनका जीवन एक त्रासदी है। चेखव़ की संवेदना और व्यंग्य क्षमता पर बाद़ में लिखूँगा। अभी इन दोनों कहानियों के बारे में।

क्लर्क नाट्यगृह में बैठा नाटक देख रहा है। उसके ठीक सामने ऊपर दर्जे में उसका साहब बैठा है। क्लर्क वहाँ भी दबा-दबा सा बैठा है। क्लर्क को जुकाम है। उसे छींक आती है। साहब की चाँद निकली है। क्लर्क को भ्रम होता है कि उसकी छींक के छींटे साहब की चाँद पर गिर गए होंगे और साहब नाराज हो गया हो। वह घबड़ाता है। मध्यान्तर में वह साहब के पास जाता है और क्षमा माँगता है—साहब, मुझे क्षमा कर दीजिए। मैंने जान-बूझकर वैसी हरकत नहीं की। मुझसे गलती हो गई। मुझे जुकाम हो गया है। साहब गुस्से में कहता है—क्या फालतू बकते हो? भागो। अब क्लर्क समझता है कि छींटे जरूर गिरे हैं। साहब काफी नाराज हैं। वह घबड़ाया हुआ बैठा रहता है। जब नाटक खत्म होता है, तब वह फिर साहब के पास जाकर क्षमा माँगता है—साहब, नाराज मत होइए। जान-बूझकर मैंने हरकत नहीं की। आप मुझे माफ कर दीजिए। साहब ज्यादा नाराज होकर कहता है—बदतमीज, तुम बार-बार परेशान क्यों करते हो? हट जाओ यहाँ से!

अब क्लर्क को विश्वास हो जाता है कि छींटे जरूर लगे हैं और साहब नाराज भी बहुत हैं। रात को उसे घबड़ाहट में नींद नहीं आती। वह पत्नी से कुछ नहीं कहता। सुबह वह दफ्तर पहुँचते ही साहब के कमरे में जाता है। और फिर माफी माँगता है—सर, मेरी कोई गलती नहीं। मैंने जान-बूझकर वह हरकत नहीं की। माफ कर दीजिए। साहब चिल्लाता है—तुमने रात को भी परेशान किया और अब फिर आ गए? निकल जाओ! क्लर्क और घबड़ाता है। दोपहर के भोजन की छुट्टी में वह फिर जाता है और गिड़गिड़ाना शुरू करता ही है कि साहब कहता है—तुम फिर आ गए? तुम्हारा क्या दिमाग खराब हो गया है? निकल जाओ! वह निकल जाता है। छुट्टी होने पर वह फिर साहब के कमरे में जाता है। उसे देखते ही साहब

चिल्लाता है—तुम मेरे पीछे पड़ गए? चपरासी, इसे धक्का देखकर बाहर निकाल दो! चपरासी उसे निकाल देता है।

क्लर्क किसी से नहीं कहता। वह घबड़ाता हुआ घर की तरफ चलता है—साहब की चाँद पर जरूर छींटे पड़े हैं। वह बहुत नाराज है। वह मुझे नौकरी से निकाल देगा। तब क्या होगा? मेरी बीवी और बच्चों का क्या होगा? वे तो भूखे मर जाएँगे। मैं उन्हें इतना प्यार करता हूँ। चलता जाता है और घुटता जाता है।

घर पहुँचता है। बीवी-बच्चों को देखता है। इनका क्या होगा? मैं तो नौकरी से निकाल दिया जाऊँगा।

वह पत्नी से कुछ नहीं बताता। एक गिलास पानी माँगता है। पानी पीता है और मर जाता है।

कहानी की खूबसूरती और तकनीकी विशेषता अद्‌भुत है। आरम्भ में यह मनोरंजक स्थितियों वाली कहानी है। क्लर्क का भ्रम कि मेरी छींक साहब की चाँद पर पड़ गई है, विनोद पैदा करता है। फिर बार-बार क्लर्क का साहब के पास जाना और माफी माँगना, साहब का डाँटना—सब विनोद की स्थितियाँ हैं। मगर विषाद? अन्त तक पाठक हलके मन से यह सोचता है कि घबड़ा गया है। एक-दो दिन में ठीक हो जाएगा। क्लर्क न शिकायत करता, न चीखता, न हाय-तौबा करता। बस—एक गिलास पानी पीता है और मर जाता है। चीखने-चिल्लाने वाला अन्त इतना गहरा विषाद नहीं देता।

क्या टिप्पणी है तीखी अमानवीय-नौकरशाही पर! इस नौकरशाही में क्लर्क यह नहीं कह सकता है कि वह किस बात की माफी माँग रहा है और साहब के पास पाँच सेकंड नहीं हैं, यह पूछने के लिए कि तू किस बात की माफी माँग रहा है।

दूसरी कहानी याद आती है—किराएदार (दि लॉजर) की। एक पोस्टमास्टर है। वह, पत्नी और बच्चे मामूली हैसियत से रहते हैं। उसकी पत्नी के पिता की मृत्यु हो जाती है और वह बहुत-सी जायदाद की मालकिन हो जाती। वह पति से कहती है कि अपने पास अब वह बहुत पैसा है। तुम नौकरी छोड़ दो। हम कहीं पर्यटन-स्थल पर होटल खोलेंगे। तुम नौकरी छोड़ दो।

वह नौकरी छोड़ देता है। वे एक होटल खोलते हैं। मालकिन पत्नी है। पति होटल का प्रबन्ध सँभालता है। मालकिन होने के नाते पत्नी उस पर रौब-ग़ालिब किए रहती है। पोस्टमास्टर साहब दबे-दबे रहते हैं पर अपनी इस हीनता को दबाकर मुसाफिरों और किराएदारों पर रौब ग़ालिब करते हैं। होटल के दफ्तर से पत्नी की डाँट खाकर वे होटल में रहने वालों को डाँटने निकल पड़ते हैं।

एक वायलिनवादक है, जो चर्च में संगीत देता है। वह एक कमरे में किराए में रहता है। एक शाम वह चर्च से लौटता है तो उसे अपने कमरे के सामने मालिक

मिल जाते हैं। वह उन्हें 'चाचा' कहता है। वह कहता है—कहिए चाचा, क्या हाल है? मालिक एकदम भड़कते हैं। कहते हैं—क्या हाल है? तुमने तीन हफ्ते से चुकारा नहीं दिया। इसी वक्त पैसे दो।

—चाचा, कमरा तो खोलने दीजिए। वह कमरा खोलता है। दोनों भीतर आ जाते हैं। मालिक कहता है—मैं किराया लेकर ही जाऊँगा। तुम मुझे समझे क्या हो? मैंने अच्छों-अच्छों को ठीक कर दिया है।

—हाँ, चाचा, दूँगा किराया। आप बैठिए तो।

—बैठूँगा नहीं। सामान बाहर फेंक दूँगा। अभी किराया दो।

संगीतकार वोदका (शराब) की बोतल खोलता है। मालिक बैठ जाता है। संगीतकार एक पैग शराब उन्हें देता है, एक खुद लेता है। चाचा शराब गटककर कहते हैं—मुझे इस तरह बहलाओ मत। किराया दो। निकालो पैसा।

—हाँ, हाँ, चाचा, दूँगा किराया।

मालिक बड़बड़ाता रहता है। संगीतकार एक पैग शराब और देता है। नशा चढ़ने पर मालिक का 'मूड' बदलता है। पर वह पैसा माँगता है।

संगीतकार कहता है—चाचा, आप और मैं एक सरीखे हैं। फर्क इतना ही है कि मुझे किराया देना पड़ता है और आपको किराया नहीं देना पड़ता क्योंकि आप मालकिन के पति के पद पर हैं। पर इससे क्या? मैं भी किसी स्त्री के पति के पद पर हो सकता हूँ।

मालिक की मन:स्थिति और बदलती है। वह कहता है—मेरी भी अच्छी नौकरी थी। मैंने नौकरी छोड़कर गलती की। यहाँ पर रहने वाले मेरे बारे में क्या कहते हैं? संगीतकार कहता है—वही जो आप सोचते हैं (जोरू का गुलाम)।

मालिक को थोड़ी शराब और दी जाती है। वह कहता है—किसी पर निर्भर होना भी कितना बुरा है। वह मेरा अपमान करती है। मुझे डाँटती है। मेरे बच्चे भी मेरे नहीं रह गए। ऐसी बेशर्मी की जिन्दगी मुझे जीना पड़ती है। मैं बहुत अभागा आदमी हूँ।

वायलिनवादक कहता है—कोई बात नहीं चाचा। आप दुख मत कीजिए। आप आखिर होटल के मालिक हैं। इतनी सम्पत्ति है आपकी।

मालिक कहता है—सम्पत्ति क्या मेरी है? मैं तो एक मामूली नौकर हूँ। अच्छा होता कि पोस्टमास्टर ही रहता।

मालिक रोने लगता है। वायलिनवादक उसे समझाता है। कहता है—चाचा, मैं पूरा किराया कल चुकता कर दूँगा।

मालिक कहता है—नहीं, नहीं, उस कुतिया को एक कोपेक भी मत देना।

इस कहानी में पात्र वह है जिस पर लोग हँसते हैं और मजा लेते हैं—जोरू का गुलाम। पाठक भी उसकी स्थिति पर पहले हँसेगा। उसके दब्बू और रौबीले दो रूपों

पर हँसेगा। पर अन्त में वह सहानुभूति देगा। पति पति है, मगर जायदाद मालिक की नहीं होकर उसकी पत्नी की है। सम्पत्ति पर अधिकार यह कर देता है कि बेचारे की हालत एक नौकर सरीखी हो जाती है। वह हुक्म बजाता है। एक अपमान की जिन्दगी जीता है। जब पोस्टमास्टर था, तब वेतन कमाता था। तब वह परिवार का मालिक था। अब उसकी पीड़ा मन को छू जाती है।

[मार्च, 1990]

डिकन्स के दिलचस्प पात्र

चार्ल्स डिकन्स ने कुछ ऐसे दिलचस्प चरित्रों का निर्माण किया है कि वे मानस में स्थायी स्थान बना लेते हैं। कुछ तो कहावत के रूप में प्रयुक्त होने लगे। जैसे फक्कड़ मिस्टर मिकाबर। कल की चिन्ता न करने वाले, जीविकाविहीन फक्कड़ आदमी को लोग मिस्टर मिकाबर कह देते हैं। चार्ल्स डिकन्स का उपन्यास 'डेविड कापर फील्ड' श्रेष्ठतम उपन्यासों में माना जाता है। बड़ी सरल कथा है किसान के बेटे डेविड की। परिवार का नाम कापर फील्ड है।

किसान बेटे को एक गाड़ी में पढ़ने कुछ दूर भेजता है। गाड़ी वाला बार्किस दिलचस्प आदमी है। डेविड के घर काम करनेवाली पेगटी से वह प्यार करता था। पर वह इतना शर्मीला है कि प्रेम प्रगट नहीं कर सकता। वह डेविड की मदद लेता है। डेविड जब छुट्टियों में घर आता है तब वह उससे कहता है कि पेगटी से कह देना—बार्किस इज विलिंग यानी पेगटी से कह देना कि बार्किस राजी है। यह प्रेम प्रस्ताव है।

एक दिन बार्किस झेंपता-झेंपता पेगटी के घर उपहार लेकर जाता है। एक रूमाल में दो सन्तरे। वह वहाँ बैठता है, पर उपहार देने का साहस उसमें नहीं है। वह रूमाल वहीं छोड़ आता है। मान लेता है कि वह समझ जाएगी

ये बार्किस इतने कहावत सरीखे हो गए कि एक आदमी कहता है—फिल्म चलोगे? तो दूसरा मंजूरी जताता है। बार्किस इज विलिंग। यह बोलचाल में पढ़े-लिखे लोगों में होता है।

डेविड ग्राम स्कूल में पढ़ता था। ये प्राइवेट स्कूल, क्रूरता के अड्डे थे। पढ़ाना कम, मारना अधिक। डेविड घबड़ा गया। बड़े लड़के छोटों को तंग करते। डेविड स्कूल छोड़कर भागा। उसकी एक सनकी चाची थी। डेविड के जन्म के समय वह आई थी। पर यह जानकर कि लड़का हुआ है, नाराज होकर लौट गई। वह लड़की चाहती थी। वह एक गाँव में खेती करती थी। उसका एकमात्र मित्र था—मिस्टर डिक। डेविड फाटक पर पहुँचा तो पहले तो उसकी चाची ने डाँटकर कहा—भाग यहाँ से! तू क्यों आया? डेविड ने अपनी दुखभरी कहानी सुनाई तो सनकी बुढ़िया ने उसे भीतर आ जाने दिया। तभी मिस्टर डिक आ गए। बुढ़िया ने पूछा—मिस्टर डिक, डेविड के लिए क्या किया जाएगा? मिस्टर डिक बोला—डेविड के लिए नए कपड़े बनवाए जाएँगे। बुढ़िया बोली—मिस्टर डिक, फिर क्या किया जाएगा? मिस्टर डिक ने कहा—डेविड को स्कूल में भर्ती कराया जाएगा। डेविड पास में ही एक स्कूल में पढ़ने लगता है।

आगे चलकर फिर असाधारण पात्र आता है, जो खलनायक है—यूरिया हीप। लम्बा, झुके कन्धे, कुरूप चेहरा, शैतानी भरी आँखें। यूरिया हीप बड़ा षड्यंत्रकारी है। वह हर तरह की कुटिलताएँ करता। वह स्कूल और हेडमास्टर की लड़की पर अधिकार चाहता है। वह सफल नहीं होता है। बार्किस, चाची सनकी, यूरिया हीप—इन सबसे विचित्र है मिस्टर मिकाबर। वह अद्भुत व्यक्ति है। बीवी है, बच्चे हैं, पर जीविका का कोई निश्चित आधार नहीं। पता नहीं, वह कैसे परिवार को पालता है!

मिकाबर परम आशावान है। बड़ी कठिनाई में भी वे हँसते रहते हैं। उनका प्रेरणा वाक्य है—समथिंग विल टर्न अप—यानी कुछ हो ही जाएगा। यह वाक्य वे हमेशा बोलते थे। यह वाक्य उनका जीवन मंत्र था। एक दिन डेविड ने उन्हें परिवार समेत एक गाड़ी में बैठकर जाते देखा। डेविड ने पूछा—मिस्टर मिकाबर, आप कहाँ जा रहे हैं? मिकाबर ने हँसते हुए कहा—सिविल जेल। समथिंग विल टर्न अप। और हँसते हुए वह अनन्त आशावान जेल की तरफ चल दिया। किसी से पैसा उधार लिये होंगे और पटाए नहीं होंगे, नतीजे में सिविल जेल हो गई। ये सब पात्र डेविड कापरफील्ड उपन्यास के हैं। डिकन्स ने बहुत लिखा है।

उपन्यास 'टेल ऑफ टू सिटीज'—यह बनावटी है। दो आदमियों की सूरत की समानता को कथा का आधार बनाया गया है। जैसे आस्कर वाइल्ड ने एक आदमी

और गुण 'अर्नेस्ट' को लेकर नाटक लिख दिया। इस उपन्यास में फ्रांसीसी क्रान्ति के नेता हैं। इसमें डिकन्स ने एक विशिष्ट पात्र निर्मित किया है—मैडम द फार्ग। यह स्त्री काफी हाउस के काउंटर पर बैठी-बैठी बुनाई करती रहती है। पर वास्तव में वह क्रान्ति की नेता है जो चारों तरफ देखती, सुनती है और क्रान्तिकारियों को खबर भेजती है। उपन्यास में क्रान्ति का सबसे बड़ा और सबसे क्रूर नेता राब्सपीअरे भी है।

स्टालिन के जमाने की सख्ती के बारे में बहुत प्रकाशित हो चुका। लेखकों को स्वाधीनता नहीं थी। एक युवा कवि युवेतोशेंको था। वह ख़ुश्चेव के जमाने में भी था। उसने अपने संस्मरणों की किताब लिखी है—मैं कविता लिखकर सम्पादक को भेजता था। वह छपकर आती तो मैं देखता कि अन्त में एक पद जोड़ दिया है। वह मैंने नहीं लिखा था। मैं सम्पादक से पूछता कि यह पद मैंने नहीं लिखा था, यह कैसे जोड़ दिया गया है ? सम्पादक कहता—यह मैंने जोड़ा है। यदि नहीं जोड़ता तो तुम भी जेल में होते और मैं भी। उसी ने लिखा है, मैं प्रकाशक की दुकान पर रॉयल्टी लेने गया। उसने बहुत रूबल दिये। मेरी मुट्ठी नोटों से भरी थी। तभी एक युवक और युवती वहाँ आए। युवक ने प्रकाशक से कहा—मेरी प्रेमिका की माँ की मृत्यु हो गई है। कोई ऐसी पुस्तक दो जिसे पढ़कर उसे राहत मिले। प्रकाशक ने मेरी पुस्तक उठाकर उसे दे दी। उसने नाम देखा और वापस करते हुए कहा—अरे इस कवि में क्या धरा है! बेकार है। मेरी मुट्ठी में रॉयल्टी के ढेर सारे नोट थे पर उस युवक की बात सुनकर लगा कि वे काँटे हैं। मेरी कविता में कुछ नहीं धरा है। मेरी कविता किसी को राहत नहीं दे सकती। फिर क्या लाभ ऐसी कविता लिखने से ? मैं रात-भर बोल्गा नदी के किनारे घूमता रहा और सारे रूबल्स नदी में फेंक दिये। स्तालीन के बाद जब ख़ुश्चेव सत्ता में आया और उदारता लाया, तब युवेतोशेंको ने कविता फिर लिखना शुरू कर दिया। वह तरुण था और एक तरुण युवा पीढ़ी कवियों की पैदा हुई। गोर्बाचोव ने भी आरम्भ में कहा था कि यदि ख़ुश्चेव को सुधार करने दिया जाता तो आज यह विस्फोट नहीं होता। कहा जाता है कि रूस में अफसरशाही बहुत सख्त थी।

मैंने ख़ुश्चेव के जमाने में इस पर एक छोटा उपन्यास पढ़ा। उपन्यास का नाम है—'सड़क के गधे'। कहानी यह है—को-ऑपरेटिव का ट्रक एक नियत स्थान पर आकर रुकता है और उस पर ड्राइवर-कंडक्टर पैसे लेकर सवारियाँ बैठा लेते हैं। यह ठीक हमारे देश जैसा हुआ, जहाँ सरकारी ट्रक पर पैसे लेकर सवारी बैठा लेते हैं। बैठने वालों में एक लेफ्टिनेंट और उसकी पत्नी भी हैं जो युवा हैं। दोनों में मतभेद है, यह शुरू में ही मालूम हो जाता है। सड़क पर बड़े-बड़े गड्ढे हैं। खूब पानी भी बरसा है। इस सड़क पर ट्रक चलता है। दकचे खाता है, हिलता-डुलता है और एक जगह जाकर पलट जाता है। काफी लोग घायल हो जाते हैं। उनमें एक

बहुत घायल है। बाकी लोग सोचते हैं, इसे कैसे बचाया जाए? लेफ्टिनेंट भी बहुत व्यस्त है परन्तु उसकी पत्नी कहती है कि तुम्हें क्या लेना-देना!

कुछ दूरी पर अस्पताल है जहाँ बहुत अच्छा सर्जन है पर प्रश्न है कि इस घायल को सर्जन के पास कैसे ले जाएँ? पास में एक को-ऑपरेटिव फार्म है। कुछ लोग वहाँ जाते हैं। को-ऑपरेटिव फार्म के मैनेजर से कहते हैं कि आप फार्म का ट्रैक्टर दीजिए, हम उस पर कपड़े बिछाकर इस घायल को लिटाकर जल्दी सर्जन के पास पहुँचा देंगे। फार्म का मैनेजर कहता है—ट्रैक्टर नहीं दूँगा। ट्रैक्टर खेती के लिए है। वह दूसरे काम नहीं आ सकता। लोग गिड़गिड़ाते हैं कि दीजिए, पर मैनेजर कठोरता से कहता है—नियम है कि ट्रैक्टर खेती के लिए है। वे लोग कहते हैं—क्या आदमी की जान बचाने के लिए भी नहीं है? मैनेजर कहता है—नहीं है।

एक घोड़ागाड़ी में आखिर वे लोग उस घायल को डालते हैं और दचके खाते हुए बड़े धीरे-धीरे उसे सर्जन के पास ले जाते हैं। सर्जन घायल को देखता है। कहता है—यह तो थोड़ी देर पहले ही मरा है। क्या तुम इसे किसी तेज वाहन में आराम से नहीं ला सकते थे? इसके प्राण बच जाते। वे लोग कहते हैं कि हमने को-ऑपरेटिव फार्म के मैनेजर से ट्रैक्टर माँगा था पर उसने कह दिया कि ट्रैक्टर खेती के लिए है, इस काम के लिए नहीं। सर्जन कहता है—जो कि उपन्यास के भी आखिरी शब्द हैं और ये व्यवस्था पर कड़ी टिप्पणी हैं।

सर्जन कहता है—मैनेजर नौकरशाह है जो हत्यारा हो गया है। यह उपन्यास ख़ुश्चेव के जमाने में छपने दिया गया और स्टालिन के जमाने की अफसरशाही, नौकरशाही का चित्र प्रस्तुत करता है।

[मार्च, 1994]

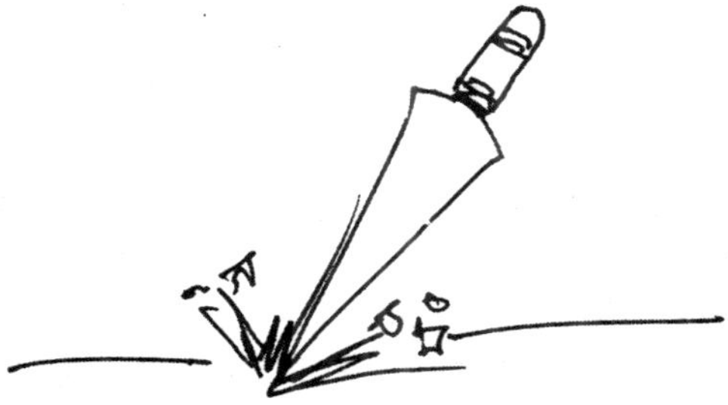

दोस्तोवस्की, मुक्तिबोध के प्रसंग में

एक लम्बे साक्षात्कार के दौरान मुझसे पूछा गया—रूसी लेखक दोस्तोवस्की और मुक्तिबोध—दोनों त्रासद स्थितियों से गुजरे, दोनों ने बहुत कष्ट भोगे, हमेशा असुरक्षित रहे। ऐसा ही जीवन आपका रहा। फिर आपने दोस्तोवस्की और मुक्तिबोध जैसा क्यों नहीं लिखा? उनके जैसा भयावह अवसाद और कुत्सा आपके लेखन में क्यों नहीं है? आपने अनायास या सायास उन त्रासद स्थितियों को मखौल और व्यंग्य में क्यों उड़ा दिया? कैसे उड़ा दिया? मैंने इस सवाल का जवाब दे दिया।

मगर तुलना अक्सर गलत होती है। दोस्तोवस्की और मुक्तिबोध में अन्तर है। यह सही है कि दोस्तोवस्की ने रूसी समाज के और मनुष्य के मन में अँधेरे से अँधेरे कोने देखे थे और उनका तकलीफदेह चित्रण किया था। गरीब, भुखमरे, पददलित, अन्यायपीड़ित, ठंड से ठिठुरते, जिनकी आत्मा मर चुकी है, जो पागल हो गए हैं,

नीच हो गए हैं, दयनीय हैं पर क्रूर हो गए हैं, पतित हो गए हैं। इनकी आशा मर चुकी है। ये जड़ हो गए हैं। अपने दुख को नियति मानकर ये सहे जा रहे हैं और मजबूरन जिए जा रहे हैं। इन्हें न क्रोध आता और न ये प्रयत्न और संघर्ष करना चाहते हैं। हद दर्जे की पतनशीलता। 'स्टिल लाइफ' जैसा चित्रग दोस्तोवस्की ने किया है। पढ़कर मन अवसाद से भर जाता है। दूसरा उच्चवर्ग अत्याचारी, सम्पन्न, शोषक, हृदयहीन है जो इन्हें मुर्दे समझता है। हर जमींदार जनरल के पास सैकड़ों गुलाम हैं। इनसे चाबुक मारकर काम कराया जाता है।

दोस्तोवस्की संवेदनशील है। दुखी है। 'ईडियट' उपन्यास में जिसका नायक प्रिंस मिश्किन है, जो काफी हद तक दोस्तोवस्की ही है, प्रिंस मिश्किन से हर दुखी को सुखी बनाने का प्रयत्न करवाता है। प्रिंस मिश्किन बहुत संवेदनशील, दयालु, सबका भला चाहने वाला अव्यावहारिक भला आदमी है। सीधा है। जटिलताएँ नहीं समझता। वह एक जमींदार की दुखी रखैल से शादी करके उसे सुखी करना चाहता है। पर वह स्त्री आस्था खो चुकी है। अर्द्ध विक्षिप्त है। वह दूसरे के साथ भाग जाती है।

प्रिंस मिश्किन एक जनरल जमींदार के यहाँ काम करता है। जनरल की तीन लड़कियाँ हैं। सबसे छोटी एगलाइया सबसे सुन्दर है। पर बड़ी अहंकारिणी है। प्रिंस मिश्किन उसके प्रति आकर्षित है। एगलाइया उसके भोलेपन और गुणों के कारण उस पर ध्यान देती है। उसका बचाव करती है। वह उसे श्रेष्ठ मनुष्य मानती है। पर यह श्रेष्ठ मनुष्य बीमार है। उसे मिर्गी के दौरे आते हैं। एक पार्टी में जब प्रिंस की हरकत पर लोग हँसते हैं, तब एगलाइया चिल्लाती है—तुम इन लोगों की परवाह मत करो। ये उस रूमाल को उठाने योग्य भी नहीं हैं, जो तुम्हारे हाथ से गिर गए हो।

एक दिन जब परिवार पार्क में होता है, एगलाइया प्रिंस से कहती है—कल तुम मुझे इसी समय इसी जगह मिलो। प्रिंस न जाने क्या-क्या सोचता दूसरे दिन पार्क में एगलाइया से मिलता है। एगलाइया उसे कहती है—देखो, तुम समझते हो कि मैं सुखी हूँ। मगर मैं एक बोतल में बूँद दूँ, इस हवेली की। मेरी शादी कर दी जाएगी और मैं एक बोतल से दूसरे बोतल में बन्द हो जाऊँगी। मैं इस बोतल से निकल जाना चाहती हूँ। इसमें तुम मेरी मदद करो। इसका यह अर्थ मत लेना कि मैं तुमसे शादी करूँगी। कैसी त्रासद स्थिति है। प्रिंस उससे प्रेम करता है, पर एगलाइया उससे सिर्फ भागने में मदद माँगती है।

पिता की वसीयत से प्रिंस मिश्किन को बहुत धन मिल गया था। वह गरीब नहीं रहा। सम्पन्न और भले आदमी की यह त्रासदी है। पूरे उपन्यास 'महामूर्ख' में प्रिंस मिश्किन को ऐसी त्रासदियाँ भोगनी पड़ती हैं। वह सीधा है, प्रपंच नहीं जानता, सबका भला करना चाहता है—इसीलिए महामूर्ख है।

दोस्तोवस्की के ये गरीब, पीड़ित, दलित, अत्याचार के शिकार लोग अपनी नियति को स्वीकार कर लेते हैं। रोते हैं, पर बदलने का प्रयत्न नहीं करते। विद्रोह, संघर्ष नहीं करते। फिर क्या राहत देते हैं दोस्तोवस्की इन्हें? कौन-सा रास्ता? ईसाई कैथोलिक विश्वास। 'अपराध और दंड' उपन्यास में एक युवा रस्खोल्नीकोव जेल में है। एक लड़की भी जेल में है। वे दोनों मोमबत्ती जलाकर प्रभु से प्रार्थना करते हैं। भाग्यवाद। प्रभुकृपा। मनुष्य कर्म-संघर्ष कुछ नहीं।

दोस्तोवस्की जैसे ईसाई विश्वासी लोग मानते हैं कि ईश्वर की शक्ति है तो उसके विरोधी शैतान की भी शक्ति है। दुख शैतान की शक्ति का परिणाम है। इसे प्रभु नष्ट कर देंगे।

रूस में उस समय कोई सामाजिक परिवर्तन का आन्दोलन था ही नहीं। कुछ अराजकतावादी और निहिलिस्ट थे, मगर ये नकारात्मक थे। ताल्सताय भी पक्के ईसाई थे हालाँकि चर्च के और पादरियों के पाखंड और ढोंग के कटु आलोचक थे। ताल्सताय बहुत संवेदनशील थे। चिन्तक भी थे। अहिंसा, सत्य और हृदय-परिवर्तन में उनका विश्वास महात्मा गांधी की तरह ही था। शायद गांधी पर उनका प्रभाव था। गांधीजी ताल्सताय को चिट्ठी के अन्त में लिखे थे : योर मोस्ट ओबिडिएंट प्यूपिल—एम.के. गांधी। ताल्सताय ने सुधार और परिवर्तन के लिए हृदय-परिवर्तन का प्रयोग किया। उनके उपन्यास 'पुनर्जीवन' में नायक एक बड़ा जमींदार नेख्लुदोव है। अपनी मौसी के यहाँ वह नौकरानी की लड़की से संभोग करता था। वह तो शहर लौट आता है। उधर लड़की को बच्चा हो जाता है। वह शहर आती है और वेश्या हो जाती है। वह एक व्यापारी को जहर देकर मार डालने के आरोप में अदालत में पेश की जाती है। नेख्लुदोव एक जूरी है। वह उसे पहचान लेता है। उसे अपने किए पर पछतावा होता है। उसका हृदय-परिवर्तन होता है। वह जेल में उस लड़की से मिलने जाता है। उसे सान्त्वना देता है। यह उसके लिए बेकार है। वह दस रूबल माँगती है और उनकी शराब पी जाती है। नेख्लुदोव जमींदारी नौकरों को बाँट देता है। लड़की को साइबेरिया भेजने की सजा होती है। वह साथ-साथ वहाँ भी जाता है। साइबेरिया के कैदियों की हालत सुधारने की कोशिश करता है पर कुछ नहीं होता। वह लौटकर जेल के कैदियों की हालत सुधारने की कोशिश करता है पर कुछ नहीं होता।

ये व्यक्तिगत प्रयत्न थे। गांधी समझते थे कि ताल्सताय के उद्देश्य और भावना अच्छी है, पर व्यक्तिगत प्रयत्न से परिवर्तन नहीं होता। वह जनआन्दोलन से होता है। इसीलिए उन्होंने जनआन्दोलन चलाए।

आरम्भ में मुक्तिबोध का नाम आया है। मैं दोस्तोवस्की और मुक्तिबोध की तुलना नहीं करता। तुलना हो भी नहीं सकती। इतना बताना जरूरी है कि मुक्तिबोध दुरवस्था को स्वीकार नहीं करते। वे आशा नहीं खोते। वे मनुष्य के कर्म और

संघर्ष में विश्वास रखते हैं। उनका विश्वास मार्क्सवाद में था। मार्क्सवाद परिवर्तन की प्रेरणा देता है और संघर्ष के लिए प्रोत्साहन देता है। उनकी एक कविता 'भूल गलती' की ये पंक्तियाँ पेश करता हूँ :

वह कैदकर लाया गया ईमान,
सुलतानी निगाहों में निगाहें डालकर
बेखौफ नीली बिजलियों को फेंकता खामोश
उसको जिन्दगी की शर्म जैसी शर्त नामंजूर
लेकिन उधर उस ओर
कोई बुर्ज के उस तरफ पहुँचा
अँधेरी घाटियों के गोल-गोल टीलो वाले पेड़ों में
कहीं पर खो गया
मालूम होता है कि वह बेनाम
बेमालूम दरों के इलाके में
सचाई के सुबह के तेज अक्सों के धुँधलके में
मुहैया कर रहा लश्कर
हमारी हार का बदला चुकाने आएगा
संकल्पधर्मा चेतना का रक्तप्लावित स्वर
हमारे ही हृदय का गुप्त स्वर्णाक्षर
प्रकट होकर विकट हो जाएगा।

दोस्तोवस्की ने गरीबों की दुर्दशा का मार्मिक चित्रण तो किया ही है, मध्य वर्ग का नंगापन भी उघाड़ा है और उच्च वर्ग की परजीविता ठाठ-बाट और अमानवीयकरण का भी पर्दाफाश किया है। 'मेरे चाचा का सपना' एक लघु उपन्यास है। एक छोटा शहर है। शहर का मेयर है। उसकी पत्नी रौबीली है और मेयर साहब की बोलती बन्द रहती है। एक लड़की है। वह एक शिक्षक से प्रेम करती है। उससे शादी करना चाहती है। तभी एक कर्नल पड़ोस की जमींदारी में आकर बस जाता है। उसकी बहुत जमीन-जायदाद है। पर कर्नल का शरीर जर्जर है। एक बीमार ढाँचा है। मेयर की पत्नी का ध्यान कर्नल और उसकी जायदाद पर जाता है। वह लड़की को सलाह देती है—तू इस कर्नल से शादी कर ले। यह जल्दी मर ही जाएगा। तब तू अपने प्रेमी से शादी कर लेना। कर्नल साहब का कोई अंग दुरुस्त नहीं है। वे नाम के लिए जीवित हैं। पर शादी की हवस बहुत है। उन्हें मेयर के यहाँ भोजन के लिए बुलाया जाता है। लड़की देखकर खुश होते हैं। शराब बहुत पी जाते हैं। उन्हें दस्त लगने लगते हैं। उन्हें होटल में रखा जाता है, जहाँ वे मर जाते हैं। उनका भतीजा आता है। उनके क्रियाकर्म करता है और जायदाद का मालिक बन जाता है।

दोस्तोवस्की की जिन्दगी ही ऐसी थी। उसकी मानसिकता और दृष्टि उन काले अनुभवों से बनी जिनसे वह गुजरा था। जालिम जारशाही थी। उसके बड़े भाई को फाँसी हो गई थी। खुद उसे दस साल साइबेरिया में रहने की सजा मिली थी। वह टूटा हुआ लेनिनग्राड लौटा। उसे मिर्गी की बीमारी हो गई। चाहे जब दौरा आ जाता था। उसने अपनी सचिव से शादी कर ली जो उसके लिए वरदान साबित हुई। पर घोर त्रासदी यह कि हनीमून के बिस्तर में ही उसे मिर्गी का दौरा आ गया।

पर रचनात्मक ऊर्जा उसमें अपार थी। वह अपनी सचिव को लिखाता जाता था और किताबें प्रकाशित हो जाती थीं। रॉयल्टी काफी मिलती थी। पर उसे जुआ खेलने की आदत थी। रॉयल्टी के पैसे मिलते तो जिनीवा जुआ खेलने चला जाता। एक रात तो उसने पत्नी का ओवरकोट ही दाँव पर लगा दिया।

पर पत्नी ने उसे सँभाला। उसने लेनिनग्राड में अपना प्रकाशन-गृह खोला। मकान बनवाया। उनके दो बच्चे थे। परिवार का नियमित जीवन हो गया था। उसकी पुस्तकें घर में थीं। जीवन के अन्तिम वर्ष सुरक्षा और सुख से कटे। उसकी लोकप्रियता इतनी थी कि उसकी शवयात्रा में पचहत्तर हजार आदमी थे। तब लेनिनग्राड की आबादी अधिक नहीं थी। 'इडियट' (महामूर्ख) का नायक काफी हद तक दोस्तोवस्की जैसा है। ऐसा था यह ताल्सताय का 'ईविलजीनियस।'

[मई, 1993]

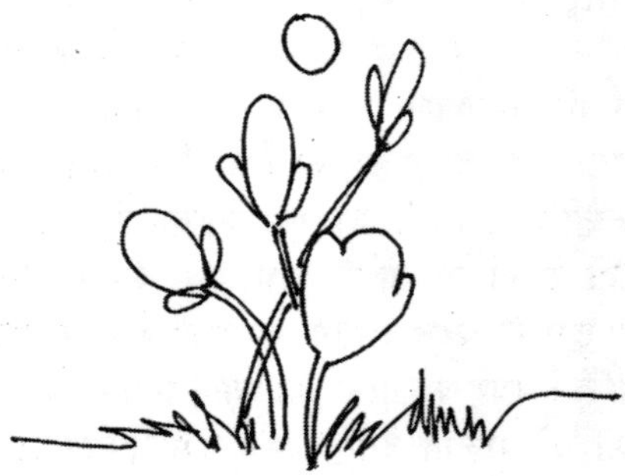

साहित्य में प्रसिद्ध कुछ नारियाँ

मेरी टाड ने अब्राहम लिंकन की लम्बी टाँगें देखीं। उनका चेहरा बाद में। एक राजनीतिक पार्टी का अधिवेशन एक बड़े हॉल में हो रहा था। वहाँ धींगा-मश्ती, उपद्रव हो रहे थे। अब्राहम लिंकन ऊपर के कमरे में एक साथी के साथ रहते थे। वह छह फीट से भी ऊँचा आदमी था। उन्होंने हँगामा सुना और धीरे-धीरे सीढ़ियों से उतरे और मंच पर आ गए। उन्होंने बुलन्द आवाज में कहा—मित्रो, यह एक लोकतंत्र है जिसमें हर एक को अपनी बात कहने का हक है। कोई किसी को रोक नहीं सकता। शान्ति से अपनी बात कहिए। पूरा मजमा शान्त हो गया, जैसे फौजी कमांडर का ऑर्डर हो!

युवती मेरी टाड भी उस पार्टी की सदस्य थी। उसने देखा कि लम्बी-लम्बी टाँगें उतर रही हैं और वह व्यक्ति मंच पर आ गया है और उसने देखा, खूब लम्बा और

तगड़ा आदमी था वह। छोटी-छोटी दाढ़ी थी। उसका चेहरा सुन्दर नहीं था। मेरी टाड का ध्यान बहुत देर उस पर टिका रहा।

इर्विन स्टोन ने एक पुस्तक लिखी—'लव इज इटर्नल'। यह पुस्तक अब्राहम लिंकन और मेरी टाड के बारे में है। लिंकन बाद में अमेरिका के राष्ट्रपति हुए। लम्बे प्रेम के बाद मेरी टाड ने उनसे शादी कर ली। मेरी टाड के बारे में कई लेखकों ने लिखा है। वह सुन्दरी थी। शक्तिशाली मन की थी। कुछ चिड़चिड़ी और अपनी मनवानेवाली थी। मेरी टाड और लिंकन एक ही पार्टी में थे—डेमोक्रेटिक पार्टी में। लिंकन का कट्टर विरोधी रिपब्लिकन नेता डगलस था। डगलस मेरी से प्रेम करता था पर इधर मेरी लिंकन के निकट आती जा रही थी। लिंकन और डगलस में जीवन भर लड़ाई चलती रही, राजनीति में भी और प्रेम में भी। अन्ततः लिंकन विजयी हुए। उन्होंने मेरी टाड से शादी भी की और राष्ट्रपति के चुनाव में डगलस को हराया भी।

इर्विन स्टोन ने लिखा है कि मेरी लिंकन के प्रति बहुत सच्ची थी और उससे बहुत प्रेम करती थी। यह सही है कि लिंकन कुरूप था। इर्विन स्टोन ने लिखा है कि दोनों में हार्दिक प्रेम था।

समय बीतता गया। मेरी का स्वभाव असहनशील और चिड़चिड़ा होता गया। लिंकन से उसकी बहुत लड़ाई होती थी। वह चीखती थी, चिल्लाती थी और गाली देती थी। एक दिन उसने गर्म पानी की बाल्टी लिंकन पर फेंक दी। वह राष्ट्रपति भवन के बाहर सड़क पर चीखती और चिल्लाती थी। उसके लड़के कहते थे कि हमारी माँ पागल हो गई है।

इर्विन स्टोन ने जहाँ तक हो सका, मेरी के इस पक्ष को सँभाला है। इसे भी प्रेम प्रगट करने का तरीका बताया। स्टोन का कहना है कि उसे सनक के दौरे जरूर आते थे पर प्रेम तो अमर है। लिंकन को थियेटर में जहाँ उनके दक्षिण के विरोधियों ने उन्हें गोली मारी तब उनके बगल में मेरी टाड थी। आश्चर्य होता है कि राष्ट्रपति की इतनी जिम्मेदारी लिये लिंकन शान्त कैसे रहते थे। वह काम कैसे कर पाते होंगे? सन्तुलन कैसे बनाए रखते होंगे? वास्तव में भीतर से लिंकन मन में बहुत ताकतवर थे। वह एक लकड़ी काटने वाले के लड़के थे। शक्ति और सहनशीलता उसने बचपन से ही सीख ली थी। बड़ी से बड़ी बात को वह हँसकर भूल जाते और अपने काम में लग जाते।

अमेरिका में बहुचर्चित हत्या के शिकार राष्ट्रपति जॉन एफ कैनेडी की पत्नी जैकलिन थी। वह इस तरह की बहुरंगी जिन्दगी जीती थी कि उस पर एक अच्छा उपन्यास लिखा जा सकता था। खबर है कि उसने अपनी आत्मकथा लिखी, परन्तु जैकलिन के बारे में अखबारों में, लेखों में बेहिसाब लिखा गया। कैनेडी के रहते चाहे कम लिखा गया हो पर उनकी हत्या के बाद अधिक लिखा गया। यह कहना

प्रासंगिक होगा कि जॉन एफ कैनेडी खुद कैसे आदमी थे। वे बहुत कामी और बहुत-सी स्त्रियों से सम्बन्ध रखते थे। शराबखाने और शराब देनेवाली लड़की से लेकर बड़ी एक्ट्रेस तक से उनके सम्बन्ध थे। पर जैकलिन पुरुषों के पीछे दौड़नेवाली महिला नहीं थी। उसकी दो महत्त्वाकांक्षाएँ थीं : एक राष्ट्रपति से शादी करना और दूसरा, बहुत-सा पैसा इकट्ठा करना। जैकलिन एक सामान्य परिवार की लड़की थी। वह काफी पढ़ी-लिखी थी। पहले वह एक प्रकाशक के यहाँ सम्पादिका की नौकरी करती थी। इसे छोड़कर वह पत्रकार हो गई। उस समय जॉन कैनेडी सीनेटरी थे। कैनेडी के ऑफिस में उसका जाना अक्सर होता था और यह सम्बन्ध मित्रता में बदल रहा था। अन्ततः जॉन कैनेडी के राष्ट्रपति होने के पहले ही उनका विवाह हो गया। अब जैकलिन कैनेडी एक महान देश की राजधानी वाशिंगटन में व्हाइट हाउस में रहने लगी और उसकी मलिका हो गई।

उन दिनों के बारे में बहुत जानकारी नहीं है। वह सुन्दरी थी, उसमें शक नहीं, पर उसके स्वभाव में पुरुषों को फँसाना नहीं था। कुछ मित्र उसके जरूर थे, पर साधारण। वह व्हाइट हाउस की व्यवस्था बहुत कुशलता से करती थी। उसने बहुत खर्चों में कटौती की, विशेषकर शराब। उसके साथ काम करने वाले कहते थे कि वह बहुत कंजूस है और पैसा जोड़ने में लगी रहती है।

कैनेडी के समय क्यूबा संकट आया। रूसी प्रधानमंत्री क्रुश्चेव ने क्यूबा में उसकी रक्षा के लिए मिसाइल लगा दिये। क्यूबा में क्रान्ति हुई थी और एक कम्युनिस्ट देश था। कैनेडी ने बदले में समुद्र में क्यूबा के चारों तरफ लड़ाकू विमान तैनात कर दिये। इनमें कुछ विमान फोटोग्राफी के लिए भेजे गए थे। ये फोटोग्राफ अमेरिका टीवी पर दिखाए जाते और उनमें मिसाइल साफ दिखती थी। अमेरिका इन्हें देखता और डर से काँपता। बाद में मजाक में क्रुश्चेव ने कहा कि वे मिसाइल असली नही थे, टीन के ढाँचे थे। तेरह रात-दिन अमेरिकी नागरिक डर के मारे नहीं सोए। डर था, विश्वयुद्ध छिड़ जाएगा और रूसी राकेट और मिसाइल अमेरिका के शहरों पर गिरेंगे। दोनों तरफ से समझौते की बातें चलने लगीं, मुख्य रूप से राष्ट्रपति का छोटा भाई एटार्नी जनरल राबर्ट कैनेडी बहुत सक्रिय था कि पहले क्यूबा की घेराबन्दी हटाओ और हमेशा के लिए क्यूबा की सुरक्षा का इकरारनामा करो। यह विषयान्तर हो गया पर इसका उल्लेख जरूरी था, यह अनुमान दिलाने के लिए कि जैकलिन उन दिनों कितनी परेशान होगी। आखिर रॉबर्ट कैनेडी ने रूसी दूतावास से, जो मास्को जा रहा था, कहा कि अपने प्रधानमंत्री को समझाओ कि मेरे भाई की जान खतरे में है। हमारे यहाँ अतिवादी उग्रवादी ताकतें हैं जो सी.आई.ए. में हैं, वे मेरे भाई की हत्या कर देंगे और युद्ध छेड़ देंगे। अन्ततः तेरहवें दिन सवेरे मास्को रेडियो से खबर आई कि समझौता हो गया और युद्ध नहीं हुआ। लोग सड़कों पर खुशी के मारे नाचने लगे। गले मिलने लगे।

अब जैकलिन के जीवन का दूसरा भाग शुरू होता है। वह और कैनेडी टेक्सास के दौरे पर थे और एक खुली कार में सड़कों पर धीरे-धीरे जा रहे थे। कहीं से एक गोली चली और कैनेडी मारे गए। कैनेडी की मृत्यु के तुरन्त बाद उपराष्ट्रपति जॉनसन ने राष्ट्रपति का कार्य ले लिया। जैकलिन अब व्हाइट हाउस के बाहर थी।

ग्रीस में कई जहाजों के मालिक रेस्टिवोल साक्रेटीज ओनासिस अपनी बेहिसाब दौलत के साथ रहते थे। उसके दो शौक थे—पैसा और स्त्री। ओनासिस के मित्रता के सम्बन्ध कैनेडी के परिवार से पहले ही थे। कैनेडी परिवार कहने से अधिक ठीक होगा यह कहना कि उसकी मित्रता जैकलिन से थी। जैकलिन बच्चों के साथ छुट्टियाँ मनाने ग्रीस जाया करती थी। इधर ओनासिस की इच्छा थी कि इस देश के राष्ट्रपति की विधवा से शादी की जाए लेकिन जैकलिन के मन में उसकी अपार सम्पत्ति थी। अन्ततः दोनों की शादी हो गई। ओनासिस बूढ़ा और कुरूप था। शादी क्या हुई, एक तरह का सौदा हुआ। इस तरह की बातें लिखी थीं कि जैकलिन को खर्च के लिए इतने डॉलर दिये जाएँगे। दो—बच्चों को अलग से पैसा दिया जाएगा। तीन—ओनासिस की लड़की और जैकलिन में पैसों का बँटवारा इस तरह से होगा। यहाँ तक लिखा था कि महीने में सिर्फ दस दिन ओनासिस जैकलिन के कमरे में सोएगा।

सूरदास ने कृष्ण और राधा के पहले मिलन पर लिखा था :

'चतुर चतुर की भेंट भई।' यहाँ ग्रीस में इन दो चतुरों में पैंतरेबाजी चलने लगी। जैकलिन सोचती रही कि उसे इतने डॉलर मिलेंगे पर ओनासिस कुछ और सोच रहा था। उसने दो वसीयतनामे बनाए। उसने अपनी बेटी को बहुत पैसा दिया और जैकलिन को कम। किस्सा यों आगे बढ़ा कि जैकलिन अमेरिका लौट आई और एक प्रकाशन में यहाँ सम्पादिका हो गई। कैनेडी की हत्या का रहस्य अभी तक नहीं खुला है। नई-नई बातें निकलती जाती हैं और यह निश्चित नहीं है कि किन लोगों ने कैनेडी की हत्या का षड्यंत्र रचा।

फ्रांस की क्रान्ति के समय जो स्त्री सबसे ज्यादा बदनाम हुई, उसके खिलाफ नारे लगाए गए, जो अपने मूर्ख वाक्यों से और उत्तेजना पैदा करती थी, गैरजिम्मेदार और सहानुभूतिहीन थी। वह स्त्री कोई और नहीं, फ्रांस के अन्तिम लुई चौदहवें की रानी मेरी एनटाइनेट थी। इसका नाम घृणित हो गया था। यह अपने पति और बेटे के साथ महल में बन्द रहती थी और ऐश करती थी। फ्रांस की हालत क्या थी, इसे पता नहीं था।

सारे फ्रांस में भुखमरी फैली हुई थी। पर मेरी को पता न होने दिया गया। किसी दरबारी ने उससे कहा—फ्रांस में रोटी नहीं है। रानी ने जवाब दिया—अगर रोटी नहीं मिलती तो लोग केक क्यों नहीं खाते ? हो सकता है, इसके बारे में कुछ बातें बढ़ाई गई हों और झूठ भी हो, पर वह एक जिम्मेदार रानी नहीं थी। जिसे अपने देश के बारे

में सामान्य जानकारी भी न हो, वह कैसी रानी ? राजा लुई चौदहवाँ भी अहंकारी व मूर्ख था। वह किसी की कोई फरियाद सुनने को तैयार नहीं था। उधर क्रान्ति की आग भड़क रही थी। रूसो के विचारों से प्रेरित फ्रांसीसियों ने क्रान्तिकारी संगठन क्रान्ति की मशाल लिये थे। फ्रांस के लेखकों ने भी क्रान्ति को बढ़ावा देने के लिए बहुत लिखा पर राजमहल के भीतर इस क्रान्ति की शायद कोई गूँज नहीं थी। क्रान्तिकारियों ने राजमहल तोड़कर राजा, रानी और उनके बेटे को गिरफ्तार कर लिया। उन्हें एक पालकी में सजाकर बिठाया गया और लोग भूखे नहीं थे, मेरी इन्टाइनेट ने कहा था कि पेरिस में रोटी नहीं मिलती तो लोग 'केक्स' क्यों नहीं खाते तो क्रान्तिकारियों ने कहा कि राजा, राजा नहीं, ब्रेड बनाने वाले होते! नारे देने लगे—हम बेकर, बेकर की बीवी, बेकर के बेटे को ला रहे हैं। पूरे पेरिस में उनका जुलूस निकाला और अपमानित किया और जेल में डाला और तीनों को गिलोटीन कर दिया। गिलोटीन करना यानी प्राणदंड देना। फ्रांस में एक पद्धति का फंदा नहीं डालते थे। दंड पाने वाले की गर्दन जमीन पर रखकर एक लकड़ी के मजबूत टुकड़े पर रखी जाती। इस यंत्र में दोनों तरफ पतले खम्भे थे जिनमें जंजीर थी और जंजीर से लटका था एक भयानक 'ब्लेड' यानी कुल्हाड़ा। यह बहुत वज्नदार होता था। जंजीर खींचने पर यह गर्दन पर गिरता और उसे काट देता था। इस पद्धति को गिलोटीन करना कहते थे, और यंत्र को गिलोटींडा। क्रान्तिकारियों ने खुशी में इसका नाम रख दिया था—सन्त गिलोटीन।

क्रान्ति के सम्बन्ध में अभी यहाँ नहीं लिखूँगा क्योंकि इसके लिए अलग से लेख चाहिए। मैं दो बातें कहना चाहता हूँ, अंग्रेज लेखक एडमंड बर्क ने इस बात की निन्दा की कि रानी को मारा गया। वह स्त्री थी, केवल इस कारण उसके प्राण नहीं लेना था। दूसरे लेखक स्टीफन ज्विंग का कहना है कि मेरी एन्टाइनेट राजवंश की नहीं थी। उसके खून में राजरक्त नहीं था। इसलिए उसमें वह गरिमा व समझ नहीं थी जो रानी में होती थी। वह अधिक से अधिक उच्च मध्यम वर्ग की सम्पन्न लड़की थी, संयोग से रानी बना दी गई। नतीजा यह हुआ कि उसका दिमाग खराब हो गया। वह सिरफिरी हो गई। वह रानी होने का अर्थ शक्ति का प्रतीक मानती थी और क्रूर थी। ये सब बुराइयाँ सके परिवार में छोटेपन, ओछेपन, छुद्रता, क्रूरता के रूप में थी।

साहित्य में सुप्रसिद्ध महिलाओं में एक अंग्रेज महिला है जो भारतीय ही हो गई थी। देश में शायद ही कोई हो जो इस महिला का नाम न जानता हो। ये थीं श्रीमती ऐनी बेसेंट। यह असाधारण महिला ब्रिटेन के एक सम्भ्रान्त परिवार की थीं। विवाहिता भी थीं। वे साहित्य, दर्शन, मनुष्य की नियति इत्यादि में बहुत रुचि लेती थीं। वे परम बौद्धिक और दार्शनिक रुचियों की थीं। इसके साथ ही वे मनुष्य के वर्तमान और भविष्य के सम्बन्ध में रुचि लेती थीं।

ऐनी बेसेंट विचारों से प्रगतिशील थीं। वे ब्रिटिश फेबियन सोसायटी की सदस्य थीं। फेबियन सोसायटी ब्रिटेन के प्रगतिशील चिन्तकों, लेखकों, जनसेवियों, दार्शनिकों आदि का एक क्लब सरीखा था। इसमें इतिहासकार—एच.जी. वेल्स, लेखक बर्नार्ड शॉ, एनी बेसेंट जैसे लोग थे। फेबियन लोग अपने को समाजवादी कहते थे। समाजवाद कई प्रकार का होता है। कार्ल मार्क्स के पहले और उनके बाद भी कई तरह के समाजवाद चलते रहे। सोसायटी के सदस्य अपने समाजवाद को सोशलिज्म कहते थे।

फेबियन लोगों में सबसे प्रखर और सबसे अधिक बोलने वाले लेखक जॉर्ज बर्नार्ड शॉ थे। वे लम्बे-लम्बे क्रान्तिकारी भाषण देते थे। नए-नए शब्दों को प्रयोग करते थे। उनकी अंग्रेजी बड़ी कठिन और चमत्कारी होती थी। लोग उनकी बुद्धि से दब जाते थे। श्रीमती ऐनी बेसेंट एक सक्रिय फेबियन थीं। वे समाजवाद पर लम्बे भाषण देने की अपेक्षा सड़क पर संघर्ष करने की समर्थक थीं। बर्नार्ड शॉ सुन्दर नहीं थे पर उनकी वाणी बहुत सुन्दर थी। तब हम भी बर्नार्ड शॉ के लेखन से बेहद प्रभावित थे। मुझे तो उनके सैकड़ों मुहावरे याद हो गए थे। उनके इस शाब्दिक मायाजाल से ऐनी बेसेंट उनके प्रति आकर्षित होती गईं। यह आकर्षण प्रेम की मंजिल पर पहुँचने लगा था। ऐनी बेसेंट तलाक देकर बर्नार्ड शॉ से शादी करने को राजी हो गई थीं। इस भोली और ईमानदार स्त्री को पता नहीं था कि बर्नार्ड शॉ का पूरा व्यक्तित्व ही शब्दों का मायाजाल था। चिन्तन, दर्शन, अटपटे विचार और विस्फोटक भाषा के इस देवता के मायाजाल में लोग उलझते थे। मैं, जैसा मैंने ऊपर लिखा, बर्नार्ड शॉ का भक्त हो गया था। जवाहरलाल नेहरू भी उनसे बहुत प्रभावित थे। पंडित जवाहरलाल नेहरू तब उनसे प्रभावित हो गए थे और प्रधानमंत्री होने के बाद उनसे मिलने [illegible] घर गए थे।

पर अब बर्नार्ड शॉ शब्दों के मोहक जाल लगते हैं। उनके नाटक लगभग नहीं खेले जाते, जबकि शेक्सपियर के नाटक 200 साल में नए-नए प्रयोगों के साथ खेले जाते हैं। बर्नार्ड शॉ तो शेक्सपियर को बहुत घटिया लेखक मानते थे। ऐनी बेसेंट सक्रियता में विश्वास करती थीं। वे साहित्यिक, दर्शन, इतिहास आदि में पंडिता थीं। वे सच्ची स्त्री विश्व की मुक्ति के लिए कार्य करना चाहती थीं। उनके स्वभाव में दार्शनिकता थी। वे बहुत संवेदनशील थीं। बर्नार्ड शॉ और ऐनी बेसेंट के बीच कुछ घटनाएँ घट जाती थीं तो उन्हें दूर ले जाती थीं। बर्नार्ड शॉ ने शादी का जो इकरारनामा बनाया, उसमें स्त्री को कोई अधिकार नहीं था। वह एक गुलाम सरीखी थी। उनके लिए बर्नार्ड शॉ ने पर्दा भी जरूरी रखा, जैसे वह कोई अरब दकियानूस हों! स्त्री के लिए कई बन्धन थे। बर्नार्ड शॉ स्त्री के अपने व्यक्तित्व को मानते ही नहीं थे। ऐनी बेसेंट ने जब इसे पढ़ा तो चकित रह गईं। उन्हें आभास हुआ कि मानवाधिकार की कितने जोरदार शब्दों में वकालत करने वाला ऐसा दकियानूस निकला। प्रगतिशील

समाज में सबसे बढ़कर भाषण देने वाला ऐसा पुरातनपंथी निकला। हो सकता है कि बर्नार्ड शॉ ने मजाक में वैसा लिख दिया हो पर ऐनी बेसेंट को आघात लगा। उन्होंने पूछा—इन विश्वासों के आदमी से कैसे पटेगी ?

एक बार फेबियन पार्टी ने मजदूरों की चालू हड़ताल के समर्थन में एक दिन जुलूस निकालने का तय किया। इसके पक्ष में सबसे उग्र भाषण देने वाले बर्नार्ड शॉ थे। जुलूस निकला। बर्नार्ड शॉ और ऐनी बेसेंट साथ-साथ चल रहे थे। नारे लग रहे थे। तभी पुलिस ने 'बेटन' चार्ज कर दिया। 'बेटन' एक छोटा-सा डंडा सरीखा होता है जो पुलिस डराने के लिए ज्यादा रखती है। 'बेटन' से ऐनी बेसेंट को सिर में चोट लग गई और खून निकलने लगा। उन्होंने आसपास बर्नार्ड शॉ को देखा मगर बर्नार्ड शॉ तो पहले ही भाग चुके थे। ऐनी बेसेंट को बहुत बुरा लगा। वह शाम को उनके घर गईं, रोईं और गुस्से में कहा—तुम जुलूस से भाग गए, इतना डरते हो, तुम कायर हो। बर्नार्ड शॉ ने कहा—बेवकूफ होने से कायर होना अच्छा है। चोट खाई ऐनी बेसेंट के लिए यह चोट अधिक गहरी थी। इसने प्रेम सम्बन्धों को नष्ट कर दिया। ऐनी बेसेंट दृढ़ इच्छाशक्ति की धनी थीं। उन्होंने भारतीय दर्शन का अध्ययन किया था। भारत के प्रति उनका विशेष लगाव था। वह भारत आ गईं और शान्ति निकेतन में रवीन्द्रनाथ ठाकुर के पास पहुँच गईं। रवीन्द्रनाथ ठाकुर के निकेतन में ही रहते हुए उन्होंने गीता का अंग्रेजी में अनुवाद किया। उस समय भारत में स्वाधीनता संग्राम चल रहा था। वह गांधी के पास गईं और अपने को इस आन्दोलन में भारतीयों के साथ डाल दिया। ऐनी बेसेंट इतनी सक्रिय और लोकप्रिय थीं कि वे एक बार अखिल भारतीय कांग्रेस की अध्यक्षा रहीं। वे भारतीय हो गई थीं। खूब लड़ाकू थीं, योग्य थीं। भारतीय लोगों को रास्ता दिखाती थीं। अंग्रेजों को बहुत फटकार सुनाती थीं। गांधीजी उन्हें चाहते थे।

दूसरी स्त्री जिसके बारे में मैं लिखना चाहता हूँ, ऐनी बेसेंट के दो पीढ़ी बाद हुई। उस स्त्री का नाम है—'विनी मंडेला।' दक्षिण अफ्रीका में लम्बा और खूनी संघर्ष स्वाधीनता के लिए चला। गोरे तानाशाह विश्व जनमत के बाद भी दक्षिण अफ्रीका को छोड़ना नहीं चाहते थे। बार-बार राष्ट्रसंघ ने दक्षिण का बहिष्कार करने का निर्देश दिया और अधिकांश देशों ने उससे सम्बन्ध तोड़ लिये। किसी बहाने से अमेरिका उसे समर्थन देता रहा। उसने दक्षिण अफ्रीका की गोरी सरकार से सम्बन्ध बनाए रखा और इसके लिए अंग्रेजी में दो शब्द प्रयोग करता रहा। ये शब्द थे—'कन्सट्रक्टिव एंगेजमेंट'। यह बहाना था ब्रिटेन के समर्थन का और खुद दक्षिण अफ्रीका का आर्थिक शोषण करने का। आखिर अभी-अभी गोरे तानाशाहों ने लोकतंत्र को स्वीकार किया और रंगभेद समाप्त किया। अब वहाँ मिली-जुली निर्वाचित सरकार है। अंग्रेज छोड़कर भागे नहीं बल्कि वहीं बस गए। उनके पास सम्पत्ति थी, उत्पादन के साधन थे, धन्धे थे। इस कारण अंग्रेज वहाँ रह गए। पहले

राष्ट्रपति जो काले अफ्रीकी हैं, नेल्सन मंडेला हैं। उनका मातहत नम्बर दो पर भूतपूर्व अंग्रेज तानाशाह है। नेल्सन मंडेला बहुत बहादुर लड़ाकू हैं। वे दुनिया का सबसे लम्बे कारागार भोगने वाले हैं। उनकी पत्नी विनी मंडेला हैं। वह मंडेला की दूसरी पत्नी हैं। दोनों की उम्र में काफी अन्तर है। शादी के समय विनी ने कहा था—मैं एक आदमी से नहीं, एक विद्रोह से शादी कर रही हूँ। विनी मंडेला पति के साथ संघर्ष में लग गई। उनका वैवाहिक जीवन बहुत कम समय तक रहा। उनके दो बच्चे हुए। नेल्सन मंडेला को गोरी सरकार ने लम्बी जेल की सजा दे दी। उस समय विनी मंडेला एक युवती थी और नेल्सन प्रौढ़ होने लगे थे। विनी ने एक आत्मकथा की पुस्तक लिखी है, जिसका नाम है—'आउट ऑफ माई हार्ट'। इसमें उसने लिखा है—हमारा परिवार ऐसा था कि हम साथ तो रहते थे पर एक-दूसरे के बिना। दोनों सुबह ही अपने-अपने काम पर निकल जाते और फिर देर रात तक लौटते। नेल्सन ने जेल जाते ही कहा था—मुझे दुख था कि एक युवती को असुरक्षित छोड़े जा रहा हूँ। विनी मंडेला ने भी जेल भोगी। काफी साल तक उसे जेल में अलग कमरे में अकेले रखा गया। न उसे पुस्तक पढ़ने को मिलती थी, न ही अखबार। उसने लिखा है कि समय काटने के लिए मैं चढ़ती हुई चीटियों को देखा करती हूँ। मैंने आत्महत्या करने का भी सोचा और फिर सोचा कि जालिम अंग्रेज शासक इतने हृदयहीन हैं कि उन पर मेरी आत्महत्या का भी कोई असर नहीं होगा।

विनी मंडेला अपनी पार्टी अफ्रीकन नेशनल कांग्रेस में काफी महत्त्वपूर्ण थी और उसे यातनाएँ भोगनी पड़ीं। अंग्रेज गुप्तचर कई तरह से उसे तंग करते थे। उससे मिलती-जुलती आवाज की स्त्री के किसी कल्पित प्रेमी से प्रेम-वाक्य कहलवाकर टेपरिकॉर्ड कर लेते और वह टेप जेल में नेल्सन को सुनाई जाती। इस तरह दोनों का मनोबल तोड़ने की कोशिश की गई। विनी के साथ काम करने और उसकी रक्षा के लिए कुछ युवक रहते थे। इस गिरोह को मंडेला फुटबॉल क्लब कहने लगे थे। इन पर आरोप लगे और कुछ को सजा हुई। नेल्सन मंडेला जैसे दृढ़ साहस और विश्वास के आदमी कम मिले। इसे कई बार शर्तों के साथ छोड़ देने की पहल सरकार ने की पर उसने स्पष्ट कह दिया, किसी शर्त के साथ मैं जेल से रिहा नहीं होऊँगा। अफ्रीकन नेशनल कांग्रेस आखिर अपने संघर्ष में जीती। नेल्सन मंडेला रिहा हुए और पार्टी अध्यक्ष चुने गए, तब इस दम्पती के मनोबल को तोड़ने के लिए तरह-तरह की कलंक-कथाएँ गोरों ने फैलाईं। यह कि विनी चरित्रहीन है। अपने आसपास के युवकों से हिंसा कराती है। उस पर कई आरोप लगाए गए। इन सबका बुरा प्रभाव पार्टी पर पड़ता। इनमें से कुछ आरोप सच भी थे। नेल्सन ने पार्टी के भले के लिए विनी से सम्बन्ध तोड़ लिये। पर विनी धीरज के साथ कार्य में लगी रही। जब नई सरकार बननेवाली थी, तब तक उसने अपने व्यक्तित्व को साफ कर लिया था। उसे नई सरकार में पद दिया गया। दक्षिण अफ्रीका में गोरों और कालों की

मिली-जुली सरकार है। इनमें पुरानी कटुता पूरी तरह गई नहीं है। पर उन्होंने ताल-मेल बैठा लिया है और साथ काम करते हैं। विनी शादी के समय युवती थी। कई साल के संघर्ष के बाद अब वह बुढ़ापे की तरफ बढ़ रही है।

अब मैं भारतीय साहित्य में बहुचर्चित एक भारतीय स्त्री पार्वती के बारे में लिखता हूँ। शरतचन्द्र के साहित्य को पढ़ने के बाद बात सामने आती है। बड़े किसानों, जमींदारों, गाँवों के धनपतियों के बिगड़ैल या घर से निकाले या स्वयं निराश-पीड़ित युवक कलकत्ता भाग जाते हैं—इस बहाने कि वहाँ होम्योपैथिक पढ़ेंगे। फिर वहाँ मैस में रहते हैं और होम्योपैथी तो नहीं पढ़ते, शराबखोरी और वेश्यागमन करते हैं। घर से इन्हें पैसे आते ही हैं। यही हाल देवदास का है और यही काशीनाथ का। कलकत्ता में हॉस्टल या छात्रावास की तरह मैस होते हैं। ये होटल से बिलकुल अलग तरह के होते हैं। इनमें निवास, भोजन, पूजन आदि की व्यवस्था होती है। ये प्रतिष्ठित होते हैं। उठाईगिर किस्म के लोग नहीं रहते। कम-से-कम शरतचन्द्र के जमाने में मैस का रूप ऐसा ही होता था।

सतीशचन्द्र एक युवक है—एक सम्पन्न परिवार का। उसके बड़े भाई उसे घर से निकाल देते हैं और वह कलकत्ता जाकर मैस में रहता है तथा होम्योपैथी पढ़ता है। मैस की देखभाल करनेवाली एक तरह से मैनेजर पार्वती है। शरतचन्द्र के उपन्यास 'चरित्रहीन' इन दोनों की कथा है। जब यह उपन्यास छपा तब बंगाली समाज में काफी हलचल हुई और विवाद खड़े हुए। इसका कारण था सतीश और पार्वती के सम्बन्ध, साथ ही एक विवाहित उच्चवर्गीय स्त्री किरणमयी का जीवन। सतीश जिस मैस में रहता है, पार्वती इस नए छात्र को ध्यान देती है। सतीश बिगड़ा हुआ है। वह शराब पीता है। और दूसरे नशे करता है। पार्वती उसे डाँटती है। इस तरह की वारदातें एक-दो होती हैं और सतीश पार्वती के प्रति आकर्षित हो जाता है। एक दिन अपने कमरे के सामने पार्वती का पल्ला खींचकर कमरे में ले जाना चाहता है। पार्वती उसे डाँटती है—तुम कहते हो कि पढ़ने में तुम्हारा मन नहीं लगता तो क्या तुम्हारा मन औरतों की साड़ी खींचने में लगता है ? समय गुजरते पार्वती स्वयं सतीश के प्रति प्रेमभाव से बँध जाती है। वह सतीश को सुधारने लग जाती है। नारी है तो कमजोर चरित्र के पुरुष की रक्षा करती है, उसकी खास देखभाल करती है। इस तरह के ममतामय सम्बन्ध दोनों के हो जाते हैं। पार्वती समर्पित हो जाती है और सतीश बिगड़ता जाता है। यह उपन्यास उन्नीसवीं सदी का है। तब बंगाली समाज बहुत अधिक दकियानूस था। ऊँचे और नीचे वर्ण में बिलकुल अलगाव था। पार्वती उस समाज में नीचे दर्जे पर आती थी। सतीश ऊँची जाति और ऊँचे परिवार का था।

सवाल ये उठते हैं कि सतीश और पार्वती के सम्बन्ध क्या थे ? शरतचन्द्र ने संकेत नहीं दिया कि दोनों के शरीर-सम्बन्ध हो गए थे। शरीर-सम्बन्ध के बिना हालाँकि इतने गहरे भाव नहीं होते पर उपन्यास में केवल आत्मिक, अशरीर सम्बन्ध

का उल्लेख है। इस प्रकार का यह प्रेम जिसमें इतनी गहराई कि पार्वती पूरी तरह समर्पित है और सतीश उस पर पूरी तरह निर्भर है।

इन सम्बन्धों की व्याख्या कई विद्वानों ने की है। उनका यह मानना है कि दोनों के शरीर–सम्बन्ध थे पर शरतचन्द्र इस बात को लिख नहीं सकते थे। उन्नीसवीं सदी की नैतिकता बड़ी कठोर थी। कुछ का कहना है कि उनके सम्बन्ध आध्यात्मिक थे। तीसरे प्रकार के लोग कहते हैं कि शरतचन्द्र की मजबूरी थी कि इन सम्बन्धों को इसी तरह अस्पष्ट रखें। प्रश्न उठते हैं कि दोनों की शादी क्यों नहीं कर दी ? कारण पहला यह है कि भद्र पुरुष और नीचे दर्जे की स्त्री में विवाह उस समाज में हो नहीं सकता था। दूसरी समस्या है कि यदि शरतचन्द्र उनकी शादी करवा ही देते तो उन्हें कहाँ रखते ? तब का बंगाल समाज उन्हें अपने बीच रहने नहीं देता। इस कारण बिना विवाह पति–पत्नी जैसे सम्बन्ध शरतचन्द्र ने रखे। पढ़ने वाले को कोई भ्रम नहीं रहता है कि दोनों में कोई शरीर–सम्बन्ध थे। पार्वती एक विशिष्ट स्त्री है। ऐसी स्त्रियाँ साहित्य में कम मिलती हैं।

[नवम्बर, 1994]

टामस हार्डी और प्रेमचन्द

जब अंग्रेजों की हुकूमत थी, तब कुछ अंग्रेजीदाँ लोगों में हीनता की भावना थी और अंग्रेज लेखकों-जैसा अपने देश का कोई लेखक ढूँढ़ते थे। और कहते थे—कालिदास इज दि शेक्सपियर ऑफ इंडिया। ऐसी ही एक तुलना थी—प्रेमचन्द इज दि टामस हार्डी ऑफ इंडिया।

टामस हार्डी अंग्रेजी का बहुत लोकप्रिय उपन्यासकार हैं। उसने इंग्लैंड के ग्रामीण जीवन पर उपन्यास लिखे हैं। शायद इसी कारण ग्राम जीवन के हमारे उपन्यासकार प्रेमचन्द से उसकी तुलना कर दी जाती है। पर इंग्लैंड एक स्वतंत्र खुशहाल देश, जिसकी सम्पन्नता दूसरे देशों की लूट पर टिकी हुई। खुशहाल किसान। समस्याएँ हैं तो व्यक्तिगत। किसान वर्ग की कोई समस्या हार्डी के उपन्यासों में नहीं है, पर उनका लेखन अत्यन्त मोहक है। कुछ चरित्र बहुत अच्छे निर्मित किए

हैं। पर प्रेमचन्द के उपन्यासों की कोई समस्या वहाँ नहीं है। न वहाँ होरी है, न सूरदास। न हार्डी में कर्मभूमि का संघर्ष है, न होरी की दुख-गाथा।

हार्डी के मशहूर उपन्यास—'फार फ्रॉम दि मैडिंग क्राउड' में एक शहरी लड़की बाथशेवा को विरासत में खेती मिलती है। वह शहर छोड़कर गाँव आ बसती है जहाँ खेती है। उपन्यास में बाथशेवा के व्यक्तिगत उतार-चढ़ाव की कहानी है। दृढ़ इच्छाशक्ति की लड़की है। उसका विश्वस्त नौकर है। जवान लड़की है तो पुरुष का प्रवेश होगा ही। एक कपटी युवक है सार्जेंट ट्राय। वह बाथशेवा को फँसाना चाहता है। वह आवारा है और उसकी नजर बाथशेवा की जमीन, जायदाद पर है। वह उसे जंगल में घुमाने ले जाता है। उससे मोहक गप्पें करता है। अपनी तलवारबाजी के खेल दिखाता है। अपने किए हुए कार्य जो वास्तव में झूठ हैं, उसे बताता है। बाथशेवा को यह अच्छा लगने लगता है। गाँव में कोई और पढ़ा-लिखा और तेज युवक नहीं है। सार्जेंट ट्राय कितना कपटी है, इसका सुन्दर वर्णन स्वयं हार्डी ने किया है—सार्जेंट ट्राय में आश्चर्यजनक क्षमता थी। वास्तव में कुछ होने और कुछ अपने को दिखाने की। वह प्रणय की बातें करता था और रात के भोजन के बारे में सोचता था। वह उधारी वापस करने की उत्सुकता दिखाएगा पर मन में उधार लेने को उत्सुक होगा। इस प्रकार का चरित्र इस कुटिल प्रभावशाली आदमी का है।

बाथशेवा रोजमर्रा के कार्यों में लगी रहती है। मामूली उतार-चढ़ाव आते रहते हैं। कोई दूसरा पुरुष उसके सम्पर्क में आता नहीं है। सार्जेंट ट्राय से उसका ऐसा गहरा सम्बन्ध हुआ नहीं है कि शादी का प्रस्ताव हो।

तभी एक घटना घटती है। खलिहान के पास एक नाला है। एक रात उसमें बहुत बाढ़ आती है। फसल को पानी बहाकर ले जाने का खतरा है। वहाँ केवल बाथशेवा और वह युवा सहायक है। दोनों जुट जाते हैं। युवा सहायक आश्चर्यजनक रूप से मेहनत करके, तरकीबें करके फसल को बचा लेता है। दोनों बहुत प्रसन्न हैं। बाथशेवा उस युवा की बहुत तारीफ करती है। उसे धन्यवाद देती है। इस युवक के प्रति उसकी कोमल भावना जागती है। इस बहाव में सार्जेंट ट्राय कहीं बह जाते हैं। बाथशेवा किसान से शादी करती है।

अच्छी दिलचस्प कथा है। पर इस कथा को छोटे शहर के मध्यम वर्ग पर लिख दो, कोई फर्क नहीं पड़ेगा। दिलचस्प कथा यह बनी रहेगी। इस कथा में विशिष्ट ग्रामीणपन नहीं है। परिवेश ग्रामीण है, पर पात्र कहीं के भी हो सकते हैं और उनका जीवन किसी खास सामूहिक संघर्ष का प्रतिनिधि नहीं है।

एक और उपन्यास है। हार्डी का 'मेयर ऑफ केस्टर ब्रिज'। कुछ देशों में ग्राम पंचायत के अध्यक्ष को भी 'मेयर' कहते हैं। हमारे देश में बड़े शहर के निगम के अध्यक्ष को मेयर कहते हैं। कथा का आरम्भ गाँव के बाहर स्थित शराबघर से होता है। प्रेमचन्द की 'कफन' कहानी में शराबघर है। वहाँ माधव की पत्नी की अन्तिम

क्रिया करने के लिए जो चन्दा बाप-बेटे एकत्र करते हैं, उसकी शराब पी लेते हैं घीसू और माधव। विचित्र आचरण करते हैं किसान यहाँ।

एक किसान बहुत अधिक शराब पी लेता है। वह चिल्लाता है—मैं अपनी बीवी को बेचना चाहता हूँ। बोलो बोली। उसकी बीबी वहाँ है। वह विरोध करती है। पर बोली लग जाती है और एक किसान से पैसे लेकर वह कहत है—जाओ, ले जाओ मेरी बीवी को। इस तरह की हरकत निम्न वर्ग के किसान हमारे यहाँ भी नशे में कर सकते हैं पर यह आम नहीं है। कुछ बातें सब कहीं एक-सी होती है। रूस में ख़ुश्चेव ने लेखकों को कुछ स्वतंत्रता दी तो मैंने ताजा उपन्यास पढ़ा—'पार होल्स' (गड्ढे)। उसमें मैंने पढ़ा कि वहाँ भी वैसा ही होता है, जैसा हमारे यहाँ। नियत स्थान पर सहकारी फार्म का भरा हुआ ट्रक रुकता है। वहाँ पैसे लेकर सवारियाँ बिठा लेता है। हमारे यहाँ भी सरकारी ट्रक में सवारियाँ बिठा ली जाती है।

आगे भी हमारे जैसा उस उपन्यास में है। सड़क पर गड्ढे हैं। ट्रक का एक्सीडेंट हो जाता है। एक आदमी बहुत घायल हो जाता है। लोग पास के सहकारी कृषि फार्म में मैनेजर से कहते हैं—ट्रैक्टर दे दीजिए। हम इस घायल को कुछ किलोमीटर दूर अस्पताल ले जाते हैं। यह बच जाएगा। मैनेजर कहता है—ट्रैक्टर खेती के लिए है, घायल ढोने के लिए नहीं। आखिर वे उसे घोड़ा-गाड़ी में दचके खाते हुए ले जाते हैं। सर्जन उसे देखता है। कहता है—यह थोड़ी देर पहले मरा है। क्या तुम इसे तेज वाहन में आराम से नहीं ला सकते थे? लोगों ने कह दिया कि सहकारी फार्म के मैनेजर ने ट्रैक्टर नहीं दिया। कहा—ट्रैक्टर इस काम के लिए नहीं। सर्जन ने कहा—वह नौकरशाह है जो हत्यारा हो गया है। हमारे देश के नौकरशाह भी हत्यारे हो जाते हैं। इंग्लैंड के नौकरशाह भी हो जाते होंगे। हमने नौकरशाही उन्हीं से तो सीखी है।

यह सब प्रसंगवश। आदमी दुनिया भर में लगभग एक-सा आचरण करता है। अन्तर होता है व्यवस्था का। शराबी किसान सब कहीं नशे में अपनी औरत को नीलाम करते हैं। तो वह अंग्रेज किसान अपनी औरत को दूसरे को बेचकर उस गाँव से चला जाता है। दूसरे गाँव में बस जाता है।

ग्लानि उसे होगी। वह बदलता है। उसका गाँव में काम जमता है। इज्जतदार बन जाता है। अपने गुजरे जीवन को भूल जाना चाहता है। चाहता है कि कोई परिचित उसे नहीं मिले। वह नया दूसरा आदमी होना चाहता है। इस गाँव में भी हलका-सा कलंक उसे लगता है। वह एक स्त्री के घर एक दिन पाया जाता है। कलंक फैल जाता है, पर उसकी प्रतिष्ठा नहीं जाती है। चुनाव होते हैं और वह मेयर हो जाता है। लोकप्रिय है। प्रतिष्ठा है। कोई नहीं जानता कि मेयर साहब अपनी औरत को बेचकर आए हैं। पर उसकी पत्नी उसका पता लगाती हुई आती है। जब बैठक चल रही है, मेयर कुर्सी पर है तब स्त्री बरामदे से निकलती है। दोनों एक-दूसरे को देख लेते हैं। मेयर का पानी उतर जाता है। इसी में हार्डी ने गाँव के बड़े

किसान की जवान बेटी और दूसरे गाँव के युवा अनाज व्यापारी की प्रेमकथा भी जोड़ दी है।

इंग्लैंड के ग्रामीण जीवन में ऐसा ही होगा। किसानों का कोई आन्दोलन नहीं। शासन से कोई शिकायत नहीं। कोई सामाजिक संघर्ष नहीं। कहीं से शोषण नहीं। एक सपाट जीवन। सुखी जीवन। समस्याएँ हैं तो व्यक्तिगत। गरीबी है। अमानवीकरण भी है। शराबखोरी है।

प्रेमचन्द की बात अलग है। भारत का किसान भी अलग है। ग्राम भी भिन्न प्रकार के हैं। अंग्रेज साम्राज्यवाद है। वह हर तरह से किसान को चूसता है। जालिम जमींदार है। वह सताता और लूटता है। सरकारी अमले अलग शोषण करते हैं। किसानों के अपने अन्तर्विरोध हैं। कुप्रथाएँ हैं। एक विराट कैनवस है प्रेमचन्द का। गहरी संवेदना है। सबसे ऊपर प्रेमचन्द के पास क्रान्तिकारी दृष्टि है। बदलने का नजरिया है। मार्मिक अभिव्यक्ति है। जीवन्त भाषा और मुहावरे हैं।

टामस हार्डी दिलचस्प कथाकार हैं मात्र। प्रेमचन्द व्यापक दृष्टि के क्रान्किारी लेखक हैं।

[जून, 1993]

अमेरिका के कुछ राष्ट्रपति (एक)

बिल क्लिंटन नए राष्ट्रपति हुए। वे जनवरी में राष्ट्रपति भवन में स्थापित हो जाएँगे। उनकी रुचि और जरूरत तथा सुविधा के अनुसार व्हाइट हाउस में परिवर्तन शुरू हो गए होंगे। कैसे परदे, कैसा वाल पेपर पसन्द है। विशेषकर हिलेरी मैडम को। जिमी कार्टर के बाद रोनाल्ड हीगन को व्हाइट हाउस में रहना था। श्रीमती रीगन रईस थी और ऊँची रुचियों की थी। उन्होंने सजावट फिर से कराई। कहती थीं कर्मचारियों से—कैसी गँवार औरतें रह जाती हैं यहाँ! कोई रुचि नहीं। मूँगफली की खेती करने वाले किसान (कार्टर) की बीवी और कैसी होगी ?

एक राष्ट्रपति का व्हाइट हाउस में आना और पहले वाले को छोड़ना एक साथ होता है। मुहूर्त तय होता है। एक फाटक से नया राष्ट्रपति गाजे-बाजे से

प्रवेश करता है और उसी क्षण भूतपूर्व राष्ट्रपति दूसरे फाटक से चुपचाप निकल जाता है। वह वाशिंगटन में बिना रुके सीधे अपने राज्य चला जाता है। अपने देश में ऐसा होता तो ज्ञानीजैल सिंह दिल्ली में नहीं रहकर पंजाब में अपने गाँव में बाजरे की खेती करते होते।

क्लिंटन दूसरे महायुद्ध के बाद भी अमेरिकी शासकों की पीढ़ियों की दकियानूस नीतियों और कार्यविधि से मुक्त ताजापन लिये आ रहे हैं। नाइस गार्ड। अमेरिकी औरतें काफी पीते हुए कहती हैं—डीअर, ही इज आफ्टर माई हार्ट, हाउ यंग एंड हैंडसम! ही इज ए किलर। बिल क्लिंटन ने अमेरिका से वियतनाम युद्ध का विरोध किया था। अमेरिकी फौज को वापस करने के आन्दोलन में भाग लिया था। मगर इनके पहले की पीढ़ी के लुभावने खूबसूरत डेमोक्रेट राष्ट्रपति जान कैनेडी ने वियतनाम युद्ध को तेज किया था। वह रिपब्लिकन राष्ट्रपति रिचर्ड निक्सन था, जिसने अमेरिकी फौज वापस बुलाई और युद्ध खत्म किया।

जॉर्ज बुश सोचते हैं—मैं महिमा-मंडन लेकर रिटायर हो रहा हूँ। मैंने सोवियत संघ को तोड़ा और साम्यवाद को खत्म कर दिया। असल में सोवियत संघ में जो हुआ, वह गोर्बाचोब की अदूरदर्शी जल्दबाजी और रूसी व्यवस्था की आन्तरिक कमजोरियों के कारण। एक बन्द समाज में ये खराबियाँ हुई थीं। और इराक पर विजय? माना कि सद्दाम हुसैन दुस्साहसिक और झगड़ालू है, पर वह बात करने, त्याग करने, कुवैत से हटने और शान्ति स्थापना को तैयार था। यह बात उसने राष्ट्रसंघ महासचिव पेरेज द कुइयार से कही थी जो टेप हो गई थी। पर बुश के दबाव से द कुइयार ने यह बातचीत छिपा ली और दो दिन में अमेरिका और यूरोप की फौजों ने बम बरसाना शुरू कर दिया। यह बातचीत, लन्दन के गार्जियन पत्र में छप गई। जितने बम दूसरे महायुद्ध के 6 सालों में कुल गिराए गए थे, उससे अधिक इराक पर गिराए गए। मगर अमेरिकी मतदाता ने बुश को मत नहीं दिये। उसकी आर्थिक हालात बुश के चार सालों में गिरी थी।

अमेरिका में राष्ट्रपति के यौन चरित्र पर विशेष ध्यान दिया जाता है। इस पद के उम्मीदवार का अपनी पत्नी के सिवा किसी अन्य स्त्री से यौन सम्बन्ध नहीं होना चाहिए—खासकर पेशेवर औरत से। इस चुनाव के पहले में गेरी हार्ट काफी दमदार उम्मीदवार थे। मगर अखबारों में विश्वसनीय ढंग से छप गया कि एक कालगर्ल रात भर उनके साथ उनके घर में रही। उस लड़की का फोटो भी छप गया। लोगों ने भरोसा कर लिया और गेरी हार्ट ने पार्टी टिकट के लिए भी कोशिश नहीं की। इस तरह के कलंक तो बाजारू औरतों को डॉलर देकर भी लगाए जाते हैं। पर जनता बेवकूफ नहीं है। वह हर बात पर विश्वास नहीं करती। बिल क्लिंटन को दो बार बदनाम किया गया। पहली बार इस तरह कि

एक कालगर्ल के साथ उन्होंने रात बिताई। दूसरी बार बदनामी के कुछ दिन पहले उछली। एक कैबरे लड़की ने दावा किया कि मेरे साथ उनके बारह साल सम्बन्ध रहे। इसे अमेरिकी जनता ने गम्भीरता से नहीं लिय। अमेरिका में तलाकशुदा आदमी राष्ट्रपति पद का उम्मीदवार नहीं हो सकता। तीसरे उम्मीदवार रास पेरी अमेरिका के 'धरती पकड़' थे।

मगर जिसे हीरो मान लिया उसके स्त्री सम्बन्ध से उसकी छवि घटती नहीं बढ़ती है। ऐसे राष्ट्रपति जान कैनेडी थे। उनके सम्बन्ध शराब घर की नौकरानी से लेकर उस समय फिल्मों में यौन प्रतीक मारलिन मुनरो तक से थे। कैनेडी तीन भाई थे—जान, राबर्ट और एडवर्ड। तीनों एक ही चरित्र के। तीनों मारलिन मुनरो को घेरते थे। बारह गर्भपात करा चुकी अनुभवी मारलिन अपनी निजी सहायक से कहती थी—दीज कैनेडी ब्वाइज आर किड्ज। ये कैनेडी लड़के बच्चे हैं। अब तो यह रहस्य भी खुला है कि मारलिन ने आत्महत्या नहीं की थी। उसे मरवाया गया था, क्योंकि उसके पेट में जान का (तब का राष्ट्रपति) बच्चा था।

हमारा समाज दरियानूस माना जाता है। स्त्री-पुरुष सम्बन्धों के बारे में अति पवित्रता हमारे स्वभाव में है। हमारे सभी नेता एकपत्निव्रतधरी नहीं हैं। कई के सम्बन्ध हैं। दूसरी औरतें हैं। रखैलें हैं। ये बातें लोग जानते हैं। पर किसी के राजनीतिक जीवन को इस कारण नष्ट होते नहीं देखा। हाँ, एक अभागे केरल के मंत्री पी.टी. चाको किसी रेस्ट हाउस में समाज कल्याण मंत्राणी के साथ समाज विकसित करते पकड़ लिये गए थे। उन्हें इस्तीफा देना पड़ा।

कैनेडी ने एक तरफ तो रूसी प्रधानमंत्री ख़ुश्चेव से क्यूबा संकट में समझौता करके युद्ध नहीं होने दिया। दूसरी तरफ इस डेमोक्रेट ने वियतनाम में युद्ध को बढ़ाया।

मुझे कई अमेरिकी राष्ट्रपति याद आ रहे हैं। अब्राहम लिंकन साढ़े छह फीट ऊँचा तगड़ा ताकतवर आदमी था। सुन्दर नहीं था। मेरी टाड से उसका विवाह हुआ था। मेरी टाड से लिंकन का राजनीतिक प्रतिद्वंद्वी डगलस भी शादी करना चाहता था। लिंकन लकड़ी काटने वाले का लड़का था। पर उसने कई तरह के काम किए। दुकान खोली। फिर वकील हो गया। राजनीति भी करने लगा। लिंकन में विकट विनोद-प्रियता थी। वह हाजिर जवाब था। एक चुनाव में लिंकन और डगलस आमने-सामने थे। सार्वजनिक विवाद हो रहा था। डगलस स्टोर चलाता था जिसमें शराब बेचता था। लिंकन ने जवाब दिया—डगलस सही कहते हैं, मैं शराब बेचता था। मैंने काउंटर की अपनी साइड बाद में छोड़ दी, पर डगलस अभी भी शराब खरीदने खड़े हैं। लिंकन की पत्नी मेरी टाड से नहीं पटी। वह झगड़ती थी। लिंकन पर गर्म पानी फेंक देती थी। व्हाइट हाउस

के बाहर जाकर चीखती-चिल्लाती थी। उनके लड़के कहते थे—माँ पागल हो गई है।

ऐसे यातनामय घरेलू जीवन के बावजूद लिंकन ने न ताकत खोई, न मानसिक सन्तुलन। उत्तर और दक्षिण अमेरिका में गृहयुद्ध चल रहा था। उन्हें पता लगा कि उनकी फौज के जनरल दुविधा में हैं। वह फौज को हमले का, आगे बढ़ने का आदेश दे रहा है। फौज पड़ी हुई है। एक चकित कर देनेवाली चिट्ठी उसने जनरल को लिखी—माई डियर जनरल, आई एम इनफॉर्म्ड दैट यू आर नाट यूजिंग द आर्मी एट प्रजेंट। विल यू माइंड लेंडिंग इट टू मी ? मुझे मालूम हुआ है, आप सेना का उपयोग अभी नहीं कर रहे हैं। मुझे सेना उधार देने में क्या आपको एतराज होगा ? इस तरह लिंकन ने कमान छीन ली।

अब्राहम लिंकन को दास-प्रथा बन्द करने का श्रेय है। इसी साहसिक निर्णय से गृहयुद्ध हुआ और लिंकन की हत्या हुई। दास-प्रथा दक्षिण में थी। दक्षिण में उद्योग नहीं थे। उद्योग उत्तर में थे। इन उद्योगों के लिए मजदूर कम मिलते थे। दक्षिण में दास-प्रथा खत्म होने से दास उत्तर के कारखानों में काम करने आने लगे। दक्षिण में ये खेती या पेड़ कटाई करते थे। इन्हें उत्तर में औद्योगिक मजदूर का दर्जा मिला। दासों की मुक्ति लिंकन का मानवतावादी काम तो था ही, पर साथ ही उत्तर उद्योगों के लिए मजदूर जुटाना भी था।

लिंकन का घरेलू जीवन दुखी था। उन्हें गृहयुद्ध संचालित करना पड़ा। निरन्तर तनाव में रहने वाले इस आदमी में विशिष्ट आत्मबल था। उसकी विनोदशील प्रकृति भी उसके बोझ को कम करती थी। एक वृद्ध महिला उनसे मिली। कहने लगी। मेरे पति फौज में बड़े अफसर थे। मेरे दो बेटे अभी कमीशंड ऑफीसर हैं। मेरे सबसे छोटे बेटे को भी आप फौज में कमीशन दे दें। लिंकन ने कहा—बहन, तुम्हारा परिवार काफी देश-सेवा कर चुका। अब दूसरे परिवारों को मौका दीजिए। लिंकन को, जब वह थिएटर में बैठा था, एक आदमी ने गोली मार दी। इस तरह दक्षिण ने बदला ले लिया।

अमेरिका में महान राष्ट्रपति भी हुए हैं और साधारण तथा घटिया भी। जॉर्ज वाशिंगटन, जेफरसन, लिंकन जैसे महान राष्ट्रपति हुए तो कम ऊँचाई के और मूढ़ भी।

दूसरे विश्वयुद्ध के बाद जनरल आइसनहावर राष्ट्रपति हुए। दूसरे महायुद्ध के बाद हमारे देश के वाइसराय भी एक जनरल लॉर्ड वेवेल बनाए गए थे। अधिकतर जनरल युद्ध का संचालन अच्छा करते हैं, पर कूटनीति, राजनीतिक ज्ञान में कमजोर होते हैं। लॉर्ड वेवेल गांधीजी से बात करते हुए बहुत घबराता था। उसके सचिव ने अपनी डायरी में लिखा है कि गांधीजी के मिलने आने की सूचना पर लार्ड वेवेल पत्ते की तरह काँपने लगता था। वह गांधीजी के तर्कों से परेशान हो

जाता था। एक बार काफी देर बातचीत के बाद वेवेल ने स्वीकार किया—मिस्टर गांधी, मैं सिपाही हूँ, वकील नहीं। गांधीजी ने कहा—मैं दोनों हूँ। वकील भी और सिपाही भी। वेवेल ने कहा—आप क्या चाहते हैं, पाँच वाक्यों में लिख दीजिए। गांधीजी ने पाँच वाक्य लिख दिये। वेवेल ने पढ़े और बोला—ठीक है। अब मैं समझ गया। आधी रात को उसने सचिव को बुलाया और कहा—यह अधनंगा फकीर गांधी मुझे बुद्धू बना गया। ये पाँच वाक्य ठीक मालूम होते हैं, पर हर वाक्य दूसरे को काटता है।

अमेरिका में राष्ट्रपति को बहकाने वाले दो संगठन हैं—सी.आई.ए. और पेंटागन। इनके बहकावे में आकर आइसन हावर ने यू-2 जासूसी विमान रूस पर भेज दिया। रूस ने उसे ऐसे गिरा लिया कि चालक मेरी पावर्स मरा नहीं। तब निकिता क्रुश्चेव प्रधानमंत्री थे। क्रुश्चेव ने जो सुधार रूस की व्यवस्था में शुरू किए थे, वे आगे होते जाते तो सोवियत संघ में वह विस्फोट न होता जो गोर्वाचोव के समय में हुआ। पर स्टालिनवादी ब्रेझनेव ने उन्हें हटा दिया। क्रुश्चेव बहुत नाटकीय और बहुत मुँहफट थे। उन्होंने यू-2 जासूस विमान भेजने पर आइसनहावर पर कटाक्ष किया कि लोगों ने ऐसे आदमी को एक देश का राष्ट्पति बना दिया। यह तो किंडर गार्डन स्कूल का हेडमास्टर होने के लायक है।

राष्ट्रसंघ में बोलते हुए भी क्रुश्चेव ने बिना नाम लिये आइसनहावर पर अपमानजनक कटाक्ष कर दिया। वहाँ अमेरिका के प्रतिनिधि आर.एल. स्टीवेंसन ने अध्यक्ष से एतराज किया—ये हमारे राष्ट्रपति का अपमान कर रहे हैं। क्रुश्चेव ने फौरन जवाब दिया—अध्यक्ष महोदय, मैंने इनके राष्ट्रपति का नाम तक नहीं लिया, और ये कहते हैं, मैंने उनका अपमान किया। इससे मुझे एक रूसी चुटकुला याद आ गया जो मैंने कभी सुना था। जब रूस में जार का शासन था, रेलगाड़ी के एक डिब्बे में दो किसान बैठे थे। एक किसान ने दूसरे से कहा—जार बेवकूफ है। फौरन पास बैठे पुलिस वाले ने उसका हाथ पकड़ लिया और कहा—तुम्हारी इतनी हिम्मत कि हमारे जार को बेवकूफ कहो? दूसरे किसान ने बात सँभालने के लिए कहा—उसका मतलब जर्मन जार से है। सिपाही ने कहा—मुझे मूर्ख मत बनाओ। मैं अच्छी तरह जानता हूँ कि कोई बेवकूफ है तो वह हमारा जार है।...इसी तरह ये कहते हैं कि इनके राष्ट्रपति का मैंने अपमान किया।

तरह-तरह के कारणों से अमेरिकी राष्ट्रपति मशहूर हो गए। जान कैनेडी की हत्या के बाद उपराष्ट्रपति लिंडन जानसन राष्ट्रपति हुए। 'मीडियाकर' (मिडिलची) राष्ट्रपतियों का दौर शुरू हुआ। लिंडन जानसन के बारे में सबसे चर्चित घटना थी कि उनका 'गाल ब्लेडर' का ऑपरेशन हुआ। हमारे यहाँ कई मंत्री शपथ लेते ही हृदय की 'बाईपास सर्जरी' के लिए न्यूयॉर्क चले जाते हैं। उनकी यही उपलब्धि होती है। मुख्यमंत्री, मंत्री, राज्यपाल के 'बाईपास सर्जरी' के लिए जाने के इतने

समाचार पढ़े हैं कि मुझे उस अस्पताल का नाम याद हो गया—स्लोन्स केटरिंग हॉस्पिटल, न्यूयॉर्क।

रिचर्ड निक्सन जब राष्ट्रपति का चुनाव लड़ रहे थे, तभी से अमेरिकी अखबारों में उन्हें 'स्माल टाउन लायर' (छोटे शहर का वकील) लिखा जाने लगा। रिचर्ड निक्सन राष्ट्रपति हुए। सेक्रेटरी ऑफ स्टेट बहुत चतुर, चालाक हावर्ड प्रोफेसर किसिंगर थे। निक्सन किसिंगर के चलाए चलते थे। निक्सन ने वियतनाम युद्ध का अन्त किया। अमेरिका में ही बहुत विरोध हो रहा था कि हम अठारह साल से यहाँ क्या लड़ रहे हैं? हमारे जवान लड़के क्यों मर रहे हैं?

रिचर्ड निक्सन कमजोर व्यक्तित्व के थे। इन्दिरा गांधी का व्यक्तित्व शक्तिशाली था। 1971 के बांगलादेश युद्ध से पहले वे रिचर्ड निक्सन से मिलने गईं। हेनरी किसिंगर ने 'व्हाइट हाउस ईयर्स' में इस भेंट के बारे में लिखा है—दो बातचीत होना था। पहली बार जब वे मिलीं तो उन्होंने निक्सन को इस तरह देखा, जैसे वे घटिया किस्म के मनुष्य हों! इससे निक्सन के भीतर छिपी हुई कमजोरियाँ बाहर आ गईं। इन्दिराजी ने पूर्वी पाकिस्तान की घटनाओं पर कोई बात नहीं की। उन्होंने हमारे राष्ट्रपति को घंटे भर विश्व इतिहास पर भाषण दिया और बैठक खत्म हो गई। मैं शाम को परेशान भारतीय राजदूत एल.के. झा के पास गया और उनसे कहा कि कल की भेंट में काम की बातें कराइए।

किसिंगर आगे लिखते हैं—दूसरी भेंट में इन्दिराजी ने ठोस बातें कीं। निक्सन ने कहा—शिकायत है कि आप सैनिक शिक्षा प्राप्त हजारों घुसपैठिए पूर्वी पाकिस्तान में भेज रही हैं। इन्दिराजी ने कहा—गलत है। वे बंगाली शरणार्थी हैं। जब वे हजारों में देश में घुस आए तो हम उन्हें नहीं रोक सके। अब-जब वे अपने देश लौट रहे हैं तो उन्हें कैसे रोक सकते हैं? निक्सन ने कहा—पाकिस्तान के राष्ट्रपति याहिया खाँ का प्रस्ताव है कि सीमा से वे पहले अपनी फौजें हटा लेंगे, उसके बाद आप हटा लीजिए। इन्दिराजी ने कहा—याहिया खाँ अपनी फौजें हटा लें। हम नहीं हटाएँगे। हमें दोनों सीमाओं से खतरा है। बैठक खत्म। मैं समझ गया कि इन्दिरा गांधी को रूस ने हरी झंडी दिखा दी है।

निक्सन बदनाम होकर 'व्हाइट हाउस' से बाहर हुए। उन्होंने ओछा काम कर डाला। 'वाटरगेट कांड' कर डाला। वाटरगेट नामक स्थान पर डेमोक्रेटिक पार्टी का दफ्तर है। निक्सन ने वहाँ से कागज, दस्तावेज, फाइलें, टेप चोरी करा लिए। इतनी बदनामी हुई कि निक्सन ने इस्तीफा दे दिया।

रोनाल्ड रीगन ने सैंतीस 'वेस्टर्न' फिल्मों में 'काऊब्वाय' का रोल किया था। ये फिल्में यूरोपीय लोगों द्वारा अमेरिका के मूल निवासियों और अश्वेतों को मारने के बारे में होती थीं। उस गोरे हीरो का नाम पड़ गया था—'काऊब्वाय'। एक तगड़ा गोरा जवान घोड़े पर सवार, हाथ में रिवॉल्वर। कर रहा है पीछे और धाँय-

धाँय गोली चला रहा है। जब रोनाल्ड रीगन 'व्हाइट हाउस' में आ गए तो कुछ मसखरों ने फाटक पर पोस्टर लगा दिया। उसमें बड़े-बड़े अक्षरों में लिखा था—रोनाल्ड रीगन की अड़तीसवीं स्टंट फिल्म—'काऊब्वाय इन व्हाइट हाउस'। रीगन को पदग्रहण के एक दिन बाद ही भीड़ में से किसी ने गोली मार दी। गोली प्राणघातक नहीं हुई। अस्पताल में निकाल दी गई और रीगन अच्छे हो गए। रोनाल्ड रीगन प्रकृति से ही गोली दागने वाले थे। उनके बयान सख्त होते थे, वे धमकी देते थे और आक्रामक रुख अपनाते थे।

राष्ट्रपति विल्सन विशिष्ट हुए जिन पर अमेरिकी गर्व करते हैं। विश्वविद्यालय के प्रोफेसर थे। वे दो बार राष्ट्रपति हुए। विधुर हो जाने पर उन्होंने एक कमसिन लड़की से दूसरा विवाह भी किया। दो बार राष्ट्रपति खुद रहने के बाद विल्सन ने अमेरिकी व्यवस्था के बारे में तीखा तथ्य एक वाक्य में कहा—'अमेरिका में उद्योगपतियों का एक गुट सड़क पर किसी आदमी को पकड़ता है, उसे व्हाइट हाउस में ले जाता है और देशवासियों से कहता है—यह तुम्हारा राष्ट्रपति है।'

अमेरिका ने जॉर्ज वाशिंगटन के नेतृत्व में स्वाधीनता का युद्ध नहीं लड़ा था। ब्रिटेन से यह संघर्ष भी भारत की तरह माल के 'बायकाट' से शुरू हुआ। भारत में गांधीजी ने अंग्रेजी माल के बहिष्कार का नारा दिया था। इंग्लैंड में बने कपड़ों की चौराहे पर होली जलाई थी। अमेरिकी लोगों ने भी ब्रिटेन से आने वाले माल का बहिष्कार किया। बोस्टन बन्दरगाह पर ब्रिटेन से आया हुआ चाय से लदा जहाज खड़ा था। अमेरिकी लोगों ने जहाज डुबो दिया। चाय समुद्र में फैल गई। मजाक में उसे 'बोस्टन टी पार्टी' कहा जाने लगा। युद्ध हुआ और अमेरिका ब्रिटेन से मुक्त हुआ। पहले राष्ट्रपति जॉर्ज वाशिंगटन हुए। उनके बाद जेफरसन दूसरे राष्ट्रपति हुए। जेफरसन महान राष्ट्रपतियों में माने जाते हैं। जेफरसन अमेरिका के डॉ. अम्बेडकर थे। 'चार्टर ऑफ लिबर्टी' का मसौदा जेफरसन ने ही बनाया। अमेरिकी संविधानों के वे उसी तरह निर्माता माने जाते हैं, जैसे भारतीय संविधान के निर्माता डॉ. अम्बेडकर।

दूसरे महायुद्ध के समय राष्ट्रपति थे थ्योडोर रूजवेल्ट। एक रूजवेल्ट पहले भी हो गए हैं। यूरोप में हिटलर की नाजी फौजों ने तहलका मचा रखा था। रूजवेल्ट देख रहे थे। अमेरिका ने स्वतंत्रता के युद्ध और गृहयुद्ध के बाद कोई लड़ाई नहीं लड़ी थी। नाजियों के प्रशंसक थे रूजवेल्ट। उन्होंने अपना प्रतिनिधि जर्मनी भेजा। वह देख समझकर आया। रूजवेल्ट को रिपोर्ट दी। वे प्रशंसा करने लगे जर्मन लोगों की, जो भूखे और नंगे रहकर फौजों के लिए पैसा देते हैं। अमेरिका अपने को अलग, पूर्ण सुरक्षित मानता था। अमेरिका के पास फौजी गुप्तचर संगठन तक नहीं था। पर्ल हार्बर में जब उसका जंगी

बेड़ा डुबोया गया, तक रूजवेल्ट जागे। गुप्तचर संगठन बना जिसका नाम आगे चलकर सी.आई.ए. पड़ा।

रूजवेल्ट बेमन से ब्रिटेन, फ्रांस, रूस के साथ हिटलर के खिलाफ मोर्चे में शामिल हुए। मगर युद्ध सामग्री तब भी अमेरिका जर्मनी को बेचता रहा। यूरोप में लड़ाई तो लड़ रहा था रूस। अमेरिकी सिपाही इटली, फ्रांस में चहलकदमी करते थे। रूजवेल्ट ने मनुष्य जाति के विरुद्ध बड़ा अपराध किया—हीरोशिमा और नागासाकी पर अणु बम गिराने को मंजूरी देकर। जापान तो समर्पण कर ही रहा था। अणुबम गिराए गए सोवियत संघ को अपनी नई ताकत दिखाने के लिए।

रूजवेल्ट की न्यायपालिका से भी टकराहट हुई। रूजवेल्ट ने युद्ध के बाद एक योजना बनाई—'न्यू डील'। इसके खिलाफ मुकदमा सर्वोच्च न्यायालय में हुआ और न्यायाधीशों के बहुमत से योजना नामंजूर हो गई। रूजवेल्ट ने सर्वोच्च न्यायालय से कहा कि मैं चार न्यायाधीश नियुक्त कर देता हूँ, जो मेरे पक्ष के होंगे। तब बहुमत—'न्यू डील' के पक्ष में होगा। ऐसा ही पहले एक राष्ट्रपति एडक्स कर चुके थे।

ब्रिटेन का युद्धकालीन प्रधानमंत्री विंसटन चर्चिल अंग्रेजी भाषा का उस्ताद था। मुहावरे बनाता था। मुहावरे बनाता और दूसरों को देता था। रौब ग़ालिब करता कहीं भी। पर उसने खुद लिखा है कि स्तालिन ने उसे कायर कह दिया और वह चुप रहा। हुआ यह कि चर्चिल अफ्रीका में हिटलर के खिलाफ दूसरा मोर्चा खोलने के लाभ मास्को में स्तालिन को समझा रहा था। स्तालिन ने कहा—दूसरा मोर्चा यूरोप में क्यों नहीं खोलते? तुम अंग्रेज इतने कायर क्यों होते हो? चर्चिल ने लिखा है—मेरा अंग्रेज खून खौलने लगा पर मैं शान्त रहा। स्तालिन समझा। मेरी पीठ पर हाथ रखकर कहा—चलो, तैरेंगे। तैरने के बाद शराब पी। फिर बात हुई।

मैंने चर्चिल को भाषा का जादूगर कहा है। पंडित नेहरू की मृत्यु पर उसने सबसे अलग भाव व्यक्त किए—नेहरू हैड कांकर्ड दि टू ग्रेटेस्ट वीकनेसेज ऑफ मेन—फीअर एंड हेट। चर्चिल ने ही दो अंगुलियों से अंग्रेजों का 'वी' अक्षर का अभिवादन चलाया था—वी फार विक्ट्री। देशवासियों को उसका सन्देश भी प्रसिद्ध और मार्मिक था—आई कैन गिव्ह यू नथिंग बट ब्लड, स्वेट, एंड टीअर्स।

चर्चिल की बात मैंने प्रसंग से हटकर इसलिए की कि वह लन्दन में बैठा-बैठा मुहावरे बनाकर अमेरिका की तरफ फेंकता था और राजनीति में बहुत नासमझ अमेरिकी लोग उन मुहावरों पर चलते थे। चर्चिल ने पहला नारा दिया—रोल बैक कम्युनिज्म। अमेरिका कम्युनिज्म को गलीचे में लपेटने लग गया। नहीं लपेटा गया तो चर्चिल ने दूसरा नारा दिया—कंटेन, कम्युनिज्म यानी जितने हिस्से

में कम्युनिज्म है उतने ही में सीमित रखो। इसी नारे से प्रेरित होकर अमेरिका ने वियतनाम पर हमला कर दिया। अठारह साल बाद निक्सन को समझ में आया कि वह बेवकूफी हो गई और उसने अपनी फौजें वापस बुलाई। शर्मनाक हार। मेरा मतलब है, दूसरे महायुद्ध के बाद से अमेरिकी राष्ट्रपतियों की विदेश नीति डर से बनती रही—विश्व साम्यवाद के डर से। सोवियत संघ के टूटने के बाद भी यह डर का भूत उतरा नहीं है। चीन है, वियतनाम है, क्यूबा है। अगर चीन और भारत के सम्बन्ध अच्छे हो गए तो अमेरिका साम्यवाद के डर से फिर काँपेगा और ऊलजलूल करेगा।

[जनवरी, 1993]

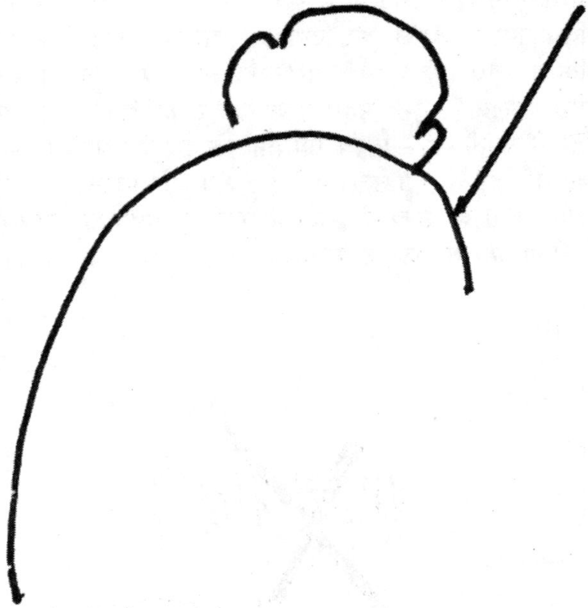

दक्षिण अफ्रीका में प्रकाश

दक्षिण अफ्रीका में लम्बे संघर्ष के बाद आखिर रंगभेद और अलगाववाद खत्म हुए। चुनाव हुए जिसमें काले और गोरे ने भाग लिया। दक्षिण अफ्रीका में सबसे लम्बी कैद भोगने वाले नेल्सन मंडेला राष्ट्रपति हुए और उनके मंत्रिमंडल में एक से अधिक जातियों के मंत्री शामिल किए गए। यह भी एक दिलचस्प बात है कि जो गोरे शासक मंडेला को जेल में रखे थे, वे ही इस कैदी के मार्फत मंत्री बने हैं। सरकार में यहूदी भी हैं, भारतीय भी। इसके पहले रोडेशिया (अब जिम्बाबवे) स्वतंत्र हुआ था और वहाँ के अधिकांश अंग्रेज वहीं बस गए और अपनी राजनीतिक पार्टी बना ली। यह बहुत अच्छी बात है कि कल के दुश्मन सब कुछ भूलकर सहयोग कर रहे हैं। कल के गोरे अत्याचारी शासक अब काले राष्ट्रपति के शासन में है।

मनुष्य जाति एक है जिसमें रंग के, नस्ल के और जाति के भेद हैं। पर मूलतः सब एक हैं।

अफ्रीका को यूरोप के अंग्रेज 'दि डार्क कांटिनेंट' यानी अँधेरा महाद्वीप कहते थे। गोरे सिर्फ अपने को सभ्य मानते थे। जब से साम्राज्य स्थापित करने निकले तो उन्होंने इसे एक तरह का मिशन कहा। तर्क यह कि हम सभ्य हैं और वे असभ्य हैं इसलिए हमारा कर्तव्य है कि हम उन्हें सभ्य बनाएँ। यह सभ्य बनाना एक ढोंग था। उस भूमि पर कब्जा करना था। प्रसिद्ध अफ्रीकी राष्ट्रीय नेता जोमो केन्याटा ने कहा है—गोरे पादरी हमें सभ्य बनाने भेजे गए। हमारे लोगों से उन्होंने कहा कि हम तुम्हें धर्म सिखाएँगे। उस समय बाइबल उनके हाथ में थी और जमीन हमारे हाथ में। उन्होंने हमसे आँखें बन्द कर प्रार्थना करवाई। प्रार्थना के बाद आँखें खोलीं तो देखा कि बाइबल हमारे हाथ में है और जमीन उनके हाथ में।

जॉर्ज बर्नार्ड शॉ ने अपना नाटक 'ए मैन ऑफ डस्टिनी' में अंग्रेज साम्राज्यवादियों के बारे में कहलवाया है—"अंग्रेज जब कोई भूमि, अपना माल बेचने के लिए चाहते हैं तो पहले वे पादरी भेजते हैं। पादरियों से मूल निवासियों का झगड़ा हो जाता है, और कुछ पादरी मर जाते हैं। तब अंग्रेज फौज से भरे जहाज भेज देते हैं। वहाँ के लोगों को वे परास्त करते हैं और ईसा मसीह की प्रतिष्ठा की रक्षा के बदले में उस भूमि पर कब्जा करके राज करने लगते हैं।"

उन्नीसवीं सदी के अन्त में महात्मा गांधीजी ने भारतीयों के प्रति बढ़ते जाने वाले भेदभाव के खिलाफ अहिंसक संघर्ष शुरू किया था। जो कार्ड जारी किया गया था, उसे उन्होंने सार्वजनिक रूप से जला दिया। उन पर पुलिस ने लाठी चलाई और वे घायल हो गए। भारतीयों को तब कुली कहते थे। एक कोच में गांधीजी बैठे थे। सवारियों में एक अंग्रेज को सिगरेट पीना था, उसने गांधी से कहा—ए कुली, हट जा वहाँ से। वहाँ मैं बैठूँगा। गांधीजी ने कहा—मैं नहीं उठूँगा। अंग्रेज उन्हें पीटने लगा पर गांधीजी वहीं बैठे रहे। यह सत्याग्रह था।

भारत से अंग्रेज मजदूर ले जाते थे। इन मजदूरों को 'गिरमिटिया' कहते थे। वे उन्हें जहाज में भर-भरकर अफ्रीका ले जाते थे और वहाँ गुलामों की तरह काम कराते थे। इनके दुखों और संघर्ष को लेकर शायद चकबस्त ने लिखा है :

कहाँ हैं, कौम के हमदर्द,
कौम के हमसाज,
हवा के साथ आती है,
बहती हुई आवाज,
वतन से दूर हैं हम पर
निगाह कर लेना,
इधर भी आग लगी है
जरा खबर लेना...

यह अफ्रीका के भारतीयों की पुकार अपने भारतवासी भाइयों से है।

अफ्रीकी मूल निवासी, कालों का संघर्ष बहुत था। वहाँ की गोरी सरकार बहुत दमन करती रही। नेल्सन मंडेला 27 साल जेल में रहे। उनकी पत्नी विनी मंडेला भी जेल में रहीं। उसने एक पुस्तक लिखी है—'आउट आफ माई हार्ट'। इसमें उनकी पार्टी के संघर्ष के विषय में तो लिखा ही है, मंडेला परिवार के सम्बन्ध में भी लिखा है। संघर्ष में कितने व्यस्त रहते थे ये लोग! एक वाक्य उसमें लिखा है—''हम एक साथ, एक दूसरे के बिना रहते थे।'' यानी अपने-अपने काम पर निकल जाते थे, साथ कभी-कभी होता था। विनी मंडेला भी संघर्ष करती रही। उसे मंडेला के जेल से निकलने के बाद उसकी पार्टी ने निकाल दिया। उस पर कुछ आरोप लगाए गए। कुछ आरोप चरित्र सम्बन्धी भी थे। एक आरोप यह कि उसने हत्या करवाई। विनी मंडेला ने युवा लोगों को लेकर एक संगठन बना लिया था जिसका नाम था—'मंडेला फुटबॉल टीम'। यह टीम फुटबॉल तो नहीं खेलती थी, विनी के कहने पर उपद्रव करती थी। वह पदस्थापना के उत्सव में ठाठ से शामिल हुई। नेल्सन मंडेला से उसका तलाक नहीं हुआ है बल्कि वे अलग-अलग हो गए।

विश्व जनमत अफ्रीकियों की स्वाधीनता के पक्ष में रहा है। नेल्सन मंडेला ने पदग्रहण समारोह में महात्मा गांधी और जवाहरलाल नेहरू का आदरपूर्वक नाम लिया।

राष्ट्रसंघ में अनेक प्रस्ताव आए। गोरी सरकार पर दक्षिण अफ्रीका से सम्बन्ध तोड़ लेने की सरकारों से अपील की गई। कई सरकारों ने उस देश से सम्बन्ध तोड़ लिए। भारत शुरू से ही अफ्रीकियों के स्वाधीनता के अधिकार का समर्थन करता रहा है। ब्रिटेन का वह उपनिवेश ही था पर अमेरिका ने उससे सम्बन्ध नहीं तोड़े। उसने एक शब्द उपयोग करके कहा कि हमारा दक्षिण अफ्रीका से—'कंस्ट्रक्टिव एंगेजमेंट' है। स्पष्ट शब्दों में कहा जाए तो हमारा उससे राजनीतिक-आर्थिक सम्बन्ध है, जिसे हम नए शब्द दे रहे हैं। महात्मा गांधी भी विचित्र थे। जब वे अफ्रीका में थे तब जनरल श्मट्स गोरे शासन का प्रधान था। गांधीजी उससे लड़ते थे रंगभेद के खिलाफ, पर 'बोर' युद्ध के समय उन्होंने जनरल श्मट्स से सहयोग किया। इस सहयोग को ही गांधीजी मित्रता कहने लगे। उन पर बाद में आरोप भी लगे कि उन्होंने अंग्रेजी फौज में सिपाही भर्ती कराए गए थे।

दिलचस्प किस्सा विजय लक्ष्मी पंडित ने आत्मकथा में लिखा था। राष्ट्रसंघ में गोरी सरकार के खिलाफ प्रस्ताव आने वाला था। भारतीय प्रतिनिधि मंडल की नेता विजय लक्ष्मी पंडित थीं। तब भी बहुत बूढ़े हो गए जनरल श्मट्स सत्ता में थे और वे भी राष्ट्रसंघ में आने वाले थे। विजय लक्ष्मी ने लिखा है कि गांधीजी ने मुझे बुलाया और कहा—बेटी, जनरल श्मट्स मेरे दोस्त हैं, तुम उनके दिल को बहुत चोट मत पहुँचाना। विचित्र बात है कि विजय लक्ष्मी तो गोरी सरकार पर चोट करने भेजी ही जा रही थीं भारत की ओर से।

विजय लक्ष्मी ने आगे लिखा कि मैंने बहुत जोरदार भाषण दिया, जिसमें जनरल श्मट्स के खिलाफ भी काफी सख्त बोला। मीटिंग समाप्त होने पर मैं जनरल श्मट्स से बचती रही। पर एक कोने में उन्होंने मुझे पकड़ ही लिया। उन्होंने मुझसे कहा—बेटी, तुम्हारी विजय हुई, मैं हार गया। पर तुम्हारी जीत की खुशी बहुत थोड़े समय की है। अब मैं आगामी चुनाव में हार जाऊँगा। दूसरी कट्टरपंथी सरकार आएगी और वह अधिक कठोर कानून लागू करेगी—अपारथाइड। इसका मतलब है—बिलकुल अलगाव गोरे और काले में।

महात्मा गांधी ने कहा था कि भारत की आजादी अधूरी होगी, जब तक दुनिया में कोई भी लोग गुलाम होंगे। हमें खुशी है। हम नेल्सन मंडेला समेत सारे दक्षिण अफ्रीकियों को बधाई देते हैं।

[जुलाई, 1994]

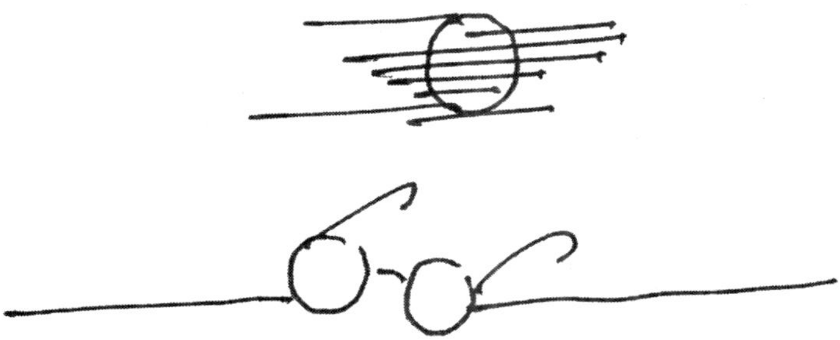

धर्म, विज्ञान और सामाजिक परिवर्तन

अपनी दुनिया और सम्पूर्ण सृष्टि की व्याख्या और समझ सबसे पहले धर्म ने दी, विज्ञान ने नहीं। या यों कहें कि धर्म पहला विज्ञान है। बाद में विज्ञानों ने जब दूसरी व्याख्याएँ कीं, दूसरे कार्य-कारण बताए, दूसरे अर्थ समझा दिये, तब धर्म ने इन सबको नामंजूर कर दिया। इस तरह धर्म ने विज्ञान को नकारा ही नहीं, वैज्ञानिकों को ज्ञान देने के लिए सजा भी दी—ब्रूनो और गेलीलियो इसके उदाहरण हैं। इससे भी पहले धर्म की आदिम अतार्किक धारणाओं को जब सुकरात ने तर्कों से गलत सिद्ध किया, तब उन्हें जहर का प्याला पीना पड़ा। धर्म और विज्ञान की पटरी कभी नहीं बैठी। कुछ साल पहले जब अमेरिकी 'स्काई लैब' गिरने की सूचना दी गई, तो हमारे देश में उससे बचने के लिए भजन-कीर्तन रात भर होते रहे।

मगर धर्म और विज्ञान का वैसा संघर्ष नहीं है, जैसा लोग समझते हैं। मेरा मतलब धर्म के मूल तत्त्वों से है। कर्म-कांडों, अन्ध-विश्वासों, भाग्यवाद, साम्प्रदायिक

विद्वेष, जड़-वाद, गलत रूढ़ियाँ, सड़ी-गली परम्पराओं, तर्कहीनता, प्रमाणहीनता जो धर्म के नाम पर ही चलती है, को विज्ञान अस्वीकार करता है और उनका विरोधी है। मगर मूल तत्त्व से विज्ञान का विरोध नहीं है। महान वैज्ञानिक आइंस्टीन वैसे नास्तिक थे पर उन्होंने लिखा है—'वैज्ञानिक की धर्म-भावना प्राकृतिक नियमों की एकता और सुसंगति को देखकर आनन्दातिरेकजनित विस्मय के रूप में प्रकट होती है। प्राकृतिक नियमों की इस एकता में जिस श्रेष्ठ बुद्धि-वैभव के दर्शन होते हैं, उनकी तुलना में मानव-जाति की समस्त व्यवस्थित चिन्तन और क्रिया नितान्त महत्त्वहीन बौद्धि शक्ति जान पड़ती है। मनुष्य को जहाँ तक स्वार्थपूर्ण इच्छाओं के बन्धनों से अपने को मुक्त रखने में सफलता मिल पाती है, वहाँ तक परभावना उसके जीवन और कार्य का निर्देशक-सिद्धान्त बनती है। निर्विवाद रूप से यह युगों की धार्मिक प्रतिमाओं को प्रभावित करने की चेतना से मिलती-जुलती भावना है।'

आइंस्टीन ने ऊपर दो महत्त्वपूर्ण बातें कहीं हैं—एक तो परम आनन्द की उपलब्धि और दूसरे, स्वभावना त्याग कर परभावना को ग्रहण करना। अब इनकी धार्मिक मान्यताओं से तुलना कीजिए। ब्रह्म चिन्तन में ब्रह्म को 'प्रज्ञानंदन ब्रह्म' कहा है—प्रज्ञा के साथ आनन्द और स्व को त्यागकर पर को ग्रहण करने की बात तुलसीदास ने सरलता ने कह दी है :

परहित सरिस धरम नहीं भाई
पर पीड़ा सम नहिं अधमाई

स्व को त्यागकर मुक्त चेतना जब शुद्ध आनन्द का अनुभव करती है तो वह ईश्वर-प्राप्ति होती है। विश्वविख्यात वायलिन वादक यहूदी मेन्यूहिन का संगीत सुनकर आइंस्टीन ने कहा—तुमने मुझे संगीत से ईश्वर में विश्वासी बना दिया—वही संगीत से परम आनन्द की अनुभूति है। दुष्ट से दुष्ट आदमी जितनी देर रविशंकर का सितार सुनता है, दुष्टता भूल जाता है। उसके मन में मैल, द्वेष, शत्रु-भाव नहीं होते।

यह धर्मानुभूति स्व के त्याग से ऊँचे स्तर की है। यह ऐसी धर्मानुभूति नहीं है—सुबह भगवान की पूजा की, एक सौ ग्यारह नम्बर का तिलक लगाया, दुकान गए और दिन भर आदमियों को लूटा।

सत्य की खोज धर्म और विज्ञान दोनों का लक्ष्य है। इरैस्मक ने कहा है—जहाँ-कहीं तुम्हारा सत्य से सामना हो, उसे वैष्णव धर्म मानो। यह भी कह सकते हैं—जहाँ-जहाँ सत्य से तुम्हारा सामना हो, उसे वैष्णव धर्म मानो या जहाँ-जहाँ तुम्हारा सत्य से सामना हो, उसे इस्लाम मानो। बहुत से साधक-चिन्तक सत्य को ही ईश्वर मानते हैं। वैज्ञानिक मानते हैं कि सत्य यदि ईश्वर है, तो प्रयोगों से हम उसी की खोज कर रहे हैं। परन्तु यह सब—धर्म की साधना और विज्ञान की खोज का एक ही उद्‌देश्य है—मनुष्य का उदात्तीकरण, उसकी ऊर्ध्वगति, मनुष्य का मंगल। आखिर

धर्म और विज्ञान का सत्य किसके लिए? कवि चंडीदास ने कहा है—सुन हे मानुष भाई! सबार ऊपर मानुष सत्य तेहार ऊपर नाई। जब धर्म मनुष्य के मंगल के ऊँचे पद से गिराया जाता है तब उसके नाम से निहित स्वार्थी अधर्मी दंगा कराकर मनुष्यों की हत्या कराते हैं। और जब विज्ञान को उसके ऊँचे लक्ष्य से स्वार्थी साम्राज्यवादी उतारते हैं तो हिरोशिमा और नागासाकी पर अणु बम गिरते हैं और लाखों मनुष्य मारे जाते हैं। वह मनुष्य ही है जो धर्म और विज्ञान का सही या गलत प्रयोग करता है वरना धर्म पोथी में है और विज्ञान प्रयोगशाला में। ईश्वर को रामकृष्ण परमहंस ने सार्वभौमिक सत्य, विवेक और प्रेम माना है।

विज्ञानों में सत्य का शोध तो होता ही है। वैज्ञानिकों में विवेक और प्रेम हो सकता है। विज्ञान निरपेक्ष होता है। इसलिए धर्म का कहना है कि ज्ञानेन्द्रियाँ मनुष्य को बहिर्मुखी बनाती हैं। अपने अन्तर में देखो। अपनी आत्मा में उतरो। वहाँ क्या मिलेगा? संवेदना, प्रेम, करुणा, दया। इस बाह्य और अन्तर का जब मेल होगा, तब धर्म अवैज्ञानिक नहीं होगा और विज्ञान संवेदनहीन नहीं होगा। 'अविद्या' को सब धर्मों ने घातक बताया है। पर धर्म जिनके हाथों में चला जाता है, वे निहित स्वार्थी विद्या को भरसक नकारते हैं। इतिहास बताता है कि हर धर्म के लोग विशेषकर धर्माचार्य यह भ्रम पालते रहे हैं कि ज्ञान उन्हीं के पास है। सत्य केवल उन्हीं ने पा लिया है। दूसरे धर्मावलम्बी अज्ञानी हैं और सत्य से दूर हैं। यह दुराग्रह अन्धकार और संकीर्णता देता है। और यही अहंकार और संकीर्णता धर्मावलम्बियों को अज्ञान की तरफ ले जाता है और वे सत्य से दूर हो जाते हैं। ज्ञान एक सतत प्रक्रिया है, यह कभी खत्म नहीं होती। इसलिए ज्ञान के अन्तिम बिन्दु पर पहुँचने और ज्ञान पर एकाधिकार का दावा कोई नहीं कर सकता। यह दावा आत्मघाती है।

विज्ञान धर्म से यही प्रश्न करता है। विज्ञान कई हैं—भौतिक विज्ञान, रसायन विज्ञान, समाज विज्ञान, नृतत्त्व विज्ञान, आदि। ये सब धर्म को प्रश्न-पत्र देते हैं। उसकी परीक्षा लेते हैं। विज्ञान में कोई पैगम्बर या देवदूत नहीं होता। वैज्ञानिक को कोई इलहाम नहीं होता। विज्ञान किसी पुस्तक को ईश्वर की लिखी नहीं मानता, जैसे श्रद्धालु वेदों को ईश्वर की रचना मानते हैं। विज्ञान प्रमाण चाहता है। प्रमाण तीन तरह के माने गए हैं—प्रत्यक्ष, अनुभव और शब्द। प्रत्यक्ष के आधार पर अनुमान किया जाता है। पर शब्द प्रभाव? आप्त वाक्य? विज्ञान पूछता है, धर्म से तुम यह शब्द प्रमाण दे रहे हो। शब्द कब लिखा गया? तब सभ्यता किस स्टेज पर थी? समाज-व्यवस्था कैसी थी? ऐतिहासिक स्थिति कैसी थी? अर्थ-व्यवस्था कैसी थी? यह शब्द किन लोगों ने कहा और इससे किस वर्ग का स्वार्थ सधता? विज्ञान के इन प्रश्नों का जवाब धर्म को देना होगा। ऐतिहासिक दृष्टि के बिना धर्म अप्रासंगिक हो जाता है। कोई सर्वकालिक आप्त वाक्य नहीं होता। चार्ल्स ई. रैबेन ने लिखा है—चाहे चर्च हो या बाइबल या खुद जीसस या और कोई, यह दावा करना कि

इन्होंने जो कह दिया है, वही अन्तिम सत्य है, या दावा करना कि दैवी संदेश (इलहाम) एक ऐसा भिन्न प्रकार का सत्य है, जिसमें तर्क और बुद्धि का कोई दखल ही नहीं है, जिसकी कोई छानबीन नहीं की जा सकती, या यह मानकर चलना कि कोई भी धार्मिक सिद्धान्त कामचलाऊ परिकल्पना से कुछ विशेष है, यह सब हम लोगों के गले नहीं उतरता जो अपनी सीमाओं को समझते हैं। इन सब बातों से हमें बड़ी परेशानी होती है।

शास्त्रों में लिखा है, बाइबल में लिखा है, कुरान में लिखा है—तो उसे सर्वकालिक सत्य मानो, उस पर प्रश्न मत करो, शंका मत करो, इतिहास की कसौटी पर मत कसो—यह दुराग्रह मनुष्यों को अज्ञान की अन्धी गली में ले जाता है, इसीलिए बुद्ध ने कहा था—शिष्यो, कोई बात इसलिए मत मान लेना कि वह बुद्ध ने कही थी। स्वयं सोचना। अपने दीपक आप ही बनना यानी हर बदली व्यवस्था के लिए सिद्धान्त नया होगा।

कोई भी धर्म सत्य से बड़ा नहीं होता। विज्ञान सत्य का शोध करता है। इसलिए केवल अन्धी आस्था पर आधारित धर्म को विज्ञान के तर्क, परीक्षण और परिणाम का सामना करना ही पड़ेगा।

जवाहरलाल नेहरू ने लिखा है—धर्म का जन्म डर और अज्ञान से हुआ। अज्ञान तो था ही। एकाएक मनुष्य इस विराट ब्रह्मांड में आ गया, जिसके बारे में कुछ नहीं जानता था। मैं हूँ कौन? किसने बनाया मुझे? और इस सिंह को। यह प्रकृति, ये नक्षत्र, पहाड़, नदी, सागर, ये सब क्या हैं? कैसे बने? मैं तो इन्हें नहीं बना सकता। मनुष्य ने नहीं बनाए। फिर? मनुष्येतर कोई परम शक्ति है, जिसने यह रचना की और जिसे चलाता जाता है और नाश करता जाता है। हम नहीं जानते। वेद में कहा गया—वह है या नहीं। वह है या नहीं के बीच में है। हम नहीं जानते। वही जानता है। सम्भवत: वह भी नहीं जानता।

फिर ये बादल, गर्जन, तर्जन, वर्षा, बिजली? यह सुन्दर है, आह्लादकारी है। पर यह भयावह और विनाशकारी है। यह देवता है। यह इन्द्र है। इसकी पूजा करो। यह हमारा मंगल करे, अमंगल न करे। देवता पैदा हो गए।

विज्ञान कहता है—जल से सूर्य के ताप के कारण भाप बनती है। भाप इकट्ठी होती है, तो बादल बनता है। ये बादल मँडराते हैं। इन्हें ठंड मिलने पर भाप फिर पानी में बदल जाती है और पृथ्वी पर पानी गिरता है। और यह जो बिजली है, बादलों में ऋण और धन विद्युत होती है। जब ये बादल पास आते हैं तब विस्फोट के साथ बिजली पैदा होती है, अनन्त प्रकाशवान और विनाशकारी। अधिकतर बिजली आकाश में ही बुझ जाती है। पृथ्वी पर गिरती है तो सबसे ऊँचे प्वाइंट पर, पेड़ पर इसलिए ज्यादा गिरती है कि वह ऊँचा होता है और पत्तों में लौह होता है। धातु बिजली को खींचती है। मन्दिर पर बिजली इसलिए गिरती है कि उसके शिखर

पर धातु का कलश होता है। गाँव का मन्दिर बिजली से पूरे गाँव को बचा लेता है। बिजली का धातु के 'लाइटनिंग कंडक्टर' से पृथ्वी में भेजा जा सकता है।

विज्ञान ने यह सब बता दिया। कोई देवता यह सब नहीं करता। मगर धर्म क्या इन्द्र को नकार देगा ? कतई नहीं। कुछ साल पहले कर्नाटक सरकार के जल-विभाग ने सरकारी खर्च से पंडितों से 'पर्जन्य यज्ञ' कराया था, बंगलौर पर वर्षा के लिए, जिससे जलाशय भर जाए। उसी दिन मौसम विज्ञान की भविष्यवाणी थी कि बंगलौर और उसके आसपास वर्षा होगी। शाम को वर्षा हुई, पर बंगलौर शहर में नहीं, आसपास। बंगलौर में छींटे ही पड़े।

विज्ञान ने बहुत-सा अज्ञान नष्ट कर दिया है। अन्धविश्वास के लिए मनुष्य बाध्य नहीं है। आस्था की जगह उसे तर्क मिल गए हैं। विज्ञान ने बहुत-से भय भी दूर कर दिये हैं, हालाँकि नए भय भी पैदा कर दिये हैं। विज्ञान तटस्थ (न्यूट्रल) होता है। उसके सवालों का, चुनौतियों का जवाब देना होगा। मगर विज्ञान का उपयोग जो करते हैं, उनमें वह गुण होना चाहिए, जिसे धर्म देता है। वह गुण है—'अध्यात्म' (स्पिरिचुएलिज्म)—अन्ततः मानवतावाद, वरना विज्ञान विनाशकारी भी हो जाता है।

[जुलाई, 1990]

सन्नाटा बोलता है

एक बन्धु परेशान आए थे। साहित्यिक हैं। परेशानी साहित्य की कसरत है। जब देखते हैं, ढीले हो रहे हैं, परेशानी के दंड पेल लेते हैं। मांसपेशियाँ कस जाती हैं।

वे कहने लगे—देखिए, साहित्य में बड़ा सन्नाटा है। मैंने कहा—सन्नाटा है तो सो जाओ। नींद नहीं आती हो तो चोरी करो। सन्नाटे में ये दो ही काम होते हैं।

उन्हें सन्तोष नहीं हुआ, वे परेशान ही रहे। उनकी परेशानी की कसरत पूरी नहीं हुई थी। 20-25 दंड कम पड़ते थे।

तभी कुत्ता भौंका। मैंने कहा—सन्नाटा कहाँ है ? कुत्ते तो भौंक रहे हैं। साहित्य में जब सन्नाटा आता है, तब कुत्ते भौंककर उसे दूर करते हैं; या साहित्य की बस्ती में कोई अजनबी घुसता है तब भी कुत्ते भौंकते हैं। साहित्य में दो तरह के लोग होते हैं—रचना करने वाले और भौंकने वाले। साहित्य के लिए दोनों जरूरी हैं। रचनाकारों को

भौंकने वालों की जरूरत है वरना स्तर गिर जाएगा। आचार्यगण जो एक दूसरे के विश्व-विद्यालय पर कुत्ते छोड़ते हैं, इस विषय पर शोध क्यों नहीं करवाते—'साहित्य-रचना में श्वान-कर्म का योगदान'? शोध यहाँ से शुरू कर सकते हैं—युधिष्ठिर हिमालय पर अपने साथ कुत्ता ही क्यों ले गए? घोड़ा या हाथी क्यों नहीं ले गए? उस कुत्ते का महाभारत की साहित्यिक गतिविधियों में क्या हाथ है?

मेरे साहित्यिक बन्धु की परेशानी मिटी नहीं। मुझे समझ में आ गया। उन्हें सन्नाटे का 'इन्फेक्शन' लग गया है—वही जो फीचर है न—सन्नाटा साहित्य में या शहर में? शायद दिल्ली से यह 'इन्फेक्शन' लगा है। पर मैं तो तीन महीने दिल्ली में रहा, जब वहाँ साहित्य में सन्नाटा चल रहा था। मुझे तो इन्फेक्शन नहीं लगा? मुझे पेनसिलिन और टेरामाइसिन दिये जा रहे थे। फिर मैं दिल्ली का सन्नाटा खुद तोड़ रहा था। मेरी टाँग की हड्डी टूट गई थी। और मैं चीखता था। इससे साहित्य का सन्नाटा मिटता था। किसी शहर के साहित्य में अगर सन्नाटा आ जाए तो किसी लेखक की टाँग तोड़ दी जाए। उसकी चीख से सन्नाटा मिट जाएगा। हिन्दी का इतिहास है कि जब-जब किसी लेखक या गुट की टाँग टूटी है, सन्नाटा मिटा है। यह भी मालूम होगा कि ऊपर से फिसलकर—सड़क पर पड़े बड़े-बड़े पत्थर ही शोर करते हैं, गतिरोध हो गया। अब गूँगे शिकायत करते हैं, कि सन्नाटा है। वे नहीं बोल रहे तो कोई नहीं बोल रहा। बहरे को दूसरों की आवाज सुनाई नहीं देती, अपनी भी नहीं। उसके अपने ओठ जब तक न हिलें। उसे लगता है, सन्नाटा है। अब कहीं किसी के ओठ नहीं हिल रहे हैं (दाढ़ में दर्द होगा) तो वह सोचता है कि सर्वत्र सन्नाटा है। मैं नहीं बोल रहा हूँ तो कोई नहीं बोल रहा।

मेरे इस बेचारे बन्धु को दिल्ली का इन्फेक्शन लग गया।

हम छोटे शहर वालों को पहले इलाहाबाद का इन्फेक्शन लगता था—संगम है तीर्थराज। सुनते थे, प्रयाग में किसी लेखक ने गंगा के पानी से कुल्ला कर दिया है तो हम इधर नर्मदा में नहा लेते थे। पर त्रिवेणी अब दिल्ली शिफ्ट हो गई। गंगा की एक-दो धाराएँ बम्बई भी चली गईं। कुछ नाले दूसरी जगह जाकर नदी बन गए। सुना है, प्रयाग की सफाई नालियों की भी कुछ महत्त्वाकांक्षा है। तो साहित्य का तीर्थराज दिल्ली चला गया। गंगा, यमुना तो गईं, पर सरस्वती ने मना कर दिया। सरस्वती विहीन तीर्थराज दिल्ली पहुँच गया। यों तो प्रयाग में भी सरस्वती 'अंडरग्राउंड' हो रही है। पंडों के डर से।

तो अब इन्फेक्शन दिल्ली से मिलता है। सुनते हैं, दिल्ली में दो लेखकों में गाली-गलौज हो गई तो हम फौरन जूता उठाकर शहर में किसी लेखक की तलाश में निकल पड़ते हैं।

मेरा कर्तव्य है कि मैं सन्नाटा तोड़ूँ। पर कैसे? मेरी टाँग में अब दर्द नहीं है। चीख नहीं सकता। मैं जानता हूँ, हड्डी जुड़वाकर मैंने साहित्य का बड़ा अहित

किया है। यों मैं कुछ करना चाहता हूँ। कुछ शोर हो। एक पत्रिका निकलती है। मुझे पत्रिका पसन्द है पर उसका निकलना मुझे पसन्द नहीं है। पत्रिका भी पसन्द इसलिए है कि उसमें जो छपता है, वह मेरी समझ में नहीं आता। इस पत्रिका पर भौंकने के लिए कुत्तों की भरती हो रही है। काफी तो भरती हो चुके और भौंक भी रहे हैं। क्या मैं भी भरती के लिए अर्जी दूँ? सोचता हूँ, किसी का पट्टा गले में डाल लूँ। या हैसियत हो तो खुद पट्टे खरीदकर कुछ कुत्तों के गले में डाल दूँ और 'छू' कर दूँ।

मैंने बताया कि इस तरह के कामों से सन्नाटा मिटता है। कोई झगड़ा हो, कोई टाँग खींच का खेल हो, प्रतिभा हनन हो, निन्दा गोष्ठी हो, अभियान हो—तो सन्नाटा मिटता है। साहित्य-चिन्तन और साहित्य-सृजन से कोई सनसनी नहीं फैलती। कुछ लोग कहते हैं कि आपातकाल से साहित्य में सन्नाटा आया है। पर आपातकाल में बाकी सब तो चालू रहा है। हत्या होती है, अपहरण होता है, चोरी होती है, गाली-गलौज होता है। आपातकाल में ही मेरे मुहल्ले की एक पतिव्रता भगाई गई। इसमें मुहल्ले का ही नहीं, शहर का सन्नाटा मिट गया। हर चौराहे पर, पान के ठेले पर यही चर्चा थी। ऐसा लगता था, जैसे किसी क्रान्तिकारी महाकाव्य की रचना हो गई हो! सीताहरण के बाद दूसरी उतनी ही बड़ी घटना हुई यह। राम-रावण युद्ध तो अदालत में हो रहा है। हर पेशी एक सनसनीखेज अध्याय है। ऐसा कुछ साहित्य वाले भी क्यों नहीं कर डालते?

अब एक मजा और है। अपना सन्नाटा हम शहर के सन्नाटे से जोड़ देते हैं। शहर तो लेखक के व्यक्तित्व का प्रक्षेपण है। साहित्यकार शहर में कर्फ्यू लागू कर दे, तो सन्नाटा हो जाए। इस मुगालते में जीना कितना सुखद है कि शहर मेरे भीतर है! मैं जब कॉफी हाउस में किसी की कविता को घटिया कहता हूँ तो तब मेरी जेब में पड़ा शहर सुनता रहता है। शहर बोलना चाहता है पर मैं उसे चुप कर देता हूँ। सन्नाटा है न! शहर से कुल मतलब लेखक का यह है कि वह उसमें किराए के मकान में रहता है। अनुभव भी किराए से मिलते हैं। मुझे भी यह बड़ा सुखद अहसास होता है कि जो मेरे भीतर हो रहा है, सिर्फ वही शहर में हो रहा है। मुझे शहर को देखने की जरूरत नहीं है। शहर के बारे में मेरे अन्दाज हमेशा सही रहे हैं।

एक और बड़ा सुखदायक भ्रम मैं और लोगों के साथ पालता हूँ। यह भ्रम है कि साहित्य से ही सब कुछ होता है—खासकर मेरे साहित्य से। दिल्ली में अस्पताल में था, जब सन्नाटा चल रहा था। लेखक बन्धु 3-4 दिन बड़े तनाव में थे। मुझसे मिलने आते तो कहते—सुना आपने? अमुक जो आलोचक हैं, उन्होंने कह दिया कि फलाँ की कहानियाँ, कहानियाँ ही नहीं हैं। बताइए भला, क्या अँधेरा है! दूसरे गुट वाले कहते—ठीक कहा है। जो उन्हें कहानियाँ कहता है, वह बेवकूफ है। वे कहानियाँ नहीं, घटिया गद्य के नमूने हैं।

अब मैं तो अस्पताल छोड़कर बाहर जा नहीं सकता था। लेखक बन्धु ही मेरे पास आते थे। बड़े उत्तेजित, गुस्से में। बड़े तनाव के दिन थे वे। बड़ा तूफान खड़ा हो गया था। मुझे शहर की चिन्ता थी। मैंने दिल्ली के ही एक गैर-साहित्यिक सज्जन से पूछा—शहर में शान्ति तो है न? कहीं दंगा-फसाद तो नहीं हो रहा है? उन्होंने कहा—नहीं, कहीं कुछ नहीं है। बिलकुल शान्ति है। आपसे किसने कहा कि कुछ गड़बड़ है? मैंने कहा—मेरा ऐसा अन्दाज था कि शहर में सब जगह दंगा-फसाद हो रहे होंगे। बात यह है कि एक लेखक की कहानियों को लेकर बड़ा उत्तेजक वातावरण बन गया है। वे सज्जन जोर से हँसे। कहने लगे—आपके डॉक्टर को बुलाऊँ क्या? पड़े-पड़े दिमाग में कुछ गड़बड़ तो नहीं पैदा हो गई? कहानी के विवाद से कहीं दंगा होता है!

उन सज्जन ने मेरे अहंकार को झटका दिया। हमारे किए शहर में कुछ ही नहीं होता। सन्नाटा तोड़ने की कोशिश बेकार गई। मैं तो यह समझता हूँ कि दुनिया एक बन्दरिया है, जिसे हम कन्धे पर बिठाकर टी हाउस की कुर्सी पर बैठते हैं। एक कन्धा दुखने लगता है तो बन्दरिया को दूसरे कन्धे पर रख लेते हैं। कहते हैं—क्यों बन्दरिया, सन्नाटे में है? ले, बिस्कुट खा ले।